探案犯罪小说系列

锁在铁箱里的谜底

Locked in the Iron Box Answers

吴建发◎著

群众出版社·北京

图书在版编目（CIP）数据

锁在铁箱里的谜底／吴建发著．—北京：群众出版社，2015.6

ISBN 978－7－5014－5344－3

Ⅰ.①锁… Ⅱ.①吴… Ⅲ.①短篇小说—小说集—中国—当代
Ⅳ.①I247.7

中国版本图书馆 CIP 数据核字（2015）第 082976 号

锁在铁箱里的谜底

吴建发 著

出版发行：群众出版社
地　　址：北京市丰台区方庄芳星园三区 15 号楼
邮政编码：100078
经　　销：新华书店
印　　刷：北京普瑞德印刷厂

版　　次：2015 年 7 月第 1 版
印　　次：2015 年 7 月第 1 次
印　　张：8.75
开　　本：880 毫米×1230 毫米 1/32
字　　数：227 千字

书　　号：ISBN 978－7－5014－5344－3
定　　价：38.00 元

网　　址：www.qzcbs.com
电子邮箱：qzcbs@sohu.com

营销中心电话：010－83903254
读者服务部电话（门市）：010－83903257
警官读者俱乐部电话（网购、邮购）：010－83903253
文艺分社电话：010－83901330　　010－83903973

目 录

封喉

1

文潮泳前些天办完退休手续后，人一下子轻松了许多，仿佛旅行者结束千里跋涉终于回到了家。他接连几天待在家没有出门，为这一生走过的岁月浮想联翩。他是县教育局的元老，在招生办主任的岗位上干了三十余年，看够了沉沉浮浮，能平平安安地混到今天，足矣。天下熙熙皆为利来，天下攘攘皆为利往。文潮泳手中无大权，无大权当然也就不会有大利，但三十几年多多少少积累了些人脉，利用这些关系为别人办点儿事，得到些馈赠，也是理所当然。他并不是很看重这些，那毕竟是小利，他看重的是亲戚朋友乡亲父老因为得到他的帮助而对他的那份尊重与感激。文潮泳的工资在教育局是最高的，老婆前几年去世，一对儿女早已长大成人，都有一份收入不菲的工作。他自己手中有六位数的积蓄，每个月还有三千余元的退休金。人生有这样的晚年，还有谁会不知足？他感到浑身上下每一个细胞都是松弛的，阳光满满，正筹划着如何打发今后的幸福时光……

正当文潮泳浮想联翩，还没拿定主意时，门铃响了起来，他在心里揣测着会有谁在这个时候突然造访，磨磨蹭蹭地走到客厅开门。门一打开，还没等文潮泳弄清来者是男是女，“嗖”的一声，一件白晃晃的器物飞了过来，插进他的脖子。他身子摇晃了一下，四脚朝天“扑通”一声倒在地上，瞬间就断了气。

尸体是次日早上被发现的。

文潮泳的女儿这天要去外地出差，打电话给父亲，要父亲中午帮她到幼儿园接孩子，电话却一直没人接。她放心不下，在前往火车站的途中拐道来到父亲的住处。用自己的钥匙打开房门，她一下子傻了眼，只见父亲直挺挺地躺在客厅里，脖子上插着一把飞镖。她随即报了警。

飞镖是用普通的钢板打造的，做工粗糙，尾部系着白色的布条。镖尖浸过毒汁，经化验是一种神经性的剧毒药液，这种药液一经进入人体，会立即通过血液循环破坏人的神经系统，致人在瞬间死亡。

因为受害人身份明确，负责侦破此案的刑警队重案中队中队长舒雨淇随即去了教育局，找文潮泳平时接触较多的一些同事朋友了解他的为人，看看是否能找到与文潮泳有仇的人。可受访者几乎是众口一词地说：老文是个好人，不争名不夺利，乐行善事，不会有仇人的。

舒雨淇的助手李慧在现场周边寻找目击者，上上下下走访了十几个文潮泳的邻居，结果却是一无所获。

2

三天过去了，案情毫无进展。舒雨淇与李慧寝食难安，四处调查寻找凶手。这时，319 国道上又发生了一起类似的飞镖杀人案。

死者是县里赫赫有名的企业家童江南。

童江南四十七岁，年轻时靠卖中草药起家，二十六岁开始办实业，现在有三家工厂、两家公司、一家酒店。他死在国道上，脖子上同文潮泳一样插着一把白光闪闪的飞镖，身边停着他自己的那一部奔驰车。

两起杀人案使用同一种凶器，显然是同一个人所为，而且时间仅隔三天，足可见凶手是何等的猖狂，加上死者童江南的显赫名声，无形中给舒雨淇造成了极大的压力。他要李慧负责寻找现场的目击者，自己去了童江南的三鑫公司，希望能找到童江南与文潮泳共同的仇人。如果顺利的话，马上就能厘清案情，使凶手浮出水面。

然而，事实并未如舒雨淇所愿。

童江南的人际关系比文潮泳复杂几百倍。被公司除名的、被扣过工资的，因偷窃、打架、赌博、嫖娼被送交司法机关的……屈指一算不下十人。他们都有杀人动机，而最值得怀疑的要属童江南的妻子。

童江南的妻子叫童冰。童江南之所以能够发迹，凭的就是妻子摆摊贩卖童装为他积攒了第一桶金。发迹后的童江南却在渐渐变得人老珠黄的妻子面前慢慢地失去了男人的激情，移情别恋了。他在万吉市郊购置了一套别墅，金屋藏娇养起了年轻貌美的小女人曾甜甜。这使得童冰无比愤怒，两人因此闹得不可开交。童江南提出以一百万元了结这桩婚姻，童冰起先同意，拿走了一百万后又反悔了，两人继续不停地吵，不停地闹。离婚闹了四五年，也没个结果。童江南干脆不再理她，故意在童冰的面前与曾甜甜勾肩搭背，卿卿我我，搂搂抱抱。他每周至少要有两个晚上在万吉的别墅里过夜，这次就是从万吉回来的半路上被人杀害的。更重要的是，童冰年轻时是个飞镖高手，百发百中，曾经夺得过全省农民运动会女子飞镖冠军。由此看来，童冰不仅有杀人动机，且具备杀人的条件。

李慧也有不小的收获。她通过319国道收费站的监控录像锁定那个时间段途经凶杀现场的十几部车辆，一一寻查。其中有个

"的哥"向她反映："十日上午十点多，我从县城空车前往万吉，有看到一部奔驰车停在路边，绕过奔驰车后大约又行驶了一公里多点儿，有人拦我的车，我将那个人带到万吉后那人便下车走了。"李慧问他那人的长相、身高、衣着、口音。"的哥"说："那人坐在后排，戴着墨镜，我没看清。身高一米六五左右，一身牛仔服，头发很短。口音嘛，好像是本地人。那人从头到尾就说了两句话，一句是'去万吉'，另一句是问我'多少钱'。我想那人应该是个男的，可是听嗓音却有点儿像女人，我自己也没有弄清那人到底是男是女。"

李慧还给舒雨淇一沓鞋印照片，说是在出事现场路边的山林里拍的。看那鞋底纹，应该是一双安踏运动鞋。鞋后跟的外侧和前跟内侧有较大面积的磨损。

次日一早，舒雨淇与李慧去找童冰。

童冰拿走了一百万后，在离县城七里多路的地方买了一块地，建了六间房，过起了田园似的生活。那块地很大，有两亩多，养了几万盆的国兰。房子看上去与普通的村宅没啥两样，可里面装修得非常高档，属于那种令城里的工薪阶层都咂舌的级别。

舒雨淇与李慧见到她时，她正在给兰花浇水。停下手中的活，她将两人引到客厅。客厅门口有个鞋架，用一块花布遮着，舒雨淇掀开花布，见里面各种各样的鞋都有，就是没有安踏牌的运动鞋。进入客厅后，李慧直奔主题，问她是不是知道童江南被人害了。她说知道了，城里传得沸沸扬扬，她也是昨天晚上听说的。舒雨淇要求她说说这几天的行踪，童冰马上明白了舒雨淇的意思，说："我会与你们好好配合的。"紧接着就将她这一周来在什么地方做什么事如数家珍般地一一道来。

舒雨淇本想找个借口查看一下其他房间，看是否能够发现安踏牌的运动鞋。刚要开口，他的手机却响了，按下接听键，是指挥中心接线员小姐打来的，说是在火车站广场刚刚发生了一起飞镖杀人案。

3

舒雨淇与李慧迅速赶到火车站广场。

被害人是退休警察刘鸿群，他躺在广场西侧的洗手间门口，脖子上同样插着一把飞镖。

现场已经用警戒带围了起来，围观者有好几百人。

老刘今年六十四岁，退休前在城关派出所当了五年的户籍警。他是到火车站迎接从外地回来的孙子时惨遭杀害的。

火车站广场人头攒动，车来人往，但西侧的洗手间相对比较僻静，如果不是火车刚到站的时刻，一般只会有稀稀拉拉的三五人进出。坐在门口收费的老头儿看到老刘突然倒地，惊叫一声，迅速报了警。至于老刘脖子上的那把飞镖，他说他也感到十分诧异，真不知道是从什么地方冒出来的。可见，凶手出手极快，很像是一个受过专业训练的杀手。

接连三起飞镖杀人案炸了锅似的在社会上迅速传开，整个县城闹得沸沸扬扬，街头巷尾议论纷纷。有些人惶惶不可终日，好像天马上就要塌下来似的，生怕哪一天自己会成为飞镖杀手的下一个目标。

刘鸿群从警三十余年，在临退休前五年才当上户籍警。户籍警一般只为人做好事、办实事，不大会得罪人，而在此之前，经他手被抓进监狱的人多如牛毛，有意报复的人当然也不计其数。问题是三起杀人案显然是同一人所为，找到三个被害人的共同仇人才是破案的关键。

4

案情一下子变得扑朔迷离起来，如果不是刘鸿群的被杀，童冰可能已被传唤。这个曾经在省运动会上夺得过飞镖冠军的女人，显然具备使用这种独特手段杀人的条件。她杀夫的动机也毋庸置疑，像河里的水、山上的草、田里的泥，明摆着。虽然说她杀害文潮泳目前还缺乏足够的证据，但又有谁能知道其背后会有什么样的故事？据她自己说，文潮泳被害的那天晚上，她在家里打麻将，这事还有待进一步证实。而童江南被害的那天，她说她在兰花园里整理兰花，没有出门，可她的两个雇工在前一天请假回家了，没人证明，完全有可能是谎话。现在的问题是，刘鸿群被害时，她正在与舒雨淇和李慧谈话，绝对有不在现场的证明……

舒雨淇苦苦思索，理不清头绪。这时，EMS 邮递员突然给他送来了一份快件。他拆开一看，里面是一张炭墨画，画的是一个不男不女的假小子，方脸，直鼻，厚唇，额头不高，下巴丰满，大大的眼睛里闪着仇恨的光；穿牛仔服，脚上是一双白色的安踏运动鞋。画纸的背后有几行电脑打印的字：我是个画家，也是火车站广场洗手间门口杀人案的目击者，请不要问我是谁。我将我看到的凶手的相貌画出来提供给你们，希望能对破案有点儿帮助。我没能分清我画的这个人到底是男是女，这实在是一个画家的尴尬。抱歉了！

舒雨淇看完画异常欣喜，拉上李慧马上去了教育局，找到人事科孙科长，把画拿给他看，问他认不认识这个人。孙科长摇了摇头说不认识，随后将局里几间办公室里的人全都叫来看画，大家都摇头说“不认识”。舒雨淇有点儿沮丧，正要告辞，有位女士恰好这时走进办公室。她是来找孙科长办事的一位中学教师，叫史惠卿。她左瞧右瞧，瞧了好一阵子，嘴里喃喃地说：“好像……不过……”

舒雨淇料想这回有戏了，他很想立刻就知道这个史老师到底看出了什么，却不敢急着追问，生怕打乱了她的思绪。李慧有些按捺不住，急着要开口询问，也被舒雨淇挥手制止了。

史老师又仔细看了好一阵子才说：“好像是我过去的一个学

生，不过她是个女孩。”

“你的那位学生头发是什么样子的？叫什么名字？”舒雨淇赶紧问。

“她叫庞萌，齐肩长发，当然，更多时候是扎一条马尾辫。”

“有刘海吗？”

“有。”

舒雨淇叫孙科长把那张炭墨画复印了一张，然后在复印件上添上了长发和刘海，拿给史老师。

史老师看后坚定地说：“没错，她就是庞萌，初中时是我的学生，毕业都快十年了，但容貌体态就是这个样子。”

“你知道她现在在哪儿吗？”李慧迫不及待地问。

史老师摇了摇头。

5

离开教育局，舒雨淇和李慧来到派出所查阅户口。从电脑资料里得知，庞萌 2001 年考上万吉师范专科学校，户口已在那一年的 7 月份迁出。两人立即赶到万吉师专。师专学生处的工作人员找来档案，说：“庞萌是 2001 届的委培生，2005 年毕业。按照规定，委培生必须从哪里来回哪里去，庞萌本来应该回到荆县教书，但她主动要求去艰苦的地方，所以就留在万吉，去了偏远的冷水坑小学。”

舒雨淇与李慧随即赶到冷水坑小学，找到了庞萌。然而一见到庞萌，两人顿时傻了眼。

眼前的这位女教师亭亭玉立，高胸细腰圆臀长腿，白白净净的脸上柳叶眉丹凤眼，鼻梁细长，嘴圆唇厚，活脱脱就是一个女人味十足的古典美女，与画中的那个假小子判若两人。

“你叫庞萌？”李慧问她。

“是的。”

“你是哪里人?”李慧又问。

“荆县县城。”

“认识荆县城关中学的史惠卿老师吗?”

美女摇了摇头。

舒雨淇站在旁边，没有参与她俩的谈话，此时他的脑海里全是问号，像有无数只萤火虫在飞来飞去，时明时暗。

眼前的这位美女和画上的那个假小子到底谁是庞萌?是史老师记错了名字，还是那个神秘的画家故意误导警方?如果美女是庞萌，那么假小子又会是谁?如果假小子才是真正的庞萌，那美女又是谁?她俩有什么关系?

舒雨淇拿出手机，佯装打电话，对着美女的脸偷偷地拍了张照片，然后走过去，掏出那张加上了长发和刘海的画给她看:“你认识这个人吗?”

美女紧抿着双唇，极力压抑着心中的惊诧，盯着画看了好一阵子，然后坚定地摇了摇头。

舒雨淇觉得再谈下去也不会有什么收获了，递给美女一张名片，说:“我们正在查案子，需要你的配合。你要是有什么事，可以与我联系。”

6

离开冷水坑小学，舒雨淇与李慧直奔童江南的三鑫公司，找来公司的副总和童江南的驾驶员、秘书等好几个人，让他们看了手机里的照片和那张炭墨画的复印件。他们对那张画都没有显示出太大的兴趣，却都盯着手机里的照片异口同声地说:“像，像，太像了。”

“到底像谁?”舒雨淇焦急地问。

“曾甜甜呀!就是我们童总金屋藏娇的情人。”

这下就更让人糊涂了，一会儿是假小子，一会儿是古典美女；一会儿是庞萌，一会儿又是曾甜甜。曾甜甜怎么会是冷水坑小学的美女教师？她们是两个人还是一个人？而那个神秘的画家又会是谁？

舒雨淇觉得脑袋里藤藤蔓蔓纵横交错，回到警队，泡了杯浓茶，点了支烟，坐在办公桌前，一边抽烟一边喝茶。

天黑了，月亮在云层里钻来跳去，努力寻找自己的独立空间，但乌云始终不肯让出位子，叫月亮百般无奈。

“走吧，我们去万吉。”吃过晚饭，舒雨淇对李慧说。

“干吗？”李慧问。

“去见一见童江南金屋藏娇的那个情人。”

7

李慧开车，不到一个小时就来到了曾甜甜的别墅。

出来开门的是一个四十来岁的女佣。李慧亮了警官证，女佣说：“先生去世后，小姐这几天心情不好，在她自己的房间里。”说完将他俩引上二楼。

女佣敲了敲门，曾甜甜出来开了门。

这曾甜甜的长相、容貌、身材与那个小学教师简直就是同一个模子里铸出来的，只是身高稍微矮了点儿，两眼盯着异性时更有一种勾魂的力量。

舒雨淇看不出她的心情有什么不好。只见她披着长发，嘴唇抹得很红，一身素白，站在两位警察的面前没说什么，显然是一个善于用眼睛说话而不大爱开口的女人。

“我们想了解一下，冷水坑小学的庞萌是你的什么人？”舒雨淇说。

“是我妹。请进来坐吧。”她说。

“那你们姐妹俩为什么不同姓？”舒雨淇原以为眼前的这位才是妹妹，此时才知道自己错了。

曾甜甜没有回答。舒雨淇又重复问了一遍，她才说："她原来叫曾香香，后来说不喜欢这个名字，就自己改了。"

"你认识这个人吗？"舒雨淇拿出加了长发和刘海的那张画。

曾甜甜又是一阵沉默，片刻之后却又态度坚决地摇了摇头，然后用那勾魂的眼睛死盯着舒雨淇的脸。看得出，她有些惊慌。

"你的妹妹真的是凭自己的本事考上师范专科学校的吗？"舒雨淇问。

曾甜甜还是没有应答，她转眼看了一下李慧，又将目光转到舒雨淇的脸上。

"我再问你一次，你的妹妹真的叫庞萌吗？"

曾甜甜仍然缄默不语。

舒雨淇说："既然你不愿意说，那就让我来告诉你。画上的这个人才是真正的庞萌，你妹妹只是为了上大学，才偷梁换柱，将自己变成庞萌。我说得没错吧？"

曾甜甜还是不说话，但她逃避了舒雨淇的目光，低下了头。

不过她的回答对舒雨淇来说已经不重要了。默认了就好，而这种默认使得舒雨淇厘清了案情。凶手已经浮出水面，迷雾正在消散，水落石出指日可待。但舒雨淇并没有因此感到欣喜，倒是有一种不祥的预兆，一种伴随着担心的紧张情绪在他的心里迅速膨胀，致使他再也坐不住了，狠狠地撂下一句："如果你不想与警方配合，你和你的妹妹现在都很危险。"说完朝李慧挥了下手，急切地离开了曾甜甜的别墅。

8

"你是不是发现了什么？我们现在该怎么办？"李慧着急地问。

"从现在开始，你一刻也不能离开这座别墅，紧盯着曾甜甜，我估计飞镖杀手的下一个目标就是曾家的两个姐妹。"

“那你呢?”

“我必须马上去万吉刑警大队，请他们派人保护冷水坑小学的那个美女，再叫他们找一个女警来协助你。只要盯紧曾家两姐妹，我们就一定能抓到凶手。”

舒雨淇一走进万吉警队，大队长聂冰焰就立即迎过来抓住了他的手：“大神探，我正要给你打电话，你却自己来了。”

舒雨淇骤然一惊：“噢？难道冷水坑小学的女教师曾香香被杀?”

“正是。”聂冰焰暗自一惊，自己刚刚才接到派出所的电话，他怎么立刻就知道了？难道他是能掐会算的神仙？但聂冰焰并没有把心中的疑惑说出来，他是一个不愿服输的人，不会轻易赞扬自己的同行。他只是接着说，“不过受害人不叫曾香香，叫庞萌。现场没有目击者，凶手来无影去无踪，异常神秘，用的是一把浸过毒汁的飞镖击中受害人的喉头。我知道你们荆县好像也发生过类似的案件，所以正要打电话找你。”

“我也是为这事而来的，”舒雨淇说，“依我的判断，凶手应该叫庞萌，被杀害的女教师是曾香香，我正要请你们派几个便衣女警保护曾香香，没想到凶手却比我早了一步。”

“什么庞萌？什么曾香香？我都让你给搞糊涂了。”

“简单地说吧，”舒雨淇点了支烟，“七年前，庞萌考上师专而曾香香没上录取线，但师专的委培指标是曾香香通过关系找来的，庞萌并不知情，曾香香就背着庞萌来了个偷梁换柱，取而代之。现在庞萌知道了这件事，就对那些剥夺了她上学权的人一一报复。就这么回事。”

两人正谈着，舒雨淇的手机响了，是李慧打来的，说庞萌已被她擒获。

李慧在电话里说：“我发现有个戴墨镜的人在别墅周围转悠，形态有点儿像画上的那个假小子，就赶紧迎了上去。正要问她话，她却拔腿想溜，我给了她一个扫堂腿，将她绊倒，戴上手锈，还从她身上搜出了两把飞镖。她已经承认了，她就是庞萌。”

9

庞萌被押回荆县。审讯室里，李慧问她：“说吧，什么时候开始想到杀人？”

“应该是半年前吧，”她说，“高考落第后，我去深圳打工，本来好好的，干了两年，谈了个男朋友，厂里还要我去香港培训，准备提升我的职务。因为去香港需要办证，我回了家，才发现户口早没了。厂里得知我是黑人黑户，不再让我去香港，还把我辞了，男朋友也因此离我而去。我接连又找了几家工厂，人家都不要我，我一下子从天堂跌进地狱。我也不知道我的户口为什么会无缘无故就没了，生活没有着落，为一日三餐发愁，只得回来。我去了一家家政公司，想随便找个什么活干，却在公司门口碰上了童冰。她叫我去她的兰花园干活，每月给我五百元，我高兴死了，就跟她走了。后来童冰教我练飞镖，我觉得好玩儿，就一边干活一边练，练了三年。我与童冰很合得来，我们以姐妹相称。她得知我的事后说了句：‘原来你就是那个庞萌。’我感觉她话中有话，就再三追问，她告诉我，考上师专的本来是我，只因那个委培的指标是童江南找文潮泳通过关系弄来的，所以被曾香香偷梁换柱，把我的户口给迁走了。童姐还告诉我说，这件事的整个过程是童江南一手导演的，他用金钱打通了每一个关节，目的是想讨好他的情人曾甜甜，也就是曾香香的姐姐。而文潮泳不仅跑关系、找指标，还将我的学生档案里面的相片全都换成了曾香香的。而身为户籍警的刘鸿群却装糊涂，硬是不负责地把户口给迁了。‘不是这些人，你也不会落到今天的地步。’童姐说，‘要是我，我一定把这些人给杀了。’也就是从那时起，我才产生了报复杀人的欲望，一天比一天强烈。”

“你连杀四人，就连一点儿恐惧也没有？”李慧说。

“四人?”庞萌一脸茫然，“只有文潮泳、刘鸿群和曾香香，怎么会是四人呢?”

“你敢说童江南不是你杀的?”

“当然不是。我说三个是死罪，说四个也是死罪，干什么要骗你?”

李慧拿来两张白纸，涂上黑色的墨汁，要庞萌在上面踩一下，然后再踩到另外的两张白纸上。庞萌照她说的做了。李慧又拿出一大沓照片，分成两组摆在她踩出来的脚印两边，说：“这几张是我们在童江南被害现场采集到的脚印，而这些是在火车站广场刘鸿群被害现场采集来的，你自己看，这两组脚印就是你现在脚上穿的这双安踏运动鞋留下来的，你怎么解释。”

庞萌依然是一脸茫然，没有回答。

舒雨淇这时发话了：“我问你，你是不是一直住在童冰那里?”

“是的，但文潮泳的那件事发生后，我就离开了。”

舒雨淇拿出 EMS 送来的那张炭墨画问：“你见过这张画吗?”

“没有。不过，”庞萌摇了摇头，接着说，“我拍过一张照片，是童姐给我拍的，她说我穿牛仔服和运动鞋特别好看，就为我拍了张照，当时我摆的就是这样的姿势。”

“那你身上的牛仔服、脚上的运动鞋，也是童冰买给你的，是吧?”

“你怎么知道?”

10

审讯结束后，李慧一头雾水，满腹疑云，追着舒雨淇问：“你是不是认为童江南不是庞萌杀的? 如果不是她，那现场为什么会留下她的脚印?”

舒雨淇没正面回答她，却说：“开一张搜查证，马上去找童冰，到时候你就清楚了。”

舒雨淇与李慧来到童冰家时，童冰还在睡觉。李慧将她从床上拉起来，然后带到舒雨淇面前。

舒雨淇要她签了搜查证，而后对一起来的几位警员下达指令：“屋里屋外，仔细搜搜。”

“舒警官，有话可以说嘛，何必如此兴师动众?”童冰皮笑肉不笑地对着舒雨淇说道。

“我们怀疑你涉嫌杀害你的丈夫童江南。”

“我和童江南感情不好，你们怀疑我杀夫夺财，这我理解。可是舒警官，童江南这人丧尽天良，想杀他的人不只我一个。现在庞萌不是已经被你们抓到了吗?”

“你怎么知道?”

“我看了报纸。”

“报纸上只说案件破获凶手被擒，并没点明凶手的名字。这应该是你的合理推测吧?”

童冰这才意识到自己说漏了嘴，开始沉默不语。

“其实，庞萌的所作所为，全都在你的掌控之中。”舒雨淇威严地直逼着她的眼睛，“你先是教她甩飞镖，然后一步一步地将她引上复仇之路。时机成熟后，你借口给她拍照，拿了她的照片到街头画摊上请人画像。当然，你的目的只是想借她的手杀掉你的丈夫。可你也知道，你的丈夫童江南腰缠千百万，警惕性极高，出入总有不少人跟随，也只有在与情人曾甜甜会面时他才会独来独往。而曾甜甜的那幢别墅戒备森严，还安装了不少摄像头，以庞萌的能力是无从下手的，所以你只能亲自出马。为掩人耳目，你买了两双安踏运动鞋，一双送给庞萌，另一双你自己藏着，不让庞萌知道，交换着让她轮流穿，所以两双鞋出现了大致相同的磨损痕迹。在庞萌杀了文潮泳后，你认为下手的时候到了。十号那天，你故意支走两名帮工，经过一番打扮，穿了牛仔服和运动鞋，携带假发套和墨镜，开车到了万吉，然后回头走了三公里，在319国道上等候童江南，拦下他的车。当童江南下车问你有什么事时，你一把飞镖甩过去，要了他的命。然后你戴上准备好的假发和墨镜，将自己装扮成与庞萌一样的假小子逃之夭夭。庞萌在火车站广场再次杀害了刘鸿群后，你就将那张画寄给了我……"

"没有，你说的都不是事实，你没有证据。"童冰歇斯底里地咆哮起来。

李慧按住了她的身子。

这时，两名年轻的警员提着一套牛仔服和一双安踏运动鞋走来，说是从兰花园的蓄水池里找到的。童冰这才无可奈何地低下了头。

鞋底无尘

1

清晨，舒雨淇刚从梦中醒来，床头的手机响了。他抓过来按下接听键，是110指挥中心的接线员小姐打来的，说是新中山街D幢楼顶平台发现一具女尸，要他立即赶到现场。

作为重案中队中队长，每有命案，他都必须在第一时间赶到，责无旁贷。舒雨淇瞅了一眼墙上的挂钟，正好六点三刻。他穿上警服，匆忙离家而去。

新中山街D幢楼顶平台上距楼梯口不到两米处，一名女子曲蜷着身子躺在那里，头上方有条晾晒衣服的铁线，铁线上挂着一套女式西装。他快步走过去，一股酒腥味扑面而来；猫腰一瞅，大吃一惊："天啊，怎么会是她……"

舒雨淇强压着内心的惊诧，尽量不让它表露出来，但率先赶来保护现场的三名年轻的巡警还是察觉出来了，一起朝他投来异样的目光。他佯装什么事也没发生，戴上白色手套，摘下死者脚上的一只拖鞋，翻来覆去地看了起来。那是一双橡胶平底拖鞋，是用柔软的、很漂亮的花布手工做成的。他似乎对这双极普通的平底拖鞋很感兴趣，看了又看，还从衣袋里掏出放大镜瞧了好一阵子，才重新套到死者的脚上。

分管刑侦的林副局长带着痕迹技术员、法医等一干人马匆匆赶来，舒雨淇的助手李慧也在其中。

舒雨淇对刑事技术科的庄科长说："仔细找一找，看看死者身上有没有毛发之类的东西。"转身又问站在身边的巡警："谁报的案?"

巡警回答："住 802 的徐老太太。"

将现场留给林副局长主持勘验，舒雨淇与他的助手李慧一起去了徐老太太家。徐老太太其实并不老，才五十来岁，衣着斯文讲究，举止得体；身段瘦削但轮廓线条并不太硬；皮肤很白却略显干涩；眉清目秀，只是嘴唇稍薄。她叫徐静娴，在县医院当麻醉师。

徐静娴说："清晨起床后，天未大亮，曙色蒙蒙，我端上女儿昨晚洗的一盆衣服上楼准备晾晒，突然被一团软绵绵的东西绊了一跤，弯腰一瞅，发现是一个女人。我壮着胆摇了她几下，她已经僵了，我料想人已经死了，以为她是外地来此过夜的乞丐，就慌慌张张地捡起掉在地上的衣服，跑下楼，回家打了报警电话。"

舒雨淇问："昨晚是不是有人找过住在 801 的红玉?"

徐静娴说："有啊。大概九点多，有一个女人来找过红玉。那女人瘦高个子，留一头很好看的长发，穿一件棕色皮大衣，脖子上裹着一条花围巾，整个脸包得只剩下两只眼睛。她敲了我家的门，问我红玉是不是住在这里。我告诉她说在对面，她说了声'谢谢'，就去敲对面的门，我也进屋关了门。"

2

离开徐家，舒雨淇与李慧来到对面的 801 房。房门虚掩着，轻轻一推就开了。客厅里的灯还亮着，正中央的玻璃茶几上有几盘剩菜、两副酒杯和碗筷，沙发上有条花围巾，舒雨淇一眼就认出那是自己的妻子苏兰的。他愣了好长一段时间，默然不语，然后连抽了两支烟，突然对李慧说："我必须马上回家一趟。"

李慧大惑不解，他怎么能这个节骨眼儿上回家呢？但作为助手，她又不好意思说他，就提出要跟他一起走。

舒雨淇在家找来找去，最后在枕头底下找到了两根头发。头发有半米多长，显然是女人的。他向李慧要了一个塑料袋，将头发装进去，说要拿回局里做 DNA 鉴定。

李慧满腹狐疑，有点儿沉不住气了，她需要知道真相，她不想像无头苍蝇似的跟在别人的后面乱飞乱撞，"舒队，你认识那个叫红玉的死者？你怀疑你的妻子是杀人凶手？是不是？你告诉我。"

"好了，好了，我现在脑子里已经够乱了，你就不要再给我添乱了，等 DNA 结果出来，我会向你说明一切。"舒雨淇说。

回到局里，舒雨淇将两根头发交给刑事技术科的庄科长，要他拿去做 DNA 鉴定。老庄告诉他：死者红玉，二十七岁，安徽人，在本县没有任何亲戚；身上没有任何伤痕，衣着整齐，临死前没有搏斗与挣扎的痕迹，法医解剖尸体确定死因是冻死，死亡时间确定在三到四个小时之前，也就是今天凌晨三点左右。机体在寒冷中体温降至二十五摄氏度以下即可能冻死，昨晚最低气温是零下七摄氏度，而死者死前喝了不少酒，酒精的催眠作用会使寒冷加速。显然是死者喝了酒后，走上楼顶平台收取衣服时，醉倒在地爬不起来，半夜里被冻死了。

舒雨淇问："林副呢，他怎么看？"

庄科长说："这就是林副的看法。"

三天以后，庄科长跑来告诉舒雨淇，DNA 鉴定结果出来了，他给的两根头发与掉在死者身上的头发是同一人的，但排除是死者自己的头发。舒雨淇一时傻了眼，他一直希望自己的判断是错误的，可现在证实他的分析一点儿也没错，他还真有些茫然，不知道下一步自己该做什么。从警十一年，他第一次感觉到自己如此缺乏自信。他本想把李慧叫来，告诉她一切，又觉得自己脑袋里乱糟糟的，需要有一个能使自己清醒一下的环境。他打了李慧的手机："李慧，DNA鉴定出来了，你不是想知道一切吗？可我现在只想麻醉一下自己。"

"你想喝酒是吧？借酒浇愁愁更愁，你麻醉得了一时却麻醉不了一世，也许我能帮你清醒清醒。我们去人工湖边的望江楼喝咖啡怎么样？"李慧说。

3

十五分钟后，两人几乎是同时到达望江楼，在临窗的一张方桌边面对面地坐了下来。冬天日短夜长，太阳早早地沉落山头，偌大的人工湖这下完全沉没在更广大的夜色中。窗外的景色美不胜收，皎洁的月光照在波光粼粼的湖面上，闪闪烁烁，仿佛嫦娥撒下一大群银白色的蝌蚪在欢快地跳跃。几只游船在湖面上飘荡，偶尔从上面碾过，银白色的蝌蚪群便哄然而散，等游船划过之后，又重新聚集在一起。

舒雨淇朝窗外注视了许久，心情好了很多："李慧，你不是想知道我是怎么认识死者红玉的吗？凶手到底是不是我妻子？我现在就告诉你。"

"先不谈公事，我们喝咖啡吧，然后去跳舞、听音乐……"

"不，我没那份闲情逸致。在来这里的路上，我已经想好了，红玉这案子还得由你出面。"舒雨淇打断了李慧的话。

"是吗？"李慧有点儿受宠若惊，两眼直巴巴地盯着舒雨淇的脸。

"我认识红玉，是在四年前，"舒雨淇点燃了一支烟说，"当时她是个从外地来的卖淫女，在一次清查黄赌毒的专项行动中被我逮捕了。做讯问笔录时，她对我撒谎，说她小学没有毕业，是第一次坐台。但我看她阅读笔录时非常认真，十分仔细，还从中挑出了几个错别字，最后签名时，字迹娟秀流畅。我就对她说，你连文化程度都想骗我，又怎么能如实地交代自己的问题？不想如实交代问题，又哪来重新做人的心理基础？她听了我的话，沉思了很久，泪流满面地告诉了我实情。其实她是某师范大学英语专业大三的学生，能看懂莎翁的英文剧本，误落红尘是因为家里穷，被一名风度翩翩的企业家所骗，被学校开除了，不得已而为之。如此才女，外秀内慧，我很为她感到惋惜。后来她被收教一年。我送她去收教所时给了她我的手机号码，说等你出来时如需我的帮助，可以给我打电话，千万别再重蹈覆辙。七个月后，她从收教所出来，果然给我打了电话，求我帮她找一个正当的工作。我说你既然是学英语的，何不找点儿英文翻译的活儿干。她很看重我的建议，要我帮她。我帮她联系了水电站招待所住下来，那里房费便宜，还借给她两千元钱，让她交了半年的住宿费，并购买了三个月的食堂餐票。之后我又帮她从外事、外经贸、公证处等单位找了一些翻译材料的活儿做。不到三个月，她就归还了我借给她的两千元钱。可这事后来被我妻子苏兰知道了，她大发雷霆，说我养什么女人不好，干吗一定要养一只'鸡'？我再三解释，说我们俩的关系是清白的，可苏兰怎么也不肯相信。你刚从警察专科学校毕业那阵子，我的头上还扎着绷带是吧？当时我说是骑摩托车时摔的，其实不是，是被苏兰用啤酒瓶砸破的。"

李慧一只手托着下巴，静静地听着，像幼年时听姥姥讲过去的故事那样专注。

"红玉很勤奋，也很喜欢自己的工作，"舒雨淇接着说，"她自己有了一定的经验后，我也就很少与她来往了。后来她赚了一些钱，有了一笔不小的积蓄，想开办一家外国语翻译社。因为她在本地没有其他亲友，就求我帮忙。我替她联系购买房子和办理营业执照。翻译社开业的那天，电视台采访红玉。苏兰从电视上认识了红玉，发现她是那样年轻漂亮、充满活力，面对摄影机侃侃而谈，一下子打翻了醋坛子，与我大吵大闹，还当着我的面说要让这个女人人间蒸发。”

“所以，你认为苏兰有杀人动机？”

舒雨淇点了点头，没回答。

“可是林副认为这是一次意外事故，可能是死者喝醉了上楼顶平台收取衣服，醉倒在地爬不起来……”

“不，林副的判断缺少证据支持。”舒雨淇说，“楼顶平台上挂在铁线上的那套衣服是毛料的女式西服，毛料的衣服只能干洗不能水洗，干洗的衣服是用不着晾晒的，显然是有人故意挂上去的，目的是想转移我们的视线。还有，我仔细观察过红玉脚上穿的平底拖鞋，鞋底无尘，干净得很。我用放大镜看了，微粒物质接近零。从她的房间走上楼顶平台有二十二个水泥台阶，你想想，走过这二十二个水泥台阶，怎么可能鞋底无尘？”

“你是说，苏兰找红玉，将她灌醉，然后抱她上了楼顶平台，再返回屋里拿了拖鞋和西服，制造醉倒冻死的假现场？”李慧说，“如果真是这样，那我们该怎么办？苏兰可是你的妻子啊！一日夫妻百日恩，你真的想送她上断头台？”

“法律无情，我也没有办法，所以我才感到脑子里乱糟糟的。我想，这事只能由你出面，你去找她，就说警察已经怀疑她了，因为红玉的房间里有她落下的一条花围巾。你劝她自首，如果她愿意，也算是我给她留了一条生路。”

“那好，我马上找她，她会在哪儿？”李慧是个急性子，做什么事都雷厉风行。

“我也不知道，反正她在家我就走，我在家她就走，我们之间有堵冰墙。”舒雨淇想了想说，“你打她的手机吧。”

4

出乎两人的意料，苏兰接到李慧的电话，也急着要见李慧，说十五分钟后赶到望江楼与她见面。舒雨淇只好撤身离去，留下李慧与她单独会面。

回到家，舒雨淇坐立不安，一直等着李慧的电话，可整整一夜始终没有听到手机铃声响起。熬着、忍着，终于等到次日清晨上班时间，舒雨淇早早来到局里，楼上楼下找了个遍，也没见到李慧的身影。舒雨淇急了，拿起电话拨了李慧的手机。

“谁啊？有事吗？”电话里传来李慧迷迷糊糊的声音，她还未从梦中醒来。

“我是雨淇，你看现在都什么时候了？你已经迟到了，要是不能在三分钟内赶来上班，我就扣你一个月的岗位考评。”

“不就是八十块嘛，有什么了不起。你知道我昨晚加班加到几点吗？人家才睡两个小时，你就将人家吵醒了。”李慧听出了是舒队的声音，睡意蒸发了，脑袋清醒了许多，有意要同舒雨淇逗一逗，“专家说了，一个人每天要保证八小时的睡眠，睡眠不足，人会很快衰老的。你不会希望你的搭档是一个未老先衰的小女人吧？”

“好了，好了，我不同你斗嘴皮子，你说，还要多久我才能见到你？”

“十五分钟，你开车来接我。”李慧挂掉手机，为自己能对上司“居高临下”一回而沾沾自喜。

舒雨淇的车开到李慧家楼下时，李慧刚好走到楼梯口，十五分钟的约定分毫不差。舒雨淇打开车门，李慧钻了进来，坐到副驾驶的位置上。

舒雨淇问她：“昨晚谈得怎样？”

“你经常批评我性子太急，其实你比我更急。”李慧笑了笑说，“案发前的那天晚上，就是元月七日晚七时左右，苏兰去找红玉。她先是到红玉的外国语翻译社找，但翻译社已经关门。苏兰问了隔壁狗肉店的女老板，才知道红玉住801房。当时红玉正准备吃晚饭，苏兰敲开门后自我介绍说是舒雨淇的爱人，红玉开始很惊讶，但马上极热情地接待了她，说：‘兰姐，其实我很早就想找你了。’苏兰听到对方称自己‘兰姐’，想到古时候妻妾之间的称呼，心中大为不快，但并没发火。据苏兰自己说，她的目的是想见识见识这个女人，想知道这个女人勾引自己的丈夫到了什么程度。她怀里藏着一把水果刀，若红玉敢当面羞辱她，或者执意要抢她的男人，她就与红玉拼命，但其实并没有打算真的叫她人间蒸发。”

“那后来呢？”

“后来红玉很热情地接待了她，还开了一瓶皇家礼炮，两人边喝酒边交谈。红玉很坦诚、很直接，将你俩从认识到现在所有的细节全说了，说的与你平时对苏兰讲的相差无几，苏兰逐渐放弃了对红玉的怀疑和嫉妒。红玉还给了苏兰一个MP3，那里面有一段她对你说的话。红玉告诉苏兰，这录音已经录了两个多月，一直没机会交给你，要她一定当面转交。我说由我来转交，苏兰就将MP3给了我。”李慧从小提包里拿出一个MP3，交给舒雨淇，继续说：“据苏兰说，当时她拿了MP3，戴上耳塞就听了起来，听完后两人冰释前嫌，云开雾散，互相以姐妹相称，开怀畅饮，而后便醉得不省人事。红玉扶苏兰到房间里的床上，她自己睡在沙发上。苏兰醒来时已经是凌晨五点，却不见红玉的身影，她屋里屋外找了将近半个小时，心想兴许是她酒醒后办什么事去了，就没再找，独自离开，后来就……”

李慧说到这里停了下来，眼睛盯着舒雨淇，见他耷拉着眼睑，陷入深深的沉思中，又继续说道：“我相信苏兰，凭一个女人的直觉，我相信她的话句句是真，其实还不仅仅是直觉，我还做了调查。苏兰说她从红玉的家里出来后，因为酒喝多了的缘故，走路跌跌撞撞，不小心撞上了一辆迎面驶来的自行车。骑车的人是个四十来岁的男子，由于路上行人稀少，速度快了些，将苏兰撞了个仰面朝天。那男子还挺绅士的，马上将苏兰送到县医院。县医院的外科医生是我叔，这星期全值夜班。我在与苏兰分手后去找了狗肉店的女老板，然后又去了县医院，证实了苏兰说的话。我叔还查了电脑，患者的姓名、年龄、职业，还有就诊时间与苏兰说得完全一致。”

5

停在李慧家门口的警车一直没发动，舒雨淇坐在驾驶室里，眉头紧锁，脑海里有一大堆的问号胶着地扭打在一起：法医验尸报告说红玉的死亡时间是凌晨三点，从受冻到死亡至少要两个小时，也就是说，红玉应该在一点钟左右就上了楼顶平台，而苏兰是凌晨五点多才离开。按一般的常理，凶手作案后都会马上逃离现场，除非是杀人如麻的惯犯、累犯。然而苏兰不是，她不具备那样的心理素质，她要真的是五点多才离开，那她就不会是凶手，红玉身上的头发有可能是扶苏兰进卧室时掉下的。不过，要是苏兰故意制造时间差，精心安排了与自行车相撞的事故呢？这似乎又不大可能，因为苏兰不是那种人。她这人思维粗糙，不爱动脑筋，不可能筹划得那么精细，如果她真考虑得那么细，也不会把自己的花围巾落在现场。那么，楼顶平台上那套无须晾晒的毛料西服，还有那双“鞋底无尘”的平板拖鞋又该怎么解释？

“你还是先听听 MP3 吧，车我来开。”李慧打断了舒雨淇的思绪。车开了，舒雨淇戴上耳塞，按下 MP3 的播音键，红玉那甜甜的声音直灌耳窝。

“雨哥，我很早就想这样叫你，却一直没有胆量这样做。你是这个世界上第一个让我敬佩、让我感激、让我喜欢、让我思念的男人。你为我指明了人生的阳光路，帮我实现了幼时的梦想，如果不是遇到你，我可能还在漆黑的深渊里痛苦地挣扎。雨哥，我在梦里拥抱过你，与你接吻。梦醒后，我自己也觉得可笑，我怎能这样做呢？你是我的恩人，我不能破坏你的幸福家庭，这点我懂。可是我对你的思念挥之不去。这四年来，是有一些男孩子追我，他们要么是想占我的便宜，要么一听到我的过去就像躲瘟神似的逃走，就我过去那一段不光彩的人生，世界上很难找到第二个像你这样能够理解我、相信我、帮助我的男人了。我一直在告诫自己，我不能伤害你，不能伤害你的爱人，不能伤害你的家庭。不怕你笑话，自从认识你的那一天起，我就一直在想爱又不敢爱的痛苦中折磨自己。现在好了，我已经找到了自己的真爱。我的男朋友叫徐志翔，他在澳洲学钢琴，我们是邻居，两年前他回家探亲时认识的。他追了我将近一年，一天一封电子邮件，我一直没答应他，后来我如实地向他说了我的过去，他的一句'不足挂齿，都什么年代了'的话让我大受感动，我才接受了他。前几天，他又回来了，我们说好了明年五一结婚，结婚后他就回国，与我一起打理外国语翻译社。徐志翔昨天刚走，我送他去的机场。我想将这件事第一个告诉你，又不知用怎样的方式，想了想就用MP3录下了这段话。雨哥，你一定会祝福我的，不是吗？"

舒雨淇感慨万千，要是红玉不死，他会欣喜万分，可她已经……唉，真可谓红颜薄命啊！

"很感动，是吧？"李慧见舒雨淇摘下耳塞，逗了他一句。

舒雨淇没搭理她，他在想那个徐志翔，这名字好像在哪儿听过，到记忆库里"百度"了一番，终于想起来了：六年前，本县出了个钢琴王子，差点儿就去参加肖邦国际钢琴大赛了，后来去了澳洲，媒体为这事炒得沸沸扬扬。记得当时最风光的是他的母亲——一个含辛茹苦倾其毕生精力并因此获得了成功的单亲母亲。噢，对了，她好像就是一名医生……

6

“李慧，停车。”舒雨淇斩钉截铁地说，李慧早已习惯了他的这种口气，她知道，此时她的“舒队”一定是找到了新的侦查方向。将车子停在路边，她侧转过身，静等他发话。

“你马上给苏兰打电话，问问她，当时她找红玉时，是不是见过住在对面802的徐静娴。”

李慧立即拿起手机打了电话，然后告诉舒雨淇：“她说了，没有，当时并没遇到什么人，大约在十点，两人喝得尽兴时，有一个女人来敲门，红玉开了门，有些尴尬，好像是在叫‘妈’，但声音很小，很含糊。敲门的女人只说了一句‘你们喝吧，我没事’就退了出去。那时她俩都已经有了几分醉意，后来门没关，继续喝，也没再见到其他的人。”

“你不是说你叔在县医院吗？你打电话问他……算了，这电话我来打。”舒雨淇掏出手机，拨了县医院保卫科科长的电话，问他徐静娴的家庭情况。保卫科科长告诉他：徐静娴在很早以前就离了婚，有一个独生子在澳洲，就是那个曾经轰动一时的钢琴王子。家里有一个干女儿，是医院里学历最高的医生，是个博士。徐静娴有意想要她做儿媳妇，听说女博士也有这个意思，就是那个钢琴王子不乐意。

“杀人者，麻醉师也。”舒雨淇关了手机，使劲儿拍了一下自己的大腿，胸有成竹地说。他要李慧掉转车头，马上去徐静娴家。

7

徐静娴今天没上班，在家拜佛，刚好开门出来要烧金箔纸，却突然撞上了两个穿警服的警察，顿时目瞪口呆，大眼睛像要撑破眼眶。舒雨淇对她说："菩萨只保佑善良的人，不会庇护有罪之人，是吧？"

徐静娴一手拿着打火机，另一只手捧着一沓金箔纸，呆若木鸡，不知所措。舒雨淇接着对她说："徐医生，你是麻醉师，你应该懂得，机体在寒冷中体温降至二十五摄氏度以下即可能冻死，如果喝了酒，酒精的催眠作用会使寒冷加速……"

"你别说了，红玉是我杀的，"徐静娴缓过神来以后，出乎意料地变得异常镇静，她打断了舒雨淇的话，"等我把手上的这些金箔纸烧了，就跟你们走。"

被押上警车后，徐静娴主动交代了她的杀人经过。其实那天晚上苏兰找红玉时她并不知道，之前和警察说有一个瘦高个子的长发女人问她红玉住哪儿，是她自己编造出来的。大约十点钟她听到红玉房里有嘻嘻哈哈的吵闹声，想知道红玉与什么人在一起，所以才去敲了门。零点过后，她本想上床睡觉，却鬼使神差老惦记着红玉屋里的事，很想知道与红玉在一起喝酒的女人是不是已经走了。当她打开自己的房门时，却意外地发现对面的门没关，于是很自然地就走了进去，见红玉醉成一摊烂泥，赤脚躺在沙发上，也不知为什么，一股恶气直冲脑门儿，顿时萌生了杀掉她的念头。于是，她将红玉抱上楼顶平台，返身又进屋从衣橱里拿了一套西服，从鞋架上拿了一双拖鞋，返回楼顶平台伪造了"红玉收取衣服被冻死"的假象。

她说："我在我儿子三岁时离了婚，二十三年了，儿子就是我的命，我的一切，我既当爹又当妈，含辛茹苦有多不容易？可她一个做过'鸡'的女人，却不知用什么妖术缠住了我儿子的魂，还要把我儿子从澳洲拉回来，我……"

她哭了，哭得泣不成声，凄凄惨惨。

锁在铁箱里的谜底

1

十点十五分，堤管所董海接到齐柔霸打来的电话，要他叫周三棠下午开车去省城接他回来。

这堤管所管理着一座水闸，十里长渠，因为受益的千亩农田跨越三个县，七年前收归市里，由市政府委托县水利局管辖，级别高、经费足、待遇好。每逢换届，找组织部部长想要到堤管所来当所长的人简直要挤破门框，踩烂门槛。齐柔霸就是三年前调进来当所长的。他在乡镇干了十几年的一把手，上不去了，托了不少关系才实现多年梦想。有人劝他：“那地方是个热门单位，换所长就像换衣服似的频繁，你才四十出头，恐怕很难干到退休年龄。”可齐柔霸却不以为然，开车只能看前面的三十米，不能看得太远，看得太远会翻车的，一步一步来，才能走得更远。

副所长董海是五朝元老，加上他四次十二年代理所长主持工作，应该算是九朝元老了。他曾是插队知青，后来到北京的一所水利工程学院读书，毕业后来到堤管所工作直至现在，业务精得很。啥时开闸，啥时蓄水，啥时清污，啥时护堤，差不多全凭他的潜意识在作业。他常说，要不是中国人口太多，劳力过剩，这堤管所其实只要给他一个助手就够了，根本用不着六个人。讲这样的话是要得罪人的，但时间久了，大家都知道他并无恶意，也就不放在心上了。

接到齐柔霸的电话，董海有点儿莫名其妙，自己从不用车，周三棠开的那辆伊兰特他连摸都没有摸过，一直是他齐柔霸的私人坐骑，“要周三棠去省城接他，直接给他打电话不就得了，干吗还要我来转达?”董海心里有些不大情愿，但碍于面子，还是照办了。他一连给周三棠打了十几个电话，始终没人接，家里的电话也是一样，老是忙音。眼看就要下班吃午饭了，如果还不能找到周三棠，所长交代的事就落实不了。董海急了，跑去找老宫，要老宫去一趟周三棠家。

老宫名叫宫翠花，丈夫20世纪80年代初当过一任县长，一家子就是在那个时候“农转非”的。当年老宫三十岁不到，年富力强，总不能在城里吃闲饭吧？丈夫找了当时的劳动局局长，老宫很自然地便被招工进了堤管所。老宫没文化，连自己的名字都写不出来，发工资、领补贴时总是盖木头印章。不过老宫人很不错，拖拖地板、洗洗茶具、夹夹报纸，帮帮这个，帮帮那个，在所里也算是个有实质性贡献的人。

老宫点了点头，提前下班走了，不到半个小时，董海就接到了老宫打来的电话：“老董，你快来呀，出人命了……”电话里老宫气喘吁吁，上句不接下句，董海问她怎么回事，电话却断了。董海只好骑上自行车亲自赶去周三棠家。

周三棠家在三楼，门口有位阿婆，是周三棠的邻居，却不见老宫的影子。董海急切地问：“老宫呢？老宫呢?”阿婆告诉董海，老宫来找周三棠，敲了门，没人应答，就打周三棠的手机，屋里传出手机的铃声，老宫就爬到门上方的玻璃窗往里看，也不知她看到了什么东西，一惊吓，就从上面摔了下来，后脑勺着地，直想吐，被人送医院去了。董海向阿婆要了张凳子，也爬到门上方的玻璃窗趴着往里看。这一看，董海魂飞魄散，也从凳子上摔了下来，坐在地上久久爬不起来。阿婆见状惊慌失措，大喊："救人啊!"董海挥手阻止她，然后掏出手机，拨打了110报警电话。

刑警队重案中队中队长舒雨淇和他的助手李慧匆匆赶来。听完董海的简单介绍后，打电话叫来一个锁匠，把门打开了。

这是间一厅两居室的套房，客厅不算大，一只矮橱、两张沙发，沙发中间是茶几。矮橱上有一台电视机和一部带录音的电话机，茶几上搁着一瓶还剩三分之一的XO、一个玻璃杯、一双筷子、小半碟的花生米和两个小盘子，盘中有尚未吃完的巴浪鱼干和牛肉片。

周三棠曲蜷着身子倒在沙发边，面目狰狞，十分吓人，地上有一大摊呕吐物，看样子临死前曾经有过一阵子痛苦的挣扎。

舒雨淇先是把右手食指搁在周三棠的鼻头，再摸他颈上的动脉，已经没了生命迹象；再用两根指头拨开他的眼皮，细瞧了一阵子，见其瞳孔已散大；又拉开身上的衣服，弥漫性紫红色的尸斑清晰可见，用手指轻轻一压，不易褪去。显然是食物中毒，死亡时间应该在十二小时之前，也就是昨晚七点到十一点之间。

舒雨淇打电话叫法医和痕迹技术员马上过来，自己又仔细察看了屋里的每一个房间，除了那部带录音的电话让人觉得有些蹊跷外，似乎一切都很正常。屋里的每一个窗户都有防盗网，卧室的小阳台同样也有防盗网。可以肯定，外人无法进来，谋财害命的可能可以排除，如果不是自杀，那就是熟人作案：情杀、仇杀，或者其他?

2

舒雨淇把李慧叫到门外，说："你去了解死者昨天一整天的行踪，看看是否有外人来找过他。然后到电信局和移动公司洗单，把周三棠家的电话和他的手机最近一周的通话记录全打印出来，顺便去医院看看老宫。还有，刚才我问了董海，他说他昨天晚上与文体局的老同学史一诗在一起聊天，地点在史一诗家，也一并证实一下。”舒雨淇说完将警车钥匙递给李慧。李慧拿了钥匙转身要走，舒雨淇突然又叫住她，“对了，还有件事，周三棠的妻子一直没露面，好像不大正常，你顺便了解一下，她干什么去了。”

李慧下楼离去。为了不影响现场勘查，舒雨淇将董海约到楼下的龙眼树下，在一张石桌前面对面地坐了下来。

“自杀是不可能的。”董海未等舒雨淇发问就急切地谈起自己的看法，“他这人心底浅，没多少思想，搁不下事，像橄榄核搁在平板玻璃上，稍一动就滑落，不会自杀的。自杀是那些墨水喝多了喜欢钻牛角尖的人才干的蠢事，轮不到他。我太了解他了。”

“依你这么说，他在你们单位里口碑不好？”

“何止是口碑不好，他得罪的人太多，谁都怕他，像躲瘟神似的避之唯恐不及。”

“噢？说看看，都有哪些人？”

平时那些各抱地势钩来斗去的事，董海看在眼里，知根知底。沉默了好一阵子，他说：“要不先说说所长齐柔霸吧，他与周三棠的关系最和谐。周三棠只听齐柔霸一人的话，别人都不放在眼里。当时齐柔霸还未调进来时，所里的工作由我主持，水利局局长找过我，说是局里的一部仪征车要送给我们，虽然旧点儿，但还能用，顺便再配一个驾驶员给我们。我没接受。我知道那部仪征车破破烂烂的，估计已接近报废期，接受下来，一年得花上好几万元的维修费。再说，我们的业务只是管一座水闸和十里长渠，公事用不着，私事谁都想用，多一部车多一份麻烦。我不想成为得罪人的靶子。局长要我接收的驾驶员是不是周三棠我不知道，他有什么背景我也不大清楚，但他家在冷水坑村，又穷又偏僻，先前受雇开大货车跑长途，累得瘦巴巴的没个人样。齐柔霸当了所长后，仪征车他也没要，却是先让周三棠进了堤管所后再买新车，周三棠当然要对齐柔霸感恩不尽。所以两人的关系一直很密切，没听说他们之间有什么纠葛，至少表面上是这样，背地里的事就不得而知了。不过齐柔霸最近到省城学习四个月，正好今天结束，正等着周三棠开车去接他。据我所知，这期间他两三个星期回来休息一次，最后一次回来是半个月前，用你们警察的行话说，他就是有作案动机也缺少作案时间。我相信周三棠如果真的是被人谋害，也不会是齐柔霸干的。

“再说老宫，她是个好人，没文化，人热情、勤劳，又乐于助人，你要她干什么她就干什么，不会得罪人的。只是遇上周三棠这种人，还是得罪了一次，不过很快就和解了。周三棠刚进堤管所那阵子，有一天开车从外地回来，从车后备厢里提了两个袋子，还抱了一个纸箱。老宫见了，赶紧跑过去帮他抱那个纸箱，没想到上台阶时跌了一跤，纸箱摔出去老远，几听罐头掉出来，在地上滚动，还有好几张照片落在地上。罐头倒没什么，捡起来就得了，问题是那些照片，是一个风骚女人的裸体照，摆着各种不堪入目的姿势。周三棠回头一瞅，顿时火冒三丈，一张脸涨得像猪肝似的，将手上的提包放在地上，踅回身子，朝老宫奋力推了一把。老宫滚落台阶，周三棠迅速收拾起那些照片，揣进衣袋。老宫受了委屈，没想到周三棠还不罢休，当天晚上就打电话骂了老宫一顿，还威胁说要是把照片的事说出去，就让她一家子好看。农村有句老话：得罪地痞养不了鸡。老宫提心吊胆地不知如何是好，跑来问我怎么办。我说他这人思想简单，很容易摆平的，以后你离他远点儿，见面赔赔笑脸，也许就没事了。老宫可能是从我的话里得到了启发，第二天就自己买了些水果和香烟，到周三棠家去赔礼道歉，向他保证绝不会将照片的事告诉别人，此后两人一直相安无事。老宫就是这样的一种人，逆来顺受，不可能做出伤天害理的事。

“还有章筱敏，他原本是组织部的科员，干了十几年，一直得不到提拔，就自己要求到堤管所来，弄了个副主任科员的头衔。来了后发现没啥事可做，他才三十来岁，日子实在太闷，就借调到水利局去了。一年多以前，筱敏有个开茶叶店的朋友要去机场接一个客商，打电话要他帮忙找部车，他就找了周三棠，周三棠说没问题，当天中午准时带筱敏的那个朋友去了一趟机场。以后两人来往便多了起来，经常在一起喝酒，周三棠逢人便说筱敏是他的铁哥们儿。前几天，周三棠要买茶叶，他没找章筱敏，要是找章筱敏也就没事了，偏偏是直接去找了章筱敏的那个朋友，大概是因为价钱谈不拢，周三棠就当面向对方讨人情，说你别忘了你曾经借过我的车。章筱敏的朋友马上纠正他，说不是‘借’是‘租’，用你的车是交过租金的，三百元，一分都没少。周三棠得知章筱敏用他的车还私吞了三百元租金，转身就跑去了水利局，当着一屋子的人责问章筱敏三百元租金的事，弄得章筱敏脸上白一阵红一阵万分尴尬，下不了台。事后章筱敏被局长克了一顿。第二天，也就是上周五，章筱敏将那三百元如数交公，还写了一份检讨。不知道他会不会为这事怀恨在心。”

说完这些，董海便缄默不语了，舒雨淇只得与他分手，回到三楼案发现场。法医告诉他，死亡时间可以定在昨天晚上八点到十二点之间，死因初步判断是毒鼠强中毒，但结论必须等尸体解剖之后才能确认。技术科的老庄也对舒雨淇说：“我们已经将该取的物证都取了，下午就送市局做毒物检验，你要结论，只能等明后天了。对了，目前尚有些事要做，已经叫送四份快餐过来，你是不是也一起吃午饭？要的话我就打电话叫多送一份。”

“不了，我去对面的小吃店吃卤面，我爱吃卤面。不知道叫李慧办的事办得怎么样了。”舒雨淇说。

“也好，你还是同李慧一起去吃卤面吧，我们不留你，小姑娘有魅力。”老庄趁机调侃了他一下。

舒雨淇没理他，下楼去了，在楼梯口打了李慧的手机，问她事情办得怎么样，李慧说差不多了。舒雨淇要她办完事把车开过来，一起到清清小吃店吃卤面。

3

进入小吃店，两人找了一处僻静的小方桌坐下，李慧告诉舒雨淇：周三棠昨天下午四点半左右回家后就一直没人见到他走出家门，也没有外人找他；他家的电话已很久没使用过，手机倒是用得比较频繁，最后两个通话记录是齐柔霸的手机号码。至于周三棠的妻子，据邻居反映，两人的婚姻关系非常糟糕，天天吵架。那女人也够可怜的，时不时被丈夫打得脸上青一块紫一块的，又没人敢对她说一句同情的话，害怕遭到周三棠的报复。年前那女人就不见了，可能是离家出走，连十二岁的女儿也一起带走了，但没人知道她们去哪儿了，周三棠也不知道。老宫只是轻微的脑震荡，过两天就可以出院；董海说的昨晚与史一诗聊天，史一诗证实确有其事。

一人吃了两碗卤面，舒雨淇抬手看表，距离下班还有点儿时间，于是两人便去了水利局找章筱敏。

章筱敏个子不高，一听说要了解他昨晚的行踪，立即火冒三丈："我会杀周三棠？天方夜谭，那个人渣还值得我动手？肯定是文鸣那个黄脸婆想陷害我，我看黄脸婆才最有可能是凶手。舒队长，我说你们警察找我是找错了人，我昨天从上午九点开始就一直陪局长接待市里来的领导，吃完晚饭就在酒店客房里打扑克，到后半夜两点多，一整天都没有离开酒店。"

章筱敏喋喋不休地还要说下去，舒雨淇递给他一支烟，打断他的话："查案子是我们的责任，配合我们查案是每一个公民的义务，我们并没有怀疑你，只是做些常规性的调查，如果能排除嫌疑，又何尝不是对你负责？我们还没见过文鸣，你也用不着胡乱猜疑。"章筱敏一听，冷静了许多，舒雨淇抓住机会，问他凭什么说文鸣最有可能是凶手。他告诉舒雨淇，文鸣的丈夫是市水利局副局长，平时颐指气使，说话大大咧咧，一天到晚摆着一副阔太太的架子，如果说周三棠心胸狭窄是个极端分子，文鸣其实也在伯仲之间。刚开始的时候，周三棠总是在她面前献殷勤。她要用车，他有求必应，甚至还会主动帮她提袋子、抱小孩、排队拿药……反正什么事都做。后来也不知为什么，周三棠不理她了，文鸣再要车时，周三棠就先问她是公事还是私事。文鸣在堤管所里其实就没什么公事，他当然是明知故问。但文鸣并不服软，理直气壮地反驳他："私事又怎么了，私事就不能用车？你看哪一部公车没办过私事？"周三棠不买她的账，说公车就是不能私用，断然拒绝，常常弄得文鸣直跳脚。后来她再要用车就不直接找他了，而是去找齐柔霸，通过齐柔霸派车，周三棠不好拒绝，却窝着一肚子火，经常是两人同坐在一辆车上，却像仇人似的，一整天不说一句话。那尴尬场面，实在叫人好笑。有一次，文鸣带小孩去看花博会，周三棠将车开到半路，借口车坏了，拦一部的士自己一人往回走，过了大半天再踅回去将车子开回来。文鸣花博会没能看成，带着一大堆行李和一个小孩被撂在半路上，那狼狈相可想而知。第二天上班时，文鸣走进办公室什么话也没说，"啪"的一声就给了周三棠一个耳光。周三棠哪受得了，要不是大家跑来劝架，那一天恐怕就出人命了。后来周三棠就到处放话，说要不开车将文鸣撞死他不姓周。但文鸣也不认输，同样到处放话：还不知谁先收拾谁呢？

"这些事水利系统上上下下谁都知道，我说文鸣有杀人动机，并不是毫无根据。"章筱敏说完就开始收拾桌上的文件，准备下班。舒雨淇与李慧只得告辞，转身去找水利局局长。局长证实了章筱敏说的话，昨天他们接待市水利局来的两位领导，从上午九点一直到后半夜两点多，两人始终没离开酒店。

"我们现在怎么办？"走出水利局，李慧问。

"当然是去见见那个阔太太喽。"舒雨淇掏出手机，拨了董海的电话，询问文鸣的住处。

董海告诉舒雨淇，文鸣的丈夫原本是县水利局局长，后来调到市里，在县城有一套房子，在市区也有一套房子，县城的房子在怡馨花园D幢402号，市区的房子他不知道地址。文鸣很少上班，爱来就来说走就走，已经几天没见了，也不知道她现在在哪儿。

舒雨淇和李慧一起去了怡馨花园。运气还算不错，文鸣在家。她半躺在床上，下半身盖着被子，长长的秀发飘越两肩，贴在高高的胸脯上，双手捧着一本小人书，遮住了大半张脸。保姆听说两人是公安局的，便将他们带进文鸣的房间。她这才放下小人书，一张白滑细嫩的瓜子脸显露出来，在秀发的包围下如同密林中的一朵西洋杜鹃，美妙绝伦。

“你是文鸣？有点儿事想打扰一下。”舒雨淇客气地说。

文鸣显然并不乐意警察来打扰她，两只手搁在白色的被子上，手上的小人书并没松开，身子动都没动一下，丹凤眼盯着舒雨淇的脸，许久，薄薄的嘴唇开始蠕动，接连吐出一连串含混不清、夹带着厌恨的字眼儿：“你们警察找我干吗？周三棠绝不会是我杀的，恶心死了，他那种人还值得我去动手？想要杀他的多着呢。董海是公认的老实人，都与他吵过架。我大腿上刚动手术，割了一块豆渣瘤，都有三四天没出门了。你们来找我是枉费心机，说不定这事就是董海干的。”

“说说看，你有什么根据？”舒雨淇口气变得严肃起来，他觉得对她这种人不用太客气。

“他去周三棠家喝过酒，喝着喝着就干起来了，连周三棠的老婆也被扯了进去。”

“请说具体点儿。”

“还要我说？我不说了，你自己去问他。”文鸣躺下，拉过被子将整个身子捂得严严实实，不再理会他们。

再谈下去已经没什么必要了，舒雨淇想起有位先哲说过：有些女人是不能交谈的，这种女人话一出口，就会破坏她在男人心目中的美好形象。文鸣显然就是这类人。他说了声："告辞了。"转头就走。

"这个女人太可恶了，这种人什么事都做得出来。"李慧觉得文鸣值得怀疑，只是心中没把握，不便说出来，就拐了个弯想暗示一下舒雨淇。

舒雨淇并不这么认为，他也不喜欢文鸣的傲慢，但他相信她大腿上动手术的事是真的，这种事一问就清楚了，编造这样的谎言无异于自投罗网。既然刚动过手术，那就不能陪周三棠喝酒，不喝酒就没机会在周三棠的酒里下毒。舒雨淇陷入深深的沉思。老宫和齐柔霸缺乏动机，董海、章筱敏和文鸣没有作案时间，那又会是谁呢？董海的可能性有多大？现在最有疑点的就是周三棠的妻子了，可那个女人却像人间蒸发了似的。

4

回到局里，两人同时下车，舒雨淇像是突然想到了什么，问李慧："找史一诗时，你是怎么问的？"

李慧笑了："还能怎样问？直接问呗。"

"我说你啊，这事怎么能直接问呢？要是史一诗早知道周三棠猝死家中，要是他与董海关系很好，你直接问，他顺着竹竿往上爬，你问了还不是等于白问？"

李慧的脸腾地一下立刻布满红晕，连脖子都红遍了。女孩子羞红了脸还真是特别好看，舒雨淇忍不住又多看了她几秒。李慧突然伸出手，一把夺走了舒雨淇手上的车钥匙说："把车给我。"

舒雨淇知道她要去哪里，会心地笑了。

一小时后，李慧闯进舒雨淇办公室，一副得胜回朝的模样，有一种小孩子过年时刚放完鞭炮的那种兴奋劲儿。

"我有了新的收获。"她说，"董海与史一诗是中学同学，两人隔三岔五就会在一起聊天，但昨天晚上董海并没有去找史一诗。史一诗家的小区下午两点半开始停电，直到晚上八点才恢复供电。我看了小区门岗的监控录像，史一诗六点三十八分与妻子一块儿出门，十点零七分回来，出去和回来时都有向门岗保安打招呼，说是去文化馆跳舞。可以肯定，董海不在现场的证明是编造的。”李慧斩钉截铁，随后又补充了一句，“我们是不是马上拘传他？”

舒雨淇皱着眉头，说：“走，去堤管所，先听听他的解释再说。”

水闸上面的机房用粗糙的木板隔出一个十来平方米的房间，这就是董海的宿舍。里面有一张简易的木床，一张老式的写字台，一只都快成古董了的靠背椅。除此之外就是书，桌上、地上、床上全都是。

都什么年代了，还有这样的知识分子？一股怜惜之情在两人的心头同时油然升起。

“我知道你们一定还会再来找我。”董海将靠背椅拉到李慧的身后，又示意舒雨淇坐到床上，自己则在写字台边的一捆旧杂志上落座。

“听说你曾经与周三棠吵过架？”舒雨淇问。

董海本以为警察再次找他是要来清算他说假话的事，舒雨淇这一问还真有些让他出乎所料。沉静了片刻，他说：“是的。我鄙视他这种人，打心底里厌恶他，我与他保持着很远的距离。吵架的事是去年五月，他突然打电话叫我去他家喝酒，我有点儿不知所措，无缘无故的，干吗请我喝酒？我本来就不是爱喝酒的人，也不想去，但我不去，他一定会觉得我不给他面子，肯定要记仇的，他这种人很会记仇，我不愿意在他心中种下仇恨的种子，考虑了很久，还是去了。喝酒吃菜，开始他还是蛮热情的，快要散席的时候，他突然向我提出，要我关闸蓄水，说是他的一个朋友在下游的水渠旁边挖了一个鱼塘，需要灌水。我断然拒绝。关闸蓄水是有程序的，也有很强的季节性，一般要提前半个月下发通知，无缘无故突然关闸蓄水势必给下游的百姓造成很严重的后果，我当然不能答应。他一下子就火了，手上端着半杯酒往我脸上一泼，大声吼叫：'就半天也不行？你今天晚上白吃白喝了？'他老婆袁琴看不下去，冲过来夺走了他手上的酒杯说：'你怎么可以这样？人家是你的领导。'他将怒气转向他老婆，跳过去就是一阵拳打脚踢。我掏出两百元，摔在桌上，转身就走。事后我听人说，因为那次我没关闸蓄水，他赔了他的那个朋友一笔不小的损失费。"

"那你昨天晚上……"

"昨天晚上的事是我说谎，我向你们道歉。我在县城没多少朋友，也没亲戚。有时闷了，就去找史一诗聊聊天，但昨天晚上我并没去，而是去了楼外楼酒店。"他突然打住，抬头看了李慧一眼，转脸又盯着舒雨淇的眼睛，两人都用一种期待、静候的目光看着他，他接着往下说，"我是去见袁琴，周三棠的老婆。那一次周三棠与我吵架，袁琴帮了我，周三棠将她打得遍体鳞伤，还断了两根肋骨，在医院里住了半个多月。我去看她，她向我诉苦，说经常遭受周三棠的毒打。我同情她、可怜她，却无可奈何。清官难断家务事，何况我本来就不是官。我劝她离婚，她说离不了，也曾经找过律师，律师也想帮忙，可周三棠知道后，马上去威胁那个律师说再管他的家务事就开车将他撞死。律师被吓得不敢接案。后来袁琴一遭到周三棠的殴打，就打电话给我，要我救她，我曾几次帮她报警，可警察也是赶到现场劝劝架而已，解决不了根本。去年冬天的一个夜里，半夜三点多，袁琴突然跑到水闸来，猛烈地敲打机房的木门还大声地喊我的名字。这里的夜晚极其安静，只有蛙声和水声，突如其来的敲门声和叫喊声使我一下子就从梦中醒来。我披了件外衣去开门，只见她穿着一套薄薄的睡衣，冻得瑟瑟发抖。我赶紧将她带到屋里，拿了一件棉大衣给她穿，问她到底发生了什么事。她说她的手机莫名其妙地接到了一条短信，内容就三个字‘我爱你’。她解释说她根本不知道短信是谁发的，也不认识那个手机号码，肯定是谁发错了。周三棠半夜回来，查看了她的手机，顿时暴跳如雷，一把抓住她的双脚将她从被窝里拉下床，在她的小肚子上猛踢了两脚，又跑去厨房拿来一把菜刀，说今晚就要让她去见阎罗王。她惊恐万状，来不及穿衣服就逃了出来，问我她现在该怎么办。我想了想对她说，既然婚离不了，你还是离开他吧。她说她早就想离开了，只是不知去哪儿，求我帮她。一个弱女子，如此无助，实在可怜，我不能不帮她。我想了想决定将她送到武夷山风景区去，那里有我一个大学的同学，是个小头目。我对袁琴说，武夷山是个旅游区，人多，生意好做，你去做点儿小生意吧！她很高兴，要我帮她把十二岁的女儿带出来，也一起带走。我答应了。天亮后，我就去租了一部车，然后到学校门口等候袁琴的女儿。她女儿认识我，上了我的车。我将她们母女俩送到火车站，又给武夷山的同学打电话，简单地说了袁琴的事，请他一定帮忙。我的同学满口答应，叫我放心。我买了两张火车票，给了她一张存有三万多元的银行卡，然后送她们母女俩上了车。都快一年了，我一直没再见到她。昨天下午，她突然给我打电话，说在楼外楼酒店等我，我就去了。她要还我钱。当时她要是还给我三万，我也许拿了钱就走了，可她要给我的钱却是十二万，我当然不能接受。她说她的小饭馆现在已经是一家不大不小的酒店了，曾经有人出十五万要盘下它，如果我要了她的十二万元，这酒店以后就是她的了，不然她会一直认为酒店是我投资的。我没有同意她的说法，我们就这样一直争着，聊着。聊了很多，争了很久，最后也没个结果。我是吃过晚饭后去的，离开的时候是十二点半。”

“袁琴呢，她现在在哪儿?”

“她怕周三棠发现她回来，打算今天一大早回乡下老家看看母亲就返回武夷山，是下午四点五十分的火车，这时应该在火车站等车。”

5

“走，马上去火车站。”舒雨淇拉住李慧的手，没顾得上向董海告辞就往外冲。

李慧的手被舒雨淇这么一拽，顿时臊红了脸，使劲儿地想把手往回抽，几次都没能成功，跌跌撞撞地跟在他的后面奔跑。越过水闸机房，穿过一条长长的走廊，就要下台阶了，李慧佯装很不高兴地说：“你看，你看，你这是在干什么？”舒雨淇这才发现自己还拉着她的手，赶紧松开，给了她一个歉意的微笑，快步下了台阶。

“干吗这么急？”李慧发动了车子，转脸瞅了他一眼。

舒雨淇没有理会，掏出烟抽了起来。

“你怀疑袁琴是杀人凶手？”李慧又问。

“很难排除。”

“我看不大可能。”

“何以见得？”

“这还用说？周三棠是猫，袁琴是老鼠，她离家出走，不告而别，不敢见周三棠，就是有动机也没机会。”

舒雨淇点了烟，沉思片刻，说：“机会是找出来的，如果袁琴知道周三棠睡觉前有自酌自饮的习惯，又知道他在喝洋酒时喜欢放一个冰块儿，她偷偷地溜回家……”舒雨淇有意掐断话头，留给李慧自己去思考。李慧若有所悟，心里说：“是啊，我怎么就没想到？”

在火车站派出所的协助下，袁琴被叫到了派出所办公室。

她一头短发，个子不高但身材匀称，不是特别艳丽却也五官端正；身穿红色的西服和靴子，白色的短裙，脖子上金色的花丝巾随风摇曳，背着一个黑色的真皮小坤包，手推蓝色密码箱，一脸茫然地走进来。

舒雨淇示意她坐到沙发上，问道："你就是袁琴，周三棠的妻子？"

她没有回话，只是微微地点了点头，两只眼睛看了看舒雨淇，又看了看李慧，有些不知所措。

舒雨淇盯着她的眼睛看了很久，说："我们正在查一个案子，希望你能与警方配合。"

袁琴还是没有回话。她不知道警察查的案子跟她到底有什么关系，一阵莫名的紧张在她的身上弥漫开来，只见她的脸部肌肉直哆嗦，抿紧着双唇，两眼死死地盯着舒雨淇。舒雨淇赶紧叫李慧给她一杯水，接着说："你用不着紧张。昨天一整天，你在哪里？"

"从前天说起吧。"得到舒雨淇点头同意，她开始像小学生背书似的说道，"前天晚上六点搭公共汽车离开武夷山，晚上十点整在莱州上车，坐了一天一夜的火车，昨天下午四点零三分正点到达，在车站对面的小吃店吃了两碗粥、四个小笼包，大约花了半小时，然后打的回家，六点左右住进楼外楼酒店，今天早上六点半坐出租车回我娘家，下午三点多搭班车直接来火车站，准备回武夷山，在候车室坐了半个小时，就被你们叫来了。"

"你说的这些，有人证明吗？"李慧问。

她先是摇了摇头，一脸沮丧，突然又兴奋起来，赶紧补充道："我有车票，出租车司机、楼外楼的服务员，还有卖小笼包的老板，你们都可以去调查。"说着就从小坤包里掏出了几张车票。

李慧一张一张地查看，要递给舒雨淇，舒雨淇没接，李慧将车票还给袁琴，紧接着又问："你在楼外楼住了一夜，有人找过你？"

一丝慌乱掠过她的心头，她低下头沉默了很久才说："有，董海，是我打电话叫他来的。我登记完住宿就给他打电话，他大约半个小时后就到了。"

“几点?”

“六点半左右吧，十二点多离开。当时外面下着雨，他又没带雨具，我要他留下来，可他拒绝了。”说这话时她心跳加速，满脸绯红，两眼盯着自己的鞋尖，片刻后突然扬起头，“警察同志，到底发生了什么事？董海可是个好人，他不会有什么事吧?”

“周三棠死了。”

“你说什么？周三棠死了?”袁琴突然站起身，看了看舒雨淇又看了看李慧，显得有点儿失态，但很快就镇静下来，坐了下去，脸上露出欣喜的微笑，“死了好，死了好，这人早就该死了。他是怎么死的?”

6

袁琴的证言排除了董海的嫌疑，这并不让舒雨淇感到意外。其实自从她走进派出所办公室的那一瞬间，舒雨淇就从她茫然、无所适从的眼神里推翻了自己原有的猜测，确信她是无辜的。现在线索一条条、嫌疑对象一个个都像魔术师手中的玩物，眨眼间全消失了，舒雨淇和李慧都有一种走进了死胡同的感觉。两人同时站起身，本想结束这次谈话，袁琴却一再要求李慧告诉她周三棠是怎么死的。李慧简单地说了，袁琴突然提出不回武夷山了，她要跟他俩的车一起回家去处理周三棠的后事，毕竟是夫妻一场。舒雨淇点头同意。

也许是周三棠的死给了她如释重负的兴奋和愉快，她一上车，马上像变了个人似的，刚才的拘谨和茫然一扫而光，话也多了起来，说了许多她和周三棠的故事。

“噢，对了，袁琴我要问你，你家里的电话机带录音，是干什么用的?”舒雨淇对这事一直感到蹊跷：一个普通的三口之家，干吗需要带录音的电话机?

“我也不知道，”袁琴说，“三棠做事一贯神神秘秘的，从来不告诉我，我也不敢问，好像是跟他们所里的领导有过什么怨恨，特地买了那部电话来录音取证。”

“所里的领导？是董海还是齐柔霸？”李慧追问了一句。

“对，对，是位姓齐的领导。”

“哪方面的怨恨？”

“我说不清。不过三棠有一个小铁箱子，上了锁，还贴着封条，藏在我们楼下柴草间的一个水缸里，上面存放着许多早年烧蜂窝煤时从老家带出来没有用完的木炭。有一次他开铁箱子，我好奇地走过去想看看里面是什么东西，被他狠狠踹了一脚，以后他动铁箱子时，我就不敢再靠近了。”

舒雨淇加大油门，很快便来到袁琴家，在柴草间的水缸里找到了那个铁箱子，撕下封条，拿一个石块砸开锁，里面有一大沓的裸照、几十张发票复印件和一盒录音带。照片大部分是一个裸体女人的单人照，挺胸翘臀，风姿绰约，还有另外几张是与一个裸体男人的合照，怪异的形态不堪入目。

将录音带拿到袁琴家中的那部电话上播放，里面是一个女人义愤填膺的叫骂声。骂的是齐柔霸，说他“不是人”、“玩儿玩儿就想把老娘甩了，没那么容易”、“老娘有他的内裤作证”、“要告倒他，要叫他身败名裂”，云云。听完录音，舒雨淇对李慧说：“杀人者，齐柔霸也。”转身冲出房门。李慧小跑着跟在他的后面，下楼上车。李慧发动了警车，问道：“我们去哪儿？”

舒雨淇掏出手机，给董海打电话，问他齐柔霸住在什么地方，董海说在宾馆3号楼102房。

赶到宾馆，叫服务员打开房门，惨不忍睹的一幕映入眼帘：地板上全是血，齐柔霸西装革履地躺在床上，左手垂下床沿，手腕上嫣红的鲜血如山泉汩汩而出……

齐柔霸被救活是在第二天上午。躺在县医院的病床上，面对站在病床两侧的舒雨淇和李慧，他说：“照片上的女人叫翡翠红，原本是个卖淫女，当年周三棠还在开大货车跑长途时两人就勾搭上了。周三棠进堤管所后，有一次邀请我喝酒，翡翠红也在场，酒喝多了，在周三棠的安排下，我就糊里糊涂地同她开了房间。次日，周三棠给我送来了几张照片，还说什么翡翠红很喜欢我。我一看肺都气炸了，又不敢发火。唉，一失足成千古恨哪，身陷泥塘是无法自拔的。打那以后翡翠红给我打电话，我就不得不去，给她的钱都是公款报销的。周三棠经常拿一些汽油票、餐票、办公用品等的发票来找我，我签了，他就拿到水利局去报销。我们的账户挂在县水利局名下，没人知道是公用还是私用。就这样，我与翡翠红的关系维持了将近两年，可那女人还得寸进尺，说要同我结婚，逼我与妻子离婚，我只能哄着她，采取拖延的办法欺骗她。三个月前吧，堤管所计划建一座新的办公楼，投资五百万。我们的办公楼是20世纪70年代留下来的，破破烂烂，几任所长都没啥建树，这事能在我的手上搞起来，当然是件好事。周三棠知道了，来找我，说翡翠红对我很愤怒，给我两条路：一条是要我给她十万元的青春损失费，从此一刀两断；另一条是叫我马上离婚，同她结婚。我选择了第一条路，但我说我暂时无法凑齐十万元，要等过一段时间再给钱。周三棠说，钱就在我手上，只要将办公楼基建项目给他承包，他就付给我二十万的回扣。我没法答应他，因为这个工程我已经答应给市里一个副市长的大公子了。五百万的投资是副市长帮忙筹集的，我得罪周三棠也不能得罪副市长的公子啊。周三棠见我不肯答应，就威胁说要将我与翡翠红的事抖出来，还说他手上有照片、有我签字报销的发票复印件，还有一盒足以叫我身败名裂的录音带。真没料到这人这么可恶。考虑了很久，我就……”说着，齐柔霸的眼泪掉了下来，“四个月前，我到省城学习，半个月前我最后一次回来时，带了两瓶XO到他家里，告诉他我决定将办公楼的基建项目交给他。我说我也不要什么二十万了，只要能断了与翡翠红的关系就行。他很得意，叫我在他家喝酒。我说两瓶XO是在省城超市里专门给他买的，还告诉他喝这种洋酒最好加点儿冰块，口感会更好，并帮他制作了冰块。冰箱里有制作冰块的塑料盒子，可以做十二个方形的小冰块，趁他不注意时，我在其中的一个小方格里放了我预先就准备好了的毒鼠强。之后我每天给周三棠打电话，问他喝了酒没有，他说天天喝，每晚喝上一杯，还说加上冰块的 XO 口感就是不一样。前天晚上，我给他打电话，告诉他我第二天回来，可十点后再打他的电话，手机就一直没人接，我猜想我的目的可能达到了。昨天上午，我特地打电话给董海，要他帮我叫周三棠将车开到省城来接我，其实我是想证实一下周三棠是不是已经死了。后来董海回电话告诉我周三棠死了，我暗自欣喜。下午我坐长途客车回来后，趁天黑去了周三棠家，想看看动静，打算找机会进入他家找到他说的那些照片、发票复印件和录音带，却发现楼下停着一部警车。我既害怕又紧张，就躲在龙眼树下观察动静。直到看到你们从柴草间出来，抱着一个铁箱子跟随袁琴上了楼，我知道我完了，一切全完了，所以就……”

危情百宝箱

1

上午没事，舒雨淇独自一人坐在办公室里看《洗冤集录》。临近下班时，突然有两个女人走进他的办公室。前面的那个三十来岁，手上提着一袋子行李。她皮肤黝黑，体态臃肿，五官倒是很精致，一双大眼睛含情脉脉。后面跟着的女人个子不高，小巧玲珑，高胸、细腰、圆臀，曲线分明，很难看出她的实际年龄。

“您是舒队长吧？太太要我带她来投案自首。”走在前面那肥胖的女人说，两眼直勾勾地盯着舒雨淇。

“太太？谁家的太太？”舒雨淇心里在猜，并没说出口，只是从转椅上站了起来，迎上前去。

“她是申坤申县长的爱人，叫胡丫丫，我是她家的保姆，叫包子月。”包子月赶紧补充道。

舒雨淇这下明白了。十几年前，他刚到警队报到不久，有一次参加大会，就曾听过申坤作反腐倡廉报告。那时申坤是县监察局的科长，后来被调出去了，一路升迁，如今已是邻近的圩埔县的县长。

“二位请坐吧，有话慢慢说。”舒雨淇感觉这事有些蹊跷，但不管这位申太太胡丫丫是不是真的有罪，犯的是什么罪，来者便是客，还得以礼相待。

“我杀人了，我把我丈夫推下了楼，他死了。”胡丫丫凄凉地说。

“真的死了？”舒雨淇当然无法相信。申坤个子高大，身强力壮，这娇小瘦弱的女人怎么可能一推就把他给推下楼去呢？

“是死了，真的死了。”包子月说，“他俩吵架，太太不小心推了先生一把，先生从二楼掉下去，就摔死了。”

“不，不是不小心，我是故意的。”胡丫丫抢着回答，哽咽地说。

舒雨淇心里琢磨着，这女人心中无疑隐匿着什么不为人知的故事，她很明显是在急着要承担杀人的罪责，忍不住转过头盯着她细瞧。她皮肤白皙，额头微微前凸，鼻头稍有点儿尖，齿白唇红，大眼睛单眼皮，一张很迷人的瓜子脸上写满郁闷、悲伤与沮丧。舒雨淇对这位申太太早有所闻，传说她性情特别温柔，待人接物温文尔雅，人缘好，见人总是笑眯眯的，做人很低调，夫妻俩结婚都快三十多年了，从未吵过架，连脸都没红过。她没有工作，在家相夫教子，一儿一女都很出色，儿子在北京，女儿在深圳，都是重点大学毕业，事业有成。社会上有议论说，申坤能有今天，全凭妻子积的德。这样的人怎么可能落到杀夫的地步？

“那你说，你为什么要杀你丈夫？”舒雨淇问。

“我没工作，在家里无事，喜欢写诗，他不让我写。我在旧厝二楼上看我的诗集，他突然上楼来，抢走了我的诗集，撕了。我一怒之下，就将他推下了楼，他就……就死了。”胡丫丫呜咽着说的话不成句，又生怕舒雨淇不相信她所说的话，神色惨戚。

“其实申县长也不是不让太太写，”包子月补充道，“申县长只是不喜欢太太把诗拿到报刊上发表。”看得出来，包子月是一个心直口快的女人。

“为什么？”舒雨淇问了一句。

“我也不知道，申县长做人低调，不爱家人抛头露面，大概是这个原因吧。”

舒雨淇“哦”了一声，站起来说：“走吧，我们去你家看看。”

“不，我不回去，我杀了人，我愿意坐牢。”胡丫丫十分执拗，死活不肯跟舒雨淇一起走。

“那也好，你就到对面的招待所住着，我叫人带你过去开个房间。”舒雨淇转身对包子月说，“走，你与我们一起去看现场。”

2

舒雨淇赶在下楼前给助手李慧打了电话。当他走出楼梯口时，李慧早已发动了警车。包子月从没坐过警车，心情显然颇有几分兴奋。她左看看，右瞧瞧，然后才伸出右手去拉车门。舒雨淇一眼发现她的右手腕上戴着一只玉镯，便问道：“你手上的玉镯蛮漂亮啊，能让我看看吗？”

胖保姆将右手伸给舒雨淇说：“戴上去的时候我的手还小，现在发胖了，手太大，脱不下来。舒队长您想看，只得连我的手也一起看喽。”说着她瞅了舒雨淇一眼，抿着嘴露出了一丝羞涩的笑意。

舒雨淇大胆地拉起她的手，仔细地审视着那只玉镯，许久才说：“这是一只镶金的雕凤玉镯，唐朝的精品，还有一只雕龙玉镯，一龙一凤形成一对，那可是价值连城哦。能告诉我你是从哪里得到的吗？”

“是六年前在地摊上买的，才花三百元，仅这一只，不知道还有什么雕龙的。真能够价值连城，那我就发财了。”舒雨淇从她躲避着自己的眼神中看出她明显是在撒谎，撒了一个“玻璃质”的谎，又脆薄又明亮，但并没有拆穿她。从十几年的刑事侦查工作经验中，他学会了捕捉蛛丝马迹，也养成了这方面的习惯。当年江洋大盗胡大大在上海一个前清太监家中抢劫，劫杀了那个前清太监和他七十几岁的老母亲，所抢劫的珠宝中就有一对龙凤镯。这件案子在20世纪30年代末震惊全国，闹得沸沸扬扬，相关书籍上早有记载，舒雨淇当然知道。问题是，包子月的这只玉镯是不是被胡大大抢走的龙凤镯中的其中一只？如果是，这里面又隐含着什么样的故事？

“快上车吧。”李慧在车里嚷嚷。

舒雨淇和包子月先后上了车。警车向申坤家驶去。

“包子月，你到申家当保姆几年了？”舒雨淇对坐在身边的包子月问道。

“十五年了，”包子月说，“那时还是小姑娘，现在都成了老太婆了。”

“嘿嘿，你不老啊，很耐瞧，多看几眼会觉得越看越好看。”李慧转过身夸了一句。

“这位女警察还真会说话。”包子月被李慧说得心里甜甜的，却谦逊地问道，“我真的还好看吗？”

“那你当时是怎样来到申家的？”舒雨淇问。

“这事说来话长。”包子月说，“当时我在县合成氨厂做工，那时申坤是厂长。有一次厂里突然发生了一次意外，是一次大事故，汽缸爆炸，死了两个人，其中一个是我的男朋友。当时我们都准备结婚了，”包子月脸上露出一丝悲凄，抬起那只戴着雕凤玉镯的手，用袖子擦擦眼睛，接着说，“当时我痛苦得不行，真的是生不如死。是申厂长他可怜我，才把我叫到他家里来做保姆，没想到一干就是十几年，更没想到他会……”

3

说话间，警车驶进了大同巷。

这是一条刚好能开进一部轿车的小巷子，两边是红砖黑瓦的平房，闽南风格的老式建筑。申坤与胡丫丫的家在187号。根据包子月的提示，警车在他们家的门口停下。

大同路的房子都很深，三米来宽，四五十米长，站在门口一眼望不到底，当地人称之为“竹竿厝”。申坤的家也一样，进门是客厅，十来米长，地板是20世纪80年代就落伍了的红砖地板，四面墙壁是几年前才重新抹过灰的白墙，两边摆着几张藤木沙发，足足可容纳十来个人落座。屋里阴暗潮湿，大白天也得开灯。客厅的后面有个小门，出去是一条走廊，走廊的右边是方方正正的天井，走廊的尽头是一座两层的老式小楼。舒雨淇与李慧并没有上楼，而是径直走下天井。

天井里有一个洗衣池，洗衣池旁边摆满了盆花，月季、杜鹃、鸢尾、菊花、仙人球，相互拥挤在一起。申坤的尸体就躺在洗衣池旁边，看样子是从二楼摔下来的。舒雨淇下意识地抬头望了一眼二楼，也是红砖黑瓦，楼上的门在正中，两扇嵌着毛玻璃的木门敞开着，门前是一个狭长的阳台，一根长长的毛竹一头系在阳台前的立柱上，另一头往下垂，一直垂落到天井的水泥地上。

包子月说：“阳台上本来是有围栏的，前些天整个围栏被台风刮落，来不及重新安装，太太就到市场上买了根毛竹用绳子系上，权且当作栏杆。唉，没想到……”她叹了口气，眼里滚着泪花。

舒雨淇蹲下身子去察看死者的脸部：眼睛是睁开的，眼珠子翻白，唇开齿露，牙关紧闭，手脚屈曲，嘴巴和眼睛歪斜，两边口角与鼻孔里有涎沫流出。他想起了刚刚从《洗冤集录》中背下来的一段话："卒中死，眼开睛白，口、齿开，牙关紧，间有口、眼㖞斜，并口两角、鼻内涎沫流出，手脚拳曲。"

"这不像是摔死的。"舒雨淇在心里说，但鉴定死因是专业法医的责任，他也没再怎么细想，便离开天井走入楼内。李慧与胖保姆跟随而入。

楼下的地板同样是20世纪80年代就落伍了的红砖地板，四壁同样是新抹过灰的白墙，除了一张粗糙而陈旧的木梯，别无他物，显得尤为空旷。

舒雨淇爬上楼梯，李慧与保姆又紧随其后。

二楼的房间与底层一般大小，没有隔墙，长长狭狭的四五十平方米，墙壁也是不久前才抹过灰的白墙，绕着四壁杂七杂八堆积着不少东西，只有中间留着一块不大不小的空间。

"哎？这里不住人，那你们人住哪里？"李慧一脸狐疑地问。

"住在新厝啊。"胖保姆回答。

舒雨淇与李慧不约而同地转身朝后门看去，才知道那里还别有一番天地：一大片的龙眼林，粗估一下有四十来棵；树底下是草坪，绒绒的绿茵；草坪上有一条红色的空心水泥砖铺就的小路，弯弯曲曲点缀其间；四间白墙琉璃瓦房在浓荫掩映下显得神秘莫测；瓦房并不连接，而是在树与树之间空隙较大的地方独自而立，再由小径相连。

包子月介绍说：最靠西的那间是厨房和餐厅，第二间是她的房间，同时也储藏着一些食物和用具，再过来是太太的卧室，最靠东的那间才是先生住的。舒雨淇收回目光，重新将注意力集中到这间"旧厝"里，因为这里才是事故现场，不能放过任何蛛丝马迹。他翻翻这个，又看看那个，一切都十分正常，没有任何搏斗的痕迹。房间的正中空旷处有张小圆桌，两张矮凳子，似乎有点儿异样，是什么呢？他一时也摸不着北。抽了一支烟，他突然顿有所悟：对，这小圆桌和矮凳比屋里的任何东西都要干净，一尘不染，洁净度与周围的物品极不相称。也就是说，小圆桌与矮凳不久前有人使用过，而且是经过擦洗的，而其他东西只是储存物，好久没人动过，所以沾满了灰尘。舒雨淇又仔细地查找了一番，在墙角里发现了一根牙签。舒雨淇不敢用手去拿，而是从自己的裤袋里掏出钱包，从钱包里抽出一张名片，用那张名片将牙签铲起。李慧赶紧从提包中抽出一个透明的物证袋，拉开袋口递到舒雨淇面前。舒雨淇将那根牙签装进物证袋内，对包子月说："好了，去看看你们住的房间。"

4

在胖保姆的引领下，舒雨淇与李慧穿越龙眼树林，走进了胡丫丫的卧室。这间卧室的装潢极具现代气派，与临街的"旧厝"相比，简直就像是两个世界。

"他们夫妻俩是不是经常吵架？"舒雨淇问胖保姆。

"哪里？家里的事都是太太在安排，先生的衣食住行太太照顾得体贴入微，哪还有什么事值得两人吵架？不过夫妻嘛，磕磕碰碰还是有的。我来他们家十几年了，他俩的确吵过几次。先生平时彬彬有礼，但这种不常发火的人偶尔发起火来，还真吓人。"

"噢？为什么事？"舒雨淇问。

"有一次，太太的诗在杂志上发表了，那是在四五年前吧，先生知道了，大动肝火，还扇了太太一个耳光。"包子月生性就是个爱说话的女人，心里的话一定说出来，就如同她身上的赘肉一样，极力想抖掉一些才会舒服。她眨了眨眼，压低声音轻轻地说："先生不让太太抛头露面，有外人来他家时他也特别敏感。我跟随他们十几年了，他俩就只为这事吵架。有时候家里有烟头被先生发现了，先生就一定要太太对他说清楚是谁来过，太太如实相告后，先生还会再打电话证实了才放过。有一次，我在蒸馒头时不小心被蒸汽烫伤了手指，先生回来后，却莫名其妙地大发雷霆，责问太太是谁来过我们家了。我和太太都说没有，先生不相信，还说来人在家里过了一夜。先生的话让我俩都一头雾水，只好默不作声。后来先生从卫生间里拿来牙膏，追问太太：‘要不是有人在家过夜，牙膏怎么会是这样用的?’因为我们家平时使用牙膏都是从下往上一点点地挤，后面一段干瘪前面一段饱满，而当时我烫伤了，拿牙膏抹伤口，一急，是从最饱满处往外挤的。先生说，使用牙膏的人因性格不同，挤压的方法也不一样，要不是有外人来过我们家，牙膏不会是这样挤的。我和太太听了这才恍然大悟，哑然失笑。先生得知真实情况后，自己也哑口无言，这事才这样过去了。”

从胖保姆的话中，舒雨淇隐隐约约地感觉到，申坤害怕妻子胡丫丫与外人接触，似乎害怕到接近于恐惧的程度。那么这个“外人”又会是谁呢?

局里的法医和痕迹技术员已经在天井里忙碌了，舒雨淇想起刚才在旧厝二楼上发现的那根牙签，于是便提出说：“我们到龙眼林里看看。”

胖保姆带着他与李慧绕着鹅卵石围墙走了一圈。围墙上有个小铁门紧锁着。舒雨淇要胖保姆打开铁门。门下面有五级台阶，下了台阶是湿漉漉的泥土地，一条砖块与碎石铺就的狭窄小路直抵荆江溪，溪流“哗哗哗”的清澈见底。包子月说：“这个小门一般是家里大扫除需要拿东西到溪里洗的时候才开的，平时不开。”

舒雨淇走下台阶，发现泥地上有串脚印，一脚深一脚浅，凭他多年的经验，他断定这是一个跛脚男人留下的。这个跛脚男人会不会就是申坤害怕他妻子接触的那个“外人”?旧厝二楼的那根牙签会不会就是这个“外人”留下的?舒雨淇心里想着，蹲下身仔细察看，只见那些脚印十分清晰，上面水渍尚在，应是清晨下霜之后留下的。他便要李慧赶紧去把技术科的老庄叫过来。

5

数百里之外的胡家坳是远近闻名的旅游景点。其之所以闻名于世，就因为那里有座大豪宅是重点文物保护单位。

“明天我们去一趟胡家坳。”舒雨淇对李慧说。

“真的？”李慧像小孩子似的一蹦老高，兴奋地说，“舒队你怎么会想到带我去旅游？”

“你以为我是想带你去旅游？做梦去吧。”

“不去旅游我们去那儿干吗？”

“你不知道吧？申坤早年曾在胡家坳插过队。”舒雨淇说，“我也是昨天晚上才知道的。”

“是乘大巴还是自己开车？”

“当然是自己开车。”舒雨淇说，“你把车子准备一下，保养保养，油要加满，走高速公路，不能……”

“好了，你不要婆婆妈妈的。”李慧打断了他的话，她最不喜欢他像对待小孩子似的老是用一副“谆谆教导”的样子对待自己。

次日一早，两人开车来到了胡家坳。

这座大豪宅占地十余亩，除了主楼之外，还有五步楼、十步阁、息亭、花坛、假山。主楼是典型的客家传统民居围龙屋，占地四千多平方米，三层土木结构，以正堂为中心轴线贯穿整体，左右横屋相互对称，上下跑马楼四通八达，八厅八井十八堂，共有八十三个房间，蔚为壮观，而且游客如云，络绎不绝，让舒雨淇和李慧饱尝了一顿视觉大餐。

这座大豪宅是胡大大留下来的。当年他搜刮了大量的民脂民膏，临解放前回老家盖了这座大豪宅给他最贴心的九姨太，然后自己出逃香港，从此杳无音信。

舒雨淇和李慧在胡家坳住了两个晚上，了解到不少情况。原来，胡丫丫就是易兆芳的女儿，而易兆芳就是胡大大的九姨太。胡大大落跑时，易兆芳才十九岁，后来嫁给当地的贫农胡吉利，生下了胡丫丫这个唯一的女儿。

所有的故事全都在舒雨淇的预料之中，但原先他只是猜测，胡家坳之行使他的猜测得到了证实。舒雨淇信心满满地与李慧回到警队，准备与胡丫丫正面接触，迫使她说出事实真相，却听说包子月跑了。

6

好在舒雨淇早有防备，在去胡家坳前就指派警队里的周红苡和小罗盯紧她。得知包子月并没有失踪，只是回了她自己的老家圭坑村后，舒雨淇放弃了与胡丫丫接触的打算，随即与李慧赶到了圭坑村。

隔江的山色岚翠鲜明，江中船只往来，帆樯历历可数；西沉的红日傍着山头往下坠落，灿烂的晚霞好似太阳的葬礼。舒雨淇和李慧赶到圭坑村时，包子月也刚回家不久。

她是申坤家的保姆，其实也是申坤的地下情人。

申坤位高权重，本来有好几次住高楼大厦的机会，但他都放弃了。当年他买下那座老房子，是看上了那块空地，以求日后地价不断攀升，事实证明申坤有眼光，那块地如今的价值已经翻了好几十倍。但更重要的是，申坤想在龙眼林中建单人住的套间，一人一个房，才能背着妻子与包子月巫山云雨、颠鸾倒凤。那时候包子月年轻貌美，身材窈窕，亭亭玉立，申坤给了她那只雕凤玉镯，还许诺日后再给她金条和珠宝。后来随着时间的不断推移，包子月发胖了，赘肉横生，申坤也逐渐对她失去了兴趣，原先的承诺就像烟花似的，一声炸响后，在天空上留下五彩缤纷的烟雾，但眨眼间就什么都没有了，只剩下地上的一堆纸屑。

包子月知道申坤还藏有金条和珠宝后，心里就一直想得到它。申坤死后，胡丫丫又去自首，家里就只有她一个人，于是她四处寻找，果真在申坤住的屋里找到了一个铁皮箱子。铁皮箱子是锁着的，她找不到钥匙，拿起来摇了摇，里面铮铮作响。她坚信箱子里面的东西肯定就是申坤说的金条和珠宝。她不觉得这是偷，因为主人早就说过，这是要给她的。她没怎么多想，拿了箱子就连夜赶回了老家，却并不知道身后有警察盯她的梢。

她刚到家就叫她哥拿来螺丝刀撬开了铁皮箱子：天啊，金灿灿的金条，成堆的戒指、玉佩、项链、耳环，还有银杯、银筷、银簪，那只舒雨淇说的雕龙玉镯也在其中。包子月兴奋得眼泪都流了出来，嘴唇打着哆嗦说："哥，快叫爸、妈和婶子过来看，我们发财了！"

一家人围拢过来，正兴奋不已地大呼小叫，舒雨淇与李慧突然出现在他们的面前。包子月懵了，一家人全懵了，手舞足蹈的动作还没来得及收回，全都目瞪口呆地看着这两位从天而降的警察，像一群形态各异的雕像。

"我，我……"包子月喃喃地不知说什么好。

"你是保姆，却偷了人家的财物！"李慧厉声喝道。

"不，我不是偷，申先生说过，这东西是要给我的。"

"可是你拿的时候，申坤已经死了，申太太知道吗？"

包子月低下了头。

7

包子月被带回警队审问，她如实地说了自己这十几年来与申坤的关系，也如实地交代了偷珠宝的过程。

这时，舒雨淇在旧厝二楼捡到的那根牙签的DNA检测结果也出来了，牙签上面的唾液既不是胡丫丫的，也不是包子月和死者申坤的。也就是说，在申坤出事之前，他们家来过一个外人，这个人在旧厝二楼吃过东西，用过牙签。荆溪河边留下的那串神秘脚印，技术员老庄说是一个男人的。此人身高一米六三左右，体重不到五十公斤，瘸腿，驼背。这男人是谁？与唾液留在牙签上的那个人是不是同一个人？这个人与申坤和胡丫丫又会是怎么样的一种关系呢？包子月对此一问三不知。舒雨淇也相信，这个外人来到她们家，胡丫丫是不会让包子月知道，也不会让她看见的。

他去找胡丫丫正面交锋。胡丫丫起先死不交代事实真相，坚持说申坤是因为与她吵架被她推下楼摔死的。

“胡丫丫，你身材娇小，要将身高一米八零、体重将近一百公斤的丈夫推下楼，你真的能做到吗？”舒雨淇语重心长地对她说，“除非是在你丈夫毫无防备的情况下。可你说是在你们俩吵架的时候把他推下楼的。人在吵架的时候精神亢奋，精力集中，大脑反应尤其快，动作也会特别灵敏，你胡丫丫出手推他，他肯定会迅速作出反应，只要他轻轻一挡，你胡丫丫根本敌不过他。说真话吧，胡丫丫。”

“我杀人，我有罪，我说的就是真话。”胡丫丫固执己见。

舒雨淇叫李慧搬来从包子月那里缴来的铁皮箱子，掀开盖子让胡丫丫看里面的金条和珠宝问：“你见过这些东西吗？”

胡丫丫摇了摇头，神色淡然，显然是真的从没见过。

“这些东西是你丈夫的。”舒雨淇把包子月与申坤的关系和她偷了金条珠宝的过程简单地说了，但胡丫丫仍然没有太大的反应，只是淡淡地回答：“你说的这些与我无关。”

李慧看她如此淡然处之，心里有些急，突然冒出了一句：“我们去过了你老家的大豪宅。”边说边死盯着胡丫丫的眼睛，想看看她作何反应。

胡丫丫果然一怔，脸上的皮肤紧绷起来，洁白的牙齿咬住薄薄的嘴唇，眉毛也竖了起来，不发一语。

也许大豪宅里少年时代的故事才是她的“阿喀琉斯之踵”，是撬开她的嘴巴让她说出真相的钥匙。李慧心里想着，有一种初战告捷的兴奋，接着说："一九七六年，你们家的大豪宅里来了十几个下乡知青，建了个知青点，不久后下乡知青一个个回城，只剩下申坤和伊勤酬两人，而申坤后来成了你的丈夫……"

"别说了，求求你们……"胡丫丫双手抱头，泪流满面，情绪异常激动，"既然你们都调查过了，你们去找伊勤酬吧，他会把一切真相都告诉你们的。我实在是不想再回忆过去的那些事，再说下去，我会发疯的。"

"那也好，我们就不难为你了，请你告诉我，我们怎样才能找到伊勤酬？"舒雨淇说。

"我没有他的地址，不知道他住哪儿，只能给你们他的手机号码。"

李慧给了她一张纸和一支笔，让胡丫丫写下了伊勤酬的手机号码。

8

结束了同胡丫丫的交谈，舒雨淇立即打了伊勤酬的手机，对方问了句："谁啊？"一听是公安局的，立刻挂断了电话。舒雨淇要李慧用她的手机再打。李慧接连打了两次，却只能听到"您所拨打的号码暂时无人接听，请稍后再拨。"改用办公室里的电话拨打，对方还是不接，后来干脆把手机关机了。

"怎么办呢？"李慧急得像热锅上的蚂蚁，"舒队，你说怎么办呢？胡丫丫不说实情，伊勤酬找不到，这案子还怎么搞下去？"

舒雨淇抽了支烟："别急，我有办法。"

"你还有什么办法？"

"他不是关机了吗？我们给他发条短信，然后就去睡个安稳觉，我不相信他伊勤酬能沉住气。"

舒雨淇说完，编了条短信："伊勤酬，胡丫丫杀了丈夫，想要见你最后一面，速与我联系。"

“舒队，这条短信会不会太冒险了？”李慧说，“要是那个伊勤酬就是杀人凶手，我们不是在打草惊蛇吗？”

“不，他也不是凶手，申坤是自己惊吓致死。他坠楼的时候，人已经死了，或者说，他的死与坠楼同时发生，反正，他的死因并非坠楼，而是中风死亡。”

“你就那么肯定？”

“卒中死，眼开睛白，口、齿开，牙关紧，间有口、眼喎斜，并口两角、鼻内涎沫流出，手脚拳曲。”舒雨淇默念了一遍《洗冤录集》里的这段话，“当时察看现场时，我就认为他是吓死的。喏，你看，”舒雨淇从挎包里掏出一张纸，“这是中午在食堂吃饭时杨法医拿给我的，他的死亡鉴定结论与我当初猜测的一致。我现在可以很坚定地相信，申坤是看到伊勤酬被吓死的，法医学上叫病理性脑出血死亡，也就是宋慈说的‘中风’。”

“那是为什么？他为什么会这样？”

“因为他害怕见到伊勤酬。胖保姆不是说了吗？他害怕太太胡丫丫见外人，得知太太在杂志上发表诗歌就大发雷霆，发现家里有烟头就追根究底，甚至于连挤牙膏的习惯他都会无端地猜忌，可见他疑神疑鬼到了什么样的程度。这已经不仅仅是害怕，简直是恐惧了。李慧你说，一个恐惧到如此程度的人，在他害怕的事当真发生时，能不被吓死吗？”

“那又是什么事让他恐惧到如此程度呢？”

“这我就不知道了，等见了伊勤酬，一切都会明白的。”

舒雨淇将短信发了出去。随后便和李慧各自下班回家。

9

次日一早，伊勤酬果然给舒雨淇回了电话。舒雨淇要他到办公室里来谈。

半个小时后，伊勤酬走进舒雨淇的办公室。只见他一头蓬乱的头发，趿一双人字拖鞋，驼背，跛脚，一身邋遢，犀利的目光四处张望。李慧请他在沙发上坐下，并给他泡了茶。舒雨淇也拉了一张椅子过来，坐到他的身边，并递给他一支烟。伊勤酬接过烟便动作麻利地掏出打火机点燃，猛吸了一大口后说："你们警察真好，我这个人一辈子还没有受过这样的礼遇，没抽过这么好的烟。你们想知道什么？我全都告诉你们。"犀利的目光柔软了下来。

他又狠狠地接连抽了几口烟，那烟就烧去了大半截。舒雨淇又给了他一支："我们就是想知道，那天申坤从楼上坠落时，你在现场？"

"是的。我找丫丫找了大半辈子，不久前才得知她已经嫁给了申坤，住在县城大同路 187 号。我找到她家时，是晚上八点多，丫丫给我开的门。她见到我时，并没有立即认出我来。我走上前去，告诉她我是勤酬，她惊骇得差点儿没站稳身子，我赶紧扶住了她，没让她瘫倒在地。后来她叫我洗澡、换衣服，还让附近的菜馆送来了几盘菜，安排我在旧厝二楼喝酒吃菜，并交代我说不要让保姆知道。当晚，我们俩就在旧厝里谈话，一直谈到天亮。后来我趴在圆桌上打了个盹，她回新厝睡觉去了。过后不久，她给我送来了早餐，并盯着我吃完。我吃完后，她收拾了碗筷，便离开旧厝回了新厝。临走时她对我说：'你在这里待着，要是申坤回来，你就躲着不要出声，他一般不会在这个时候回来，回来也不会到这里来的。'没想到她离开后不到十分钟，申坤就回来了。我正在抽烟，申坤特别敏感，一进屋就闻到了烟味，嘴里叫嚷着：'谁来我们家了？'径直地就上了二楼。我赶紧躲藏在一张废弃了的旧桌子下面。申坤高声大喊：'是什么人？还不快出来，不出来我就叫警察了。'这下子我只好从桌子下钻出来。当时申坤正站在阳台上四处观望，听到响声，转身一瞅，看到是我，随即大惊失色，两眼翻白，浑身颤动，身子向后一仰，瘫了下去。没等我完全反应过来，他已经坠下楼去了。当时我吓死了，丫丫也闻声赶来，反倒是她比我更镇静，将房里的东西收拾了一遍，给了我一张银行卡，说密码就是我的生日，里面有四万多元钱，是她自己的私房钱，要我赶快离开，以后也不要再找她。我听了她的话，就下楼从围墙的小门离开了。哎，报应啊。”

“申坤，他为什么会害怕见到你？”李慧问。

“大概是因为他以为看到了鬼，要不就是因为我的出现对他来说打击实在太大，他才会如此恐惧。”伊勤酬又向舒雨淇要了支烟，点燃后继续说，“一九七六年，我们十几个知青插队在胡丫丫的家乡，就落户在她母亲易兆芳留下来的大豪宅里，这事你们也许已经知道了。后来知青们一个个都走了，只剩下我和申坤。我俩与丫丫父女就好像一家人一样。丫丫喜欢写诗，与我有共同的爱好，日子久了，我俩便相爱了。可是丫丫的父亲更喜欢申坤，他人高马大，上山下田各种农活都比我行。但丫丫死活不依她的父亲，每天晚上都躲在我的房间里与我谈诗，常常谈到深更半夜。申坤也爱丫丫，那时的丫丫小巧玲珑，聪明伶俐，没有哪个男人见了会不动心的。申坤得不到她，心烦意乱，有一天趁我们仨一起上山砍柴时，将我和丫丫的父亲胡吉利一起推下了悬崖……”伊勤酬眼眶里噙着泪花，哽咽着说不下去了。

“申坤把你推落悬崖是为了得到胡丫丫，可胡丫丫的父亲胡吉利与他无仇无冤，他为什么也要杀他？”舒雨淇问。

“为了一箱子的珠宝，”伊勤酬说，“丫丫母亲的前夫留下了一箱子珠宝，而她死后那箱子珠宝便交给了胡吉利保管，这事没人知道，连丫丫也不知道，是我那天见到她后才告诉她的。可她不肯相信，直到现在还半信半疑。”

“那你又是怎么知道的？”舒雨淇问。

“丫丫的父亲在一次喝酒时无意中对我和申坤透露了此事。事后他对这件事缄口不再谈起，但他越是不想谈，我和申坤就越发认为这是真的。”

“那后来呢？后来怎么样？”

在李慧的再三追问下，伊勤酬才接着往下说：“胡吉利当场就摔死了，而我命大，没死，就在人迹罕至的山涧里躺躺爬爬，摘野果充饥，喝山泉水解渴，嚼草药治伤。七天七夜后，我才走出深山老林，那以后就靠采草药卖钱，再也没有回过胡家坳。哎，一晃就是三十几年。”

“那你现在在干什么，住在哪里？”李慧问。

“卖草药啊。我居无定所，上山采草药卖，走到哪里卖到哪里。”

10

舒雨淇和李慧把伊勤酬带到对面的招待所，让他与胡丫丫见了面。

和煦的阳光从窗户里照进来，温暖的光芒中细微的灰尘在上下飞扬。

舒雨淇和李慧将他俩送下大楼，送出公安局大院。望着两人手拉着手离去的背影，舒雨淇百感交集。李慧更是感慨万分，眼眶里盈满了泪花。

魂断《Q方案》

1

闽南的初春悄悄地来了，无论是人还是狗都没有注意到，太阳一天比一天升得更早落得更迟，早晨五点多就露出了曙光，傍晚六点了黄昏还不肯完全消逝。漫长的一天里阳光璀璨，阴森可怕的寒冬之沉寂已经让位于复苏了生命的伟大的春之喧阗。这种喧嚣声发自大地的每一个角落，洋溢着生之喜悦。柳树发芽了，春燕飞来了，荆江河的水位悄悄地涨了不少，各种爬的、蠕动的小动物“沙沙沙”地开始活跃起来。忙活了一天的司徒仕怀揣着忐忑的心绪去找县长的秘书李荷葆。

司徒仕是县政协常委、知名的企业家，官场上的那些人他都熟悉，熟悉得就像家里养着的那几条金鱼，想请县长吃一顿饭，本来就像养金鱼一样简单，撒上一把饲料就行了。可问题是时下风向不大对头，一顿晚饭就可能卷走一个人的前程，自己那顶“优秀企业家”的帽子也可能随风而去，落下个“腐蚀领导干部”的恶名声。可这餐饭他又不能不请，思忖了大半天，这才战战兢兢地来到李荷葆家。

李荷葆独自一人坐在客厅的沙发上摆扑克牌算命，电视机开着，正在播放“星光大道”月赛。一丝欣喜从司徒仕的心头掠过，他心想，李荷葆的妻子和女儿都不在家，肯定又找钢琴老师去了，正好能趁机和他好好谈谈。他拿起茶几上的遥控器，将电视机的音量调小了些。

“坐吧，找我什么事?”李荷葆睃了他一眼，开始收拾茶几上的扑克牌。

“我想请卢县长吃一餐晚饭。”司徒仕不想拐弯抹角，开门见山地说。

“这不方便吧?现在上头抓得很紧，吃饭、喝酒有禁令，暗访的猫眼遍地都是，更有好事者随手拿出手机给拍个照片贴在网上，那可不是闹着玩儿的。”

司徒仕耷拉下眼皮，支吾着不知说什么好。

“让我想想办法。”李荷葆抬高右手用两根指头捏着自己的下巴，瞄了司徒仕一眼，装成很为难的样子若有所思地说，“可你得告诉我，为什么事要请县长吃饭，你想求县长替你做什么事?”

说话听音，锣鼓听声，司徒仕仿佛置身在黑暗的铁皮屋子里突然看到了从天窗上落下来的一束白光，心底明亮了起来，赶紧用两根手指从裤袋里拿出一个早就准备好了的红包，插入李荷葆的衣袋。顿了片刻，见李秘书没有任何反应，赶紧说：“是这样的，我们厂研发了新技术，我把它称之为《Q方案》。简单地说吧，这项技术是对球墨铸铁工艺的改进，要是成功了，可以解决球墨铸铁焊接难度大、变形矫正困难等一系列问题。更可贵的是，如今球墨铸铁一般只能生产厚度在七毫米以上的铸件，而我的这项技术可以让铸件的厚度降到四毫米，大大地扩展了球墨铸铁件的使用空间，经济效益无法估量，堪称球墨铸铁工艺上的一次革命。”

“有这么好的事?”李秘书显然不大相信。

“李秘书，你可小看我了，我司徒干铸造干了二十年，为了这个《Q 方案》，我可是花了整整四年的工夫。”司徒拍了拍自己的胸脯。

“那你要求县长啥事情？是不是想要县财政给科研经费？”李秘书两眼紧盯着司徒问。

“李秘书，这你就小看我了，我们俩认识这么多年，你也知道，我什么时候向县财政伸手要过一分钱？捐资助学，建桥铺路，十几年来我捐出去四五百万，啥时候向政府要过钱？”

“那干吗还要找县长？你请他吃饭，不就是要求他为你办事吗？”

“是的，是的，李秘书还真了解我，我是想求县长替我办点儿事。”

“什么事，你说，你不说我是不会帮你的。”

“我没想，也不敢想向政府要经费，”司徒挺起胸昂起头，像一只报晓的公鸡高傲地说，“我是想要县长帮我召开一个论证会，把国内外著名的专家学者请来我们县开个成果鉴定会，确认我这个《Q 方案》的科技价值。李秘书，你可要知道，我的这个专利技术能够诞生在我们这样一个小县城里，具有深远的历史意义和重大的现实意义。”司徒仕吞了口唾液，学起卢县长在大会上作报告时的那种口气，“这项专利技术不仅可以大大地提高我们荆县的知名度，还有可能在铸造行业引起世界性的轰动。”

李秘书笑了，拍了拍司徒的肩膀，“行，这餐饭可以吃，好事嘛，不过，”他突然面露难色，“要开一次国字号的大型论证会可不是一件容易的事，吃、住、玩儿，还得送点儿土特产什么的，一天一人至少要……”

“这个你甭说，我知道，政府不富，我不会让政府做媒婆还赔蚊帐被，我不是那种人，一切费用我全包了。我现在急的是请卢县长吃饭怎么吃才好，现在到处都是猫眼，要是让人拍个照，弄到网上，或者打个举报电话什么的，我这不是把县长给害了吗?”

“这个你放心，我会安排的，”李秘书信心满满地说，“我们这样的小县城，好事的人不多，怕只怕被上头下来巡视的人撞上了。不过那种事概率不大，我倒有个好去处，很安全的。”

“什么地方?”

“大众路 898 号的鑫源葡萄酒专卖店。”

“大众路鑫源葡萄酒专卖店?”司徒仕颇感困惑，“那不是一个卖葡萄酒的地方吗?”

“对，老城区，周边住的都是小市民，那里的人不管政治。”

“可卖葡萄酒的店铺怎么吃饭? 总不能自己炒菜吧? 我请的可是县长，一县之长，不是一般的客人。”

“那家卖葡萄酒的店铺你也知道，装修得很豪华，里面有个阁楼，桌椅全都是紫檀木的，店主是我的亲戚，绝对可靠，不会给我捅娄子。停车也方便，从人民路进去，车停在专卖店的后院，就是有上头巡视组的人来，也不会被发现，就算万一被撞上了，我们可以说是家宴。至于吃什么菜，不用你操心，这好办，我可以叫万家乐大酒店送来，你想要吃什么都有，佛跳墙、龙虾鲍鱼汤，应有尽有，你准备好埋单就是了。”

“这太好了，”司徒仕一拍大腿站了起来，“就这样定了。时间?”

“明天晚上六点半。”

“行，那就这样了，我明天等你的电话。”

第二天是四月三日，正好是清明小长假。司徒仕带来两个陪酒的小姐，卢县长和李秘书一人一个。他自己却带了个“酒缸子”。“酒缸子”是来替他喝酒的，是他公司的销售部经理，姓童。司徒仕不是自己不会喝，他除了战不过卢县长外，这个县城中的五六万人恐怕不会有谁的酒量能够敌得过他。可他不能喝，他在这个饭局上有重大的事要办，俗话说“醉酒败江山”，他必须保持足够的清醒才行。

这卢县长也真是海量，四瓶赤霞珠只是稍稍地洇润了他的脸颊，却一点儿醉意也没有。

酒足饭饱后，司徒仕给那两个陪酒小姐付了小费后，将她们支走，然后剩下的四个人边喝茶边有一搭没一搭的闲聊，却总也切不入正题。司徒仕不好意思开口，李秘书不得不替他打破尴尬，把《Q 方案》的事说了。卢县长当然满口答应："责无旁贷，李秘书安排吧。"他已经有好些日子没这样开心过了，更何况司徒仕提出的事也是好事，是政府应该做的。这难不倒他。

司徒仕走出那家葡萄酒专营店的后门时，已是深夜，可他还是抑制不住内心的喜悦与兴奋，掏出手机给山峰铸造厂的厂长葛扶勇打了个电话。他本不抱希望，以为葛扶勇应该已经睡了，没想到葛扶勇还真接了他的电话。

"老弟，我有一张单子，四百多万，想给你做。"司徒仕的嘴巴贴着手机声若蚊蝇地说。

"这么晚了，还谈这个？什么单子啊？"葛扶勇睡意蒙眬，说话的声音浑浑浊浊的，鼻音很重。

"具体的事明天谈吧。"

"明天我要回老家扫墓。"

"那就明天晚上谈，到我家来。"

2

刑警重案中队中队长舒雨淇刚刚入眠，突然听到"咚咚咚"的敲门声。他躺在床上喊了声："谁啊？"

"舒队长，是我。"

对方的声音听起来有几分熟悉，舒雨淇却一时想不起来会是谁。他从床上爬起来，开了灯，习惯性地瞧了一眼墙上的挂钟，正好零点三刻。他走到客厅开了门，发现来人是本县的大企业家司徒仕。

“三更半夜的，他来找我有什么事？”舒雨淇的第一反应是吃惊，随即又有些警觉。司徒仕是荆水铸造责任有限公司的老总，说他是大企业家有点儿言过其实，他的厂子其实并不大，只是一个百来号人的中型厂。但他的名气很大——县政协常委、市政协委员，常常能在市、县电视台的新闻节目上见到他的身影，且总是扎堆在那些有头有脸的大人物之中前呼后拥。

舒雨淇因办案需要曾与他有过几次接触，印象中这人个子不高，架子不小，眼睛朝上，“土豪”嘛，怎么可能把舒雨淇这个小警察放在眼里。其实大凡有钱人都是这样，身价跟随财富水涨船高，待人处事的姿态最合理的分配是三一三十一：对一部人点头哈腰，对一部分人不冷不热，对另外的一部分人颐指气使。做人嘛，自然要有所取舍，有时当爷们儿有时当孙子。舒雨淇对他虽然没啥好感，倒也理解他，对他的那种“三面人”态度从来就没放在心上，反正找他能办成事就行，每个人都有自己的活法，没必要计较。

他怎么会亲自跑到我家来找我？如果是厂里出了什么案子，他应该打 110 才对啊。舒雨淇心想。他哪里知道，公事私办是司徒仕习惯性的做法，积习成癖。平时有些啥事需要找政府官员，司徒仕从不，或者说极少在大白天去办公室找人，都是在夜幕下去官员的家里谈。这世道，以私交办公事，路子就会顺畅得多。

“出什么事了？”舒雨淇问。

“出事了，是真的出事了，出大事了。”司徒仕气喘吁吁的，结结巴巴地说，“舒队长，葛厂长他、他被人用刀刺死了。”

“葛厂长？哪个葛厂长？”

“葛扶勇，山峰铸造厂的葛扶勇。”

舒雨淇知道这个人，他早年曾与司徒仕一起合作办厂，后来两人分开，葛扶勇自己单干了。既然是一起命案，舒雨淇也急了，睡意一下子全蒸发了，神经紧绷了起来：“在哪里？”

“河边，荆江河边浮山村甘蔗园旁边的沙地上。”

“快去看看。”舒雨淇返身回里屋穿了衣服，边下楼边给他的搭档李慧打了电话，然后钻进司徒仕开来的奥迪车里，一起赶去现场。

这里是城郊——县城的边缘地带，没有灯，没有车流，没有行人。

司徒仕将奥迪车停在他家门口，然后领着舒雨淇沿着一条狭长的沙地往前走。

这里大白天也是人烟稀少，夜里就更不用说了。狭长的沙地左边是宽阔的荆江河，波光粼粼，流水淙淙。右边是甘蔗林，蛙声一片，震耳欲聋。两个人一人握着一把手电筒，沿着狭窄的沙地一脚深一脚浅地往前走。“喏，就是这里。”走在前面的司徒仕突然停了下来，转过身对舒雨淇说。

舒雨淇趋步向前，一个长而瘦的人体蜷缩在沙地上的血泊里，赫然呈现在两束手电筒的白光中。

满天的繁星，如同正午的日光照在闪烁的沙上，反射到眼帘里是那么晶莹而繁夥。微风轻拂，携带着凉意。舒雨淇蹲下身子，摸了摸地上那个人的脉搏，又拨开他的眼睑，用手电筒照了照他的瞳孔，断定他已经死了，而后抬头问司徒仕：“他就是山峰铸造厂的老板葛扶勇？”

司徒仕显得极其镇定地“嗯”了一下，接着频点了几下头。

“这么个黑不溜秋的夜里，你怎么会在这个地方发现他？”

“是这样的，”司徒仕声音微微颤抖，夜幕下看不清他到底是紧张还是害怕，只能感觉到他咽了口口水，接着说，“我有一张订单，想让他来做，约他晚上到我家来谈，可我左等右等也不见他来，给他打手机，手机没人接，给他家里打电话，他老婆孟绿岚说他一个多小时前就出门了。我想他可能在路上碰上什么事耽搁了，又等了半个多小时，打了他四五次手机，可一直没人接，我开始发怵，带上手电筒走出来，就看到了他现在这个样子。我不敢动他，赶紧跑到他家告诉了他老婆。他老婆慌了，也不知怎么办，我征得她同意，就开了他家的奥迪车跑到你那边报案。”

四周黑漆漆，凭着两把手电筒也看不清现场，脚下又是松软的沙子，留下太多的脚印可能会影响日后的现场勘察。舒雨淇往后退了几步，把司徒仕叫到远离尸体的沙丘边站着，紧接着问：“你报案为何不打110？”

“我本来是想打110的，可只有我一人看到尸体，我怕说不清楚，那些毛糙的小伙子我不信任，我只相信你这个神探。”他显得十分谦卑恭顺，与过去对待舒雨淇那种不屑一顾的“土豪”神气有着明显的不同，以前是虚与委蛇、爱理不理，眼下是阿谀讨好、溜须拍马，这让舒雨淇很反感。

“那我再问你，你要去葛家，为什么不走大路，一定要走这块黑不溜秋的沙滩地？”

“我家的别墅和葛扶勇家的别墅都建在荆江岸边，相隔仅八十余米，走大路开车需要拐大弯，沿着这片空沙地走，路程可缩短四分之三。我和他常有往来，平时他与我一样也这样抄近路走。”

“那你说的订单是怎么回事？”

“我和葛扶勇是同行，以前我和他同一个厂，后来分开了。有时我接到订单不想做，就给他做，他给我点儿佣金，至于给多少，是要事先谈好的，他也常常这样做。”

两人在黑暗中边抽烟边交谈。司徒仕抽他的“大中华”，舒雨淇抽他自己的红梅牌香烟，司徒仕几次要给舒雨淇“大中华”，可舒雨淇执意要抽自己的，两人就这样耗了大半天，直至天亮。舒雨淇的搭档李慧来了，局里搞现场勘察的一大班人马也来了。舒雨淇对司徒仕说：“你可以先回去，以后有事我再找你。”

可司徒仕好像没有马上就走的意思，他期期艾艾地似乎想说什么。

“还有什么事，你就大胆地说吧。”舒雨淇鼓励他。

“是这样的，”他终于说了，“我觉得山峰厂的副厂长阚俊意很可疑。”

“你是说，副厂长杀害了厂长？”

“我只是觉得很有可疑。”

“证据呢？”

“证据倒是没有，可他们俩合不来。阚俊意是大学生，肠子里面弯弯绕绕的东西可多呢。而葛扶勇是直肠子，他这人什么都好，就是脑子僵，不转弯，我们都称他‘牛皮筋’。人家是大学生，懂得比他多，他又不肯在副手面前认输，所以两人常常吵架。”

“这也不至于杀人啊？”舒雨淇闲闲地问了一句。

“当然，”司徒仕煞有介事地说，“有件事，可能没有人知道，可是被我当面撞上过。”

“什么事？”舒雨淇颇有点儿惊讶地问。

“葛扶勇调戏阚俊意的女朋友，我亲眼所见。”

“有这种事？”

“我绝对不敢乱说，舒队，这种事是不能胡说八道的。”

“那好吧，我们会调查清楚的，谢谢你为警方提供了这么重要的情况。”说完，舒雨淇又问了一句，“还有什么事吗？”

“没有了，以后有什么事，随时可以找我。”司徒仕说完，便头也不回地离开了沙丘。

3

现场勘察在有条不紊地进行。结果很快就出来了。葛扶勇被人在右太阳穴上插了一刀，失血过多导致死亡，时间在昨晚十一点前后。受害者的钱包、手表、手机全被人搜刮走了，乍一看很像是抢劫，蹊跷的是，沙地上只有两串完整的脚印，一串是葛扶勇从家里走到沙滩上的脚印，另一串是从司徒仕家里走到葛扶勇家的脚印，其他的就是舒雨淇和司徒仕一起来到现场后留下的那些凌乱的脚印。司徒仕说过，他一直没等到葛扶勇去他家谈订单的事，就想去葛家问问，半路上见到尸体，而后就直奔葛家找葛扶勇的妻子，那串完整的脚印无可非议是他留下来的。而那些凌乱的脚印是舒雨淇和司徒仕半夜三更无意中留下的，同样无可非议。那么凶手呢？难道凶手是从天而降，杀人劫财后又飞走了？不可能。揭开这个谜底，便成了破获此案的关键。

舒雨淇把现场勘察的扫尾工作交给技术员和法医，自己与李慧赶到山峰铸造厂。

这只是一个小厂，一个小得不能再小的工厂，二三十个职工，厂房躲藏在县城西郊非常隐蔽的山脚下，很不起眼。厂房的后面是一大片森林，前面是一望无际的甘蔗园。如果没人带路，是很难找得到的，好在舒雨淇之前来过，直接就将警车开进了大门。

大门只是两根简单的圆形立柱，进去是偌大的原材料堆场，并没太多的东西，显得十分空旷。堆场的后面才是厂房。厂房内有二三十人在忙碌，挥锹的挥揪，搬沙箱的搬沙箱，推小车的推小车，个个汗流浃背，干得热火朝天。大门的旁边有一排黑瓦白墙五房相连的平房，首间是厂长办公室兼作接待室，里面有两张办公桌和一套木沙发，门开着，但里面无人。第二间堆放着各色各样的当家产品，类似于大企业的“产品展厅”，只是这里十分简陋，空间也显得太小，连个玻璃橱都没有，各色各样的成品和半成品随意堆放，杂乱不堪。最后面的两间房用来做半成品的精细加工，除砂、修复、打磨全都挤在一起，电焊枪火花四射，榔头铁锤的敲打声此起彼伏，热闹红火的场面绝不比大车间里逊色。正中的那一间是财务室，里面桌、椅、橱、柜、电脑、电话机、打印机、传真机全都摆放得井然有序，是厂里唯一一处最整洁干净、最卫生文明的地方。玻璃门一关，里外就成了两个世界，外面叮叮当当，如野味烈酒，里面安静温馨，似米饭清汤。

舒雨淇与李慧下车后绕着厂区走了一圈，所有的人都是该干什么干什么，没人抬头看上一眼这两位穿制服的警察。显然，厂里的老板葛扶勇被人杀害的消息还没有传进来，这里的人对如此重大的事件一无所知，一切全都按照原有的轨道在运转。

二人返回到那座白墙黑瓦的平房前，敲开正中那间财务室的玻璃门，里面一男一女正聚精会神地伏案做账，男的是会计，女的是出纳。两人抬头看了两个警察一眼，不约而同地露出惊讶的神色。

“你们二位找……”女出纳率先开口，眉眼鼻唇额腮耳全都堆积起狐疑与惶惑。

“我们想找你们的厂领导了解些情况。”李慧说。

“那你们找厂长吧，他叫葛扶勇，在第一个房间。”男会计有些不大耐烦地说了一句，而后又低下头做他自己的事，一副爱搭不理的样子。

李慧又问：“那副厂长呢？”

“找阚俊意是吧？他的办公室也在第一个房间。”女出纳热情了些。

李慧说：“第一个房间门开着，但里面没人。”

“那我替你们打一下他的手机。”女出纳说着，按下了桌面的电话机上的免提键，然后开始拨号。

“您好，您所拨的电话已关机。”电话机里传出一串甜甜的女中音，女出纳又拨了另一个号码，得到的回答也同样是电脑录音：“您好，您拨打的电话不在服务区内。”男会计与女出纳都一下子直了眼，不约而同地说了句：“怎么可能呢？”

女出纳两肘托在桌面上，合掌做了个尖塔状，愣了片刻，又重新拨了一遍，结果依然是一个“已关机”，一个“不在服务区内”。女出纳这才站了起来，热情地说：“那就到隔壁房间坐吧。你们二位有什么事？”说着把舒雨淇和李慧带到了隔壁的厂长办公室。

女出纳看上去有三十来岁，身材匀称，皮肤很白，白得像雪。俗话说一白遮百丑，更何况她并不丑，五官很精致，十分养眼。她给舒雨淇和李慧泡茶，手脚麻利，举止轻盈，动作敏捷，显得十分勤快。

“我叫盖春，有人叫我小盖，有人叫我小春，其实我不小了，今年三十四了。你们二位……”盖春边沏茶边说，显然是很想知道两位警察来此的目的，可她始终没敢正眼瞧一下舒雨淇和李慧，两眼专心致志地盯着手中的茶具，显得有些腼腆。

李慧本想把葛厂长昨晚被人杀害的事告诉她，但见舒雨淇无动于衷地坐着等待喝茶，害怕扰乱了舒队的计划，不敢率先开口，便找了个无关紧要的话题问道：“你来这个厂里多久了？”

“怎么说呢？十四年了吧。我十八岁就开始为他们管钱，那时是在荆水。”

“你说的荆水，是不是司徒仕的荆水铸造责任有限公司？”舒雨淇突然来了兴趣。

“是的，是的。”盖春说，“当时司徒仕和葛扶勇一起承包县机械厂的铸造车间，办了个荆水铸造公司，那时我刚好高中毕业，就被招聘进厂当出纳。”

“那你在荆水做了几年？”李慧问。

“六年，整整六年，后来到山峰来，到现在也七年多了。”盖春紧接着刚才的话题继续说，“是他俩合不来，就分开了。扶勇办了自己的厂，把我也拉了过来。”

“你说葛扶勇与司徒仕合不来，是因为什么事闹矛盾了？”舒雨淇问。

“大的矛盾倒是没有，就是性格合不来。”盖春说，“扶勇他为人比较低调，不显山不露水，做什么事都是实实在在。司徒不一样，爱出风头。其实两人的性格有互补性，一起合伙办厂蛮合适的。扶勇他十八岁就进了县机械厂，二十多年一直干这一行，从当学徒开始直到后来当上铸造车间的主任，业务精得很。司徒也是机械厂的职工，他干过铣床、冲压、车床，还做过一段采购员，但时间都不长。反正他什么都干过，就是没一行精。不过司徒仕人很精明，会跑关系，扶勇在这方面反倒显得很笨拙。两人一里一外，一虚一实，配合得很好。办厂的时候，他们一人出了五万元，三年时间就净赚了一百多万。后来说要分厂，员工们都很舍不得。扶勇他拿了钱要自己再办厂，问我愿不愿意到他的厂里来继续当出纳，可司徒也想留我。我当时拿不定主意，吃不下饭睡不着觉地思考了好几天。扶勇的攻关能力比司徒差得多，我害怕他不会跑关系，新厂办不起来；想留在司徒的厂里，又害怕司徒技术上不过硬，扶勇走了，厂子会垮掉。”她突然打住了话头，不再往下说，将两杯沏好的茶水用木夹子夹到舒雨淇和李慧面前。

舒雨淇端起茶杯将茶水喝了，把空茶杯搁在茶盘上：“那后来你又为啥会到山峰来？”

盖春脸上顿然泛起两朵红晕，羞羞答答地回答说：“我抽签，问了观音菩萨，观音菩萨要我到新厂来，我就来了。”她由于羞赧而显得有些扭捏与矫揉，再加上雪白的两颊上突然出现的那两朵红霞，让人感觉到她确实还很年轻，容貌十分迷人。

“你为你的选择后悔过吗？”李慧问。

“不后悔。”她口气异常坚定地说，“事实证明，我们山峰就是比他们荆水好。虽然表面上看我们的条件比他们差，没有高大的厂房和洁净的办公室，但我们厂的效益比他们好，员工的收入比他们高，且老板和善，从不斥喝员工，我们做事顺心。扶勇很能干，有些事你问他怎么办，他总是用温和的口气与你商量。他懂的他会不厌其烦地向你解释，他不懂的也会尊重你，征求你的意见。他很勤奋，平时天不亮就到厂里来了，今天不知道是出了什么事，直到现在还没来。你们二位是不是有什么事要找他？要不我替你们再打个电话？”

“不用了，”舒雨淇不忍心突然抛给她一个晴天霹雳的坏消息，接着说，“你往下说，说说你对你们老板的看法，我很想听。”

“要说扶勇，他确实是个好人，天底下很难找到第二个像他这么好的男人。你们还没见过他吧？见了你们就会知道，他没半点儿老板的架子，从不穿西装，不系领带，夏天T恤冬天夹克，一年四季牛仔裤。可他搞管理有他自己的一套。我们厂从不开会，也没有什么口号，连个考评制度都没有。老板本分，待人诚恳，做事认真，大家也跟着他扎扎实实地干。本来我以为他不善于跑关系，不会攻关，不会送礼，也很少请客户吃饭喝酒，怕客户全跑光了，竞争不过司徒仕，厂子办不起来，可这些年证明，事实并不是这样。扶勇他在产品质量上精益求精，每个细节都把关把得很严。大家都了解老板的性格，谁也不敢马虎，不敢懈怠。产品的质量好了，不仅客户没跑掉，而且还越来越多。其实搞球墨铸铁在我们闽南一带扶勇是最棒的，司徒仕他只能搞砂铸，球铁他做不来，有球铁的订单他只能给我们做，扶勇有时也将砂铸的订单给他做。我们两家不在一个层面上，他们根本没法与我们竞争。”

盖春滔滔不绝地说着，一边说一边不停地往舒雨淇和李慧的茶杯里加茶水。舒雨淇相信她说的每一句话。在他看来，这个女人虽然年过而立，但还很清纯、很健谈。舒雨淇喜欢这样的人。办案需要了解尽可能多的情况，如果你的调查访问对象是那种守口如瓶，三棍子打不出一个屁来的人，一问三不知，那才叫痛苦。从走进厂里的那一刻起，舒雨淇就有一种感觉，觉得这个厂子的管理很原始，是一种自然而朴实、毫不花哨的原始。盖春的真诚便是在这种纯朴的、自然原始的环境中孕育出来的。他相信她赞扬葛老板的每一句话都是真心话。问题是：这么一个好的老板，会因为什么原因被人给杀害了呢？难道这真的是一起拦路抢劫案？

“我有一个问题想问你，刚才你给阚俊意打手机时，得知他不在服务区内，你和那位会计好像都很惊讶，是吧？”舒雨淇问。

“是的，是的，”盖春说，“小阚是我们厂里唯一的大学生，他是扶勇的得力助手，人很敬业，他的手机一般不会关机，更不可能不在服务区内，我就是搞不明白。要不，我再打一下他的手机。”说着，她站了起来，跑到隔壁房间又去打了一次电话，随后返回来对舒雨淇和李慧摇了摇头，失望地说：“还是不在服务区内。”

舒雨淇心里开始嘀咕：难道真的被司徒仕说中了，是阚俊意杀了葛扶勇后潜逃了？

“不用再找了。”舒雨淇说，“我有一个坏消息要告诉你，你们的老板葛扶勇昨晚被人杀害了。”

“什么？”盖春惊叫一声，雪球似的圆脸一下子坚硬了起来，雪白的肌肤顿时变得蜡黄，手上的茶杯“啪”的一声掉在了茶几上。她木桩似的站立着，什么话也说不出来……

4

当下最要紧的是找到阚俊意，活要见人死要见尸。然而，舒雨淇与李慧找了一天一夜也没找到阚俊意，他们只好再去问盖春怎样才能找到阚俊意。盖春告诉他们，阚俊意有个女朋友在省城的一个大学里读博士，可她并不认识他的女朋友，不知道她叫什么名字，也不知道阚俊意的女朋友读的是哪所大学。

天无绝人之路。舒雨淇和李慧去了移动电话公司，将阚俊意近期手机的通话记录打印出来，欣喜地发现，阚俊意的手机在他失踪前几天频繁地与省城的一部手机互发了五六十条的短信。无疑，这个与他频繁互发短信的手机的主人肯定就是阚俊意最亲近的人，极有可能就是他的女朋友。于是，舒雨淇和李慧立即赶赴省城，找到那部手机的主人。果不其然，那部手机就是阚俊意女朋友的，她叫阚冬，与阚俊意是同乡，都是山西人。听到阚俊意失踪的消息，仿佛晴天霹雳，阚冬顿时呆若木鸡，愣了老半天说不出话来。

“我也不知道他去哪儿了，我们俩已经有一周的时间没联系过了。”阚冬缓过神来后说。

“你能不能告诉我们，他最有可能会去哪里？”李慧问。

“除了回山西老家，他还能去哪儿？可他不可能不辞而别啊。”阚冬似乎还没有完全地清醒过来，含含糊糊地说。

“可我们已经调查过，他并没有回老家。”李慧说。

“那就怪了。”阚冬问，“你们找他有事？很急吗？”此时她才算完全清醒了过来。

“他们厂的老板被人杀害了。”舒雨淇觉得没必要对阚冬隐瞒，说出了实情，“我们就是想找他了解些情况。”他刻意把口气放得松软些，就是想尽量消除对方的紧张情绪。

“既然这样，与警方配合也是应该的。”阚冬到底是受过高等教育的女孩，明事理，有分寸。她从小坤包里掏出一串钥匙，“这是俊意宿舍的钥匙，他有一部笔记本电脑，也许你们能在他的房间里找到一些线索。我真的无力帮助你们什么，只能这样了，我也希望你们能尽快找到他。”

舒雨淇给了阚冬一张名片说：“如果你有阚俊意的消息，请你及时与我们联系。”随即便与阚冬告辞，立刻返回荆县，与李慧一起去了阚俊意的宿舍。

打开房门，室内并不见有什么异常，可找来找去都找不到阚冬说的手提电脑。手提电脑同阚俊意一起消失了。

电脑里是不是有些什么重要的资料？阚冬提到手提电脑是无意中说起还是有意提醒什么？手提电脑对警方寻找线索会有帮助吗？

舒雨淇决定去见见葛夫人。司徒仕提供的那个“葛扶勇调戏过阚冬”的情况在他的心里搁着，他本来是想直接问问阚冬，证实一下这件事是不是真的，可他说不出口。阚冬那么年轻，还没出嫁，此事是真是假在自己没有把握的情况下就随随便便说出来，很不妥当。男女之间的情事，对女人来说是很敏感的，如果真有此事，一定会让她十分尴尬。

见到葛扶勇的妻子孟绿岚，舒雨淇很是吃惊。孟绿岚丝毫没有因丈夫被害而悲痛。她打扮得漂漂亮亮，没等舒雨淇和李慧问话，她便快言快语地说："我因为骑摩托车摔断了腿，不能走动，在家里待了七八天了。那天晚饭后，扶勇说他有事要出门，也没告诉我是什么事。他走了之后，我在家看电视连续剧《又见阿郎》，等连续剧结束后，司徒跑来告诉我说扶勇被杀了。我不敢相信，扶勇做人实实在在、知进知退，很本分的，从没得罪过什么人，又怎么可能被杀呢？他出门时身上就一部手机、几百块钱，抢劫犯不会就为了一部千把块钱的手机把人杀了吧？可是司徒说得有鼻子有眼，言之凿凿，我又不得不信。之后我就让他赶快报警了。"说完，她拉起花裙子，让舒雨淇和李慧看她受了伤裹着白色绷带的右腿。

她说话嗲声嗲语，吐字殷殷，听之叫人心醉。她衣着光鲜，酥胸半露，眼光迷离，身躯温软，十指纤细，是那种看上一眼就会叫男人怜香惜玉的女人。而让舒雨淇颇感费解，甚至还有些迷茫的是她的那张脸。她的脸不是很白，但五官很精致，自始至终面带微笑。丈夫被人杀了，按理说她应该伤心、难过、痛苦、愤怒，可她一点儿也没有那种常人应该有的表情。再仔细观察，她两眼弯弯，眉尾下垂，嘴角微翘，雪齿显露，两颊上有一对深深的酒窝儿。原来，她的笑是一种固定的、与生俱来的、不受大脑神经指挥的微笑。

"你家这么大的房子，在你丈夫外出时，就你一人在家？"李慧觉得偌大的一座独门独院的三层楼房，又坐落在如此偏僻的地方，一个女人单独在家看电视似乎有些不可思议，于是问道。

"我请了一个保姆，是本地人，早晨到我家来做事，晚饭后回家。"孟绿岚回答说，"扶勇对我很好，晚上他没事都会陪我，有时我们也请朋友来一起打麻将。扶勇会赚钱，我们过得很幸福，没想到他……”她说着，那双弯弯的、笑意永不消退的眼睛里终于挤出了几滴泪花，叫人搞不懂她是真笑假哭还是假笑真哭。

“那你们的孩子呢?”

“我们没有孩子，是我不争气。”她赧赧地回答。

“对不起，我不该问这个问题。”李慧赶紧道歉。

“没事，都快十年了，我无所谓。”

“我说的是出事的那天晚上，你真的一个人在家?”李慧又问。

“我就是一个人在家，看电视剧《又见阿郎》。”接着她便将电视剧的剧情津津乐道地说了一遍。

“你觉得谁会与你的丈夫有仇?”舒雨淇问。

“没有啊，真的没有。”她说，“我丈夫人缘好，你们可以到厂里去问问，他不会有仇人的。”

“你丈夫被害，谁获利最大?”李慧问。

“这——”孟绿岚低头深思了片刻，轻轻地摇着头说，“这我就说不好了。扶勇他是个孤儿，十来岁时父亲就去世了，母亲也在前些年走了……”

“那我问你，”舒雨淇说，“你家的保姆是什么时候离开的?我说的是出事的那天晚上。”

“六点多七点不到。”孟绿岚说，“在我丈夫出门之前，保姆就回去了。”

“你丈夫晚上经常出门?”李慧问。

“也不是。”孟绿岚回答，“不过他是厂长，厂里三天开一次炉，开炉的时候他会到厂里去，直到天亮才回来。”

“你丈夫出门的时候，你总是一个人在家?”舒雨淇又重复问了刚才李慧问过的问题。

“嗯。”孟绿岚点了点头。

“你家这么大的一座房子，周围又是如此僻静，没人陪你，你自己一个人在家就不觉得害怕?”李慧显然不大相信，又追问了一次。

“没办法，刚开始是有些害怕，后来也就习惯了。”

“有件事，我想问你。”舒雨淇终于把话题转到他一直想知道的那个点上，“你认识阚冬吗?”

“你说的是阚俊意的女朋友吧?认识。”

“那么说你丈夫葛扶勇也认识阚冬?”

“是的，她寒暑假来找俊意时，来过我们家几次。”

“你们夫妻俩和她的关系怎么样?”

“不怎么样，我不喜欢她。”

“为什么?”

“因为扶勇对她过于亲切，我看不惯。”孟绿岚虽然没有挑明，但已经明白无误地证实了司徒说的“葛扶勇调戏过阚冬”的那件事。

这事要是真的，她孟绿岚也不可能是亲眼所见。舒雨淇觉得没必要再细问了，便站了起来，准备与孟绿岚告辞，可却突然拍了下裤袋，说:“呃，我的车钥匙呢?”

李慧愣了一下，抬头盯着他说:“刚才车是你开的，会不会进门的时候掉在了地上?”

“有可能，我得去找找。”

“有也只能是掉在花园里，”李慧说，“要是掉在楼梯上或房间里，落地会有声音的。”

“对对，可能是我放入裤袋里的时候没放进去，掉了。李慧，我们去找找。”

“那你们赶快去找吧，”孟绿岚说，“我腿不方便，不然我也下楼去和你们一起找。”

“那就不麻烦你了，我们走了。”舒雨淇说完，出门下楼，来到花园里“找钥匙”。他猫着腰在草丛中走来走去，孟绿岚拄着拐杖走到阳台，身子趴在栏杆上，探出大半个身子，显得很着急地问："找到了没有？"

舒雨淇抬头回答她："还没有。"

孟绿岚接连问了几遍："找到了没有？"

舒雨淇不厌其烦地回答她："还没有。"大半个时辰后，舒雨淇这才拿着一串钥匙昂起头朝楼上的孟绿岚晃了晃，大声地说："钥匙找到了，我们走了。"

5

其实，舒雨淇找的根本就不是车钥匙，他找的是血迹。他如愿以偿地在草丛中找到两片粘着人血的叶子带回局里，马上交给技术室化验，结果同他的估计完全吻合，血迹是葛扶勇的。

看来，这个案子是越来越复杂了，难道沙滩不是第一现场？难道葛扶勇是在家里被人杀了后移尸到沙滩上的？

李慧的脑袋乱成了一锅粥，她问舒雨淇："孟绿岚会是凶手吗？她的家会是杀人的第一现场吗？"

"前一个问题我现在还没办法回答你，"舒雨淇说，"后一个问题我可以很自信地告诉你，我不认为她家是第一现场。"

"你凭什么这样认为？"

"我认为沙滩就是第一现场，"舒雨淇说，"我的依据就是死者躺在沙滩上的姿势，龟缩成团，愤怒的双眼睁得大大的，很明显不是死后被人搬到那里的。"

"那葛扶勇家的花园里又怎么会有他的血迹呢？"

"先别管这个问题，我们再去找一下盖春，问一问他们夫妻俩到底关系如何，搞清楚孟绿岚有没有杀人动机。"

厂长被害，副厂长失踪，这消息在山峰铸造厂传开后，顿时像炸了锅似的，群龙无首，乱成一团，上上下下每一位员工都在为自己今后的日子担忧。这么好的一个厂，这么高效益的一个企业，这么一个能带领大家一起打拼的好老板，突然被害，任谁都会感到惶恐不安。舒雨淇和李慧来到山峰铸造厂时，前一次看到的那种热火朝天的局面消失了，只见工人们三五成群地围坐在一起嗑瓜子儿、聊天。没见到盖春，听说她这几天心情不好，病了，没来上班。舒雨淇和李慧只能坐下来与厂里的工人们闲聊。众员工义愤填膺，众口一词，都说老板是被他妻子杀的，理由有三：一是老板娘人品不好，作风有问题，平时总会用媚眼勾引那些长得英俊、有钱有势的男人。葛老板忙，很少有时间陪她，而偏偏她又贪玩儿，时不时地就和别的男人去外地旅游，谁也说不清楚她背后有多少情人。二是老板娘曾经有意要自己的弟弟孟绿宏到厂里来当副厂长，主管供销和财务，但葛老板不肯答应，为这事夫妻俩吵过不少次架。三是葛扶勇曾经殴打过孟绿宏。那是在三年前，有一次，厂里的一个老客户托孟绿宏转交一笔十万元钱的货款，孟绿宏却没将钱交给财务，而是拿去赌博了。葛扶勇追问时，他还一口咬定没拿那笔钱，直到客户把收条拿给葛扶勇看，孟绿宏这才不得不承认，气得葛扶勇当场就掴了他一记耳光，又踹了他一脚，这一脚踢断了他的一根肋骨。孟绿宏因此对他的姐夫一直怀恨在心，几次扬言要把葛扶勇大卸八块。

由此看来，孟绿宏的杀人动机是存在的，姐弟合谋共同作案的可能性也是有的。舒雨淇和李慧从山峰厂出来，立即去找孟绿宏。

孟绿宏不在家，他的邻居告诉舒雨淇和李慧，他到江里摸河蛤去了。邻居们告诉他们，孟绿宏平时游手好闲，无所事事，这几天却好像被观音菩萨点了圣水，突然变得很勤快，每天天还没亮就到江里去摸河蛤，但也没见他摸到什么东西回来。

舒雨淇和李慧随即来到山城大桥上。这地方是瞭望荆江河最佳的观景台，上游在左边，下游在右边，一左一右可以把荆江河面上的所有景物尽收眼底。河水淙淙，有急有缓，清澈见底的流水只有半腰深，河床上的鹅卵石粒粒清晰可见。李慧眼尖，果然发现上游离大桥一两百米的地方有一个男人凫泛水中，仰着头，两臂插在水里，好像在摸什么东西，“舒队，你看，那人肯定就是孟绿宏，他到底在摸什么？这地方有河蛤吗？”

“我是荆县人，土生土长的荆县人，我可从来没听说过荆江河里有河蛤。”

“那他在摸什么？”

“你看，”舒雨淇没有正面回答她，指着远处岸边的一片沙滩，“那是什么地方？”

“浮山村。”李慧惊叫了起来，“难道他是在寻找凶器？他在摸那把杀害葛扶勇的匕首？”

“好了，别理他。”舒雨淇气定神闲地拍了下李慧的肩膀，“我们走吧，等他找到了凶器，我们再找他。”

“可那把杀人的匕首，我们大兵团作战，十几个人摸了两天两夜，还用了金属探测仪都没能找到，他能摸到吗？”

“我倒是希望他能摸到。”

“如果他就是凶手，他怎么就敢在光天化日之下到这里来寻找杀人凶器呢？”李慧若有所思，像是在喃喃自语，“如果他不是凶手，那他何苦这样迫不及待地要找凶器？对了，他肯定就是凶手！”李慧突然信心满满地说。

“噢？你是不是有什么新发现？”

“新发现倒是没有。”李慧回答说，“不过，我觉得他一定就是凶手。这个人其实就是个草包，不会考虑得很多，他装作在摸河蛤，来这里寻找凶器，不会有人知道他的真实目的。他杀了他的姐夫，将凶器随手丢进河里，我们不知道他丢在什么地方，所以大兵团作战也没能找得到，可他知道，地点准确，所以他有信心找到。舒队你看，那里不是一片沙滩吗？那就是案发现场。我们不是一直在为没能发现凶手的脚印而困惑吗？要是他从河里涉水上岸，拦截了葛扶勇，一刀杀害了他，然后把匕首丢进河里，再从沙滩上捧些沙土，掩盖掉他留下的脚印……”

“嗯，这种可能性倒是存在的。”舒雨淇拉住了她的手臂，

“我们走，别惊动了他，等他找到了凶器，我们再找他。”

6

盖春是这个厂里最老的员工，这突如其来的横祸，虽然谁都会悲伤，但于她简直是痛不欲生。这些天，她的心情坏到了极点，白天发呆，什么正经事也做不好，夜晚辗转反侧，彻夜难眠，躺在床上以泪洗面。她暗恋着她的老板，因为孟绿岚没有生育能力，她甚至幻想着他俩能够离婚，好让她与葛扶勇结婚。尽管她的老板比她大十四五岁，可她爱得很深，深不见底。当年她又漂亮又清纯，追她的男孩子用一辆大巴车都运载不完。可她眼光高，那么多人没有一个能让她心仪。到荆水铸造厂时，她第一眼看到葛扶勇，就有了那种一见钟情的感觉，只是起初那种感觉还很漂浮，后来到了山峰厂，两人相处时间长了，便逐渐地产生了爱。她爱上了他，且那种爱与日俱增。她曾经约他夜晚到马路上一起散步，可情窦初开的她却出于少女的羞赧，叫了童年的好友孟绿岚做伴，这一着成了她一生中最臭的一步棋。孟绿岚刈她的稻穗，很快就与葛扶勇打得火热，不久两人便结了婚。盖春因此痛苦了很长一段时间，甚至还想到了自杀。她之所以成为剩女，三十四岁了还没找到婆家，原因只有一个，因为她心仪的男人只有一个标准，就是要像葛扶勇那样，虽然长得并不是很英俊，但性情温和；虽然书读得不多，但温文尔雅；虽然腰缠万贯，却视金钱如粪土；虽然不善言辞，但很有责任感……总之，葛扶勇是她选择对象的参照物，而正是由于参照物太过于具体，太过于形象，因此碰不上，找不着，寻寻觅觅终无果，终致“两岸猿声啼不住，轻舟已过万重山”。听到葛老板被害的消息后，她思前想后，觉得这件事很蹊跷，她越想越觉得奇怪，越想越觉得葛扶勇死得冤枉，终于坐不住了，半夜三更只身一人来到公安局找李慧。

李慧听到敲门声，从梦中醒来，穿上衣服走出来开门，却不见人影。她隐隐约约听到楼梯上有高跟鞋的声音，赶紧追了出去，在楼下大院里看到盖春，趋步向前，抓住了她的手臂：“是你找我?”

“我，我……”盖春支吾着，不想承认，她还没有想好怎样说。

“进屋坐吧，既然来了，就聊聊。”李慧拉着她的手要她与自己一起上楼。

“不了，就在这里说。”盖春终于下定了决心。

“那你说吧，什么事?”

“是这样的，”盖春在月光下看着李慧期待、静候的目光，接着说，“有一次我去孟绿岚家，扶勇不在家，司徒仕却在那儿。他们两人站在花园里，司徒仕从背后搂抱着孟绿岚，抱得很紧，还摸她的乳房，孟绿岚哧哧哧地笑着。还有一次，我到万吉市区办事，因为上午事情没办完，需要下午接着办，而中午是机关休息的时间，我只得去公园闲逛，正巧看到司徒仕的黑色轿车停在树荫下，就走了过去。我趴在玻璃窗上往里看，本来是想与司徒仕打个招呼，却发现孟绿岚也在车里。她袒胸露背，司徒仕的整张脸盖着她的胸脯，正在吸吮她的乳头。孟绿岚裸露的手臂抱着司徒仕的头，看上去很兴奋。还有，司徒仕给过孟绿岚一条白金项链和一枚钻石戒指，是孟绿岚亲口对我说的。我问她是什么时候给的，她没有回答我，半个月后，我又问她，她却矢口否认，说是自己买的。”

“你的意思是说，孟绿岚红杏出墙，她有可能……”

“不，不，我没这样说。”盖春急忙打断李慧的话，“我只是觉得我有义务提供我所知道的情况，不知对你们破案有没有帮助。”

“好啊，谢谢你，还有什么事吗?”

“没有了，我走了。”

"那我送你回去，这么晚了。"

"不用了，没事。"

盖春说完回头就想走，李慧却拉住了她，没让她走，说："盖春，我想问你件事。"

"什么事，你说吧？"

"你觉得孟绿宏这人怎么样？"

"对啊，我怎么就没想到他。"盖春用颇有些懊悔的口气说，"他这个人是个无赖、流氓，什么事都做得出来。原先他的姐姐孟绿岚一直袒护他，要葛老板让他来厂里当副厂长，最近几年连他的姐姐都不喜欢他了。他游手好闲，整天酗酒赌博，无所事事，纵使千金也难填满他的无底洞，都四十出头了，连个女朋友都没有。孟绿岚这才买了套房子给他，把他赶了出去。他啊，我看极有可能……"盖春期期艾艾地没敢把话说完整。这点李慧倒是能理解，没有确凿的证据，警察都不敢随便说哪个人就是凶手，何况是她。

盖春却突然又补充了一句："你们是应该好好地查查他。"

7

盖春三更半夜跑来告诉李慧孟绿岚红杏出墙的事，意思很明白，她是想说，她的直觉告诉她，是孟绿岚与司徒仕合谋杀害了葛扶勇。尽管她没把话挑明，但舒雨淇在听了李慧的汇报后，不可能不理解盖春的意思。他决定亲自去找盖春，再与她谈谈，说不定能得到更多的情况。恰巧这个时候，他的手机响了，掏出来一看，是阚冬打来的。

"舒队长，我刚刚在电视上看到阚俊意了。他患了失忆症，H 城的电视台正在帮他寻找家人。你们赶快与电视台联系，我也马上赶过去……"阚冬在电话里焦急地说，说着说着便泣不成声地哭了起来。

舒雨淇和李慧赶到H城，找到那家电视台，见到了阚冬说的“那个人”，并拍了照片。他天庭宽阔，额头饱满，淡淡的眉毛，大大的眼睛，右眉尾端有一颗绿豆般大小的肉痣，可以十分肯定他就是阚俊意。然而，阚俊意并不知道自己是谁，家住哪里。阚冬在这个时候赶来了，可阚俊意连她都认不出来了。反正他什么都记不得了，只知道自己醒来时就已经被人带到了当地派出所，紧接着就有电视台的记者来对他拍摄、采访。之后的事他能说得一清二楚，之前的事却忘得一干二净。舒雨淇和李慧只好将他送到当地的一所医院，让阚冬照顾他，希望医生能尽快治好阚俊意的失忆症。

临与阚冬分别时，舒雨淇觉得这次应该问清楚司徒仕说的那件事，葛扶勇是否真的调戏过阚冬，这事很重要。若是真的，阚俊意就有杀人后潜逃的可能；若是假的，那就是司徒仕在编造谎言，别有用心。怎么问好呢？当然不能直接问。舒雨淇想了很久，使了个迂回战术：“阚冬，你认为葛扶勇这个人怎么样？我说的是他的人品和作风，男女关系方面的。”

阚冬听不懂他的话，一时如坠烟海，愣了许久才说：“舒队长，你怎么问我这个问题？我和他见面的机会很少，一年也就那么两三次，一次也就那么一两个小时，你想了解葛老板的人品与作风，不应该问我啊。”

舒雨淇立刻明白了，司徒仕说的肯定不是事实。如果葛扶勇真的调戏了阚冬，她不会如此这般不以为然，而连她都这样淡然处之了，她的男友又怎么可能会耿耿于怀甚至为此事报复杀人呢？

“是这样的，”舒雨淇心里已经有数，但还是想把事情问清楚，“我是听人说的，葛扶勇曾经非礼过你，有这回事吗？”

“你是说那件事啊，”阚冬哈哈大笑起来，“那是前年春节，我到荆县与俊意一起过年，葛老板请我们俩喝酒。我平时很少喝酒，那天一高兴就喝多了，头晕目眩，两脚轻飘飘的。我们仨从万家乐大酒店出来，下台阶时我一脚踩空，身子一晃就倒在了葛老板身上。他走在我的身边，一把抱住了我，我才没摔倒。当时我男友也在场，我并没有认为他非礼了我，我男友也没把这事放在心上，要说‘非礼’，应该是我‘非礼’了他。舒队长你说的是这件事吧？不是你提起，我还真忘了。怎么，这跟葛老板被害的案子有关吗？”

“我现在也说不清楚，只是随便问问。”舒雨淇不想在这件事上再纠缠下去，叮嘱她好好照顾阚俊意后，就与她告辞了。

舒雨淇和李慧随后去了派出所，与派出所的民警一起去了发现阚俊意的现场。那里群山莽莽，森林茂密，两条铁轨静卧在灌木丛中。派出所的同志说：“那个人当时躺在铁轨上，昏迷不醒，被一位拾柴的老人发现后报了警。我们将他抬到派出所后他才醒来。还好发现及时，不然再过半个小时就有可能会被火车碾轧过去，那后果就严重了。”

舒雨淇在周边四处寻找，在四五米开外的一个小路口发现了两个新鲜的烟蒂，看那烟蒂，是大中华的，舒雨淇自然而然地便想到了司徒仕，司徒仕抽的就是这种烟。可他并不急于下结论，只是如获至宝地用物证袋将烟蒂收了起来。

8

在返回荆县的路上，李慧反复追问他“非礼”的事是怎么回事，舒雨淇便把案发当晚司徒仕曾告诉他“葛扶勇调戏过阚冬”的话说了。李慧听了，几乎是不假思索地就断言道：“这么说，杀害葛扶勇的凶手就是司徒仕了。”

“何以见得？”

“明摆着嘛，”李慧说，“司徒是故意提供假情报，企图误导我们，将我们的侦查方向引向死胡同。要不是这样，他为什么要编造谎言？”

“也许他是误会了，亲眼看到阚冬被葛扶勇搂在怀里，便做了正常人的联想。”

“不可能，人家男朋友就在身旁，怎么可能被调戏呢？葛扶勇就是吃了豹子胆也不敢那么放肆啊。”

“当然不可能，要是葛扶勇真的调戏了阚冬，他和阚俊意立马就会翻脸。不过，”舒雨淇若有所思，“要是当时阚俊意所处的位置正是司徒仕的肉眼看不到的角落，那司徒的误会也是正常的。”

“我不和你争。”李慧嘟着嘴，叽叽咕咕地不知又说了什么，转身跳上了回家的动车。她嘴上不服，其实心里是服气的。她很明白，舒队并不是对司徒仕一点儿都不怀疑，而是舒队不愿过早地下结论。那天与孟绿岚交谈时她也在场，她听到舒队旁敲侧击地了解葛扶勇与阚冬的关系时，她就嗅出了异样的气息。她当时只是感到奇怪，阚冬在省城读书，葛扶勇是荆县的一个小老板，两人哪会有什么关系？现在她终于明白了，舒队其实一直很重视司徒仕那天晚上提供的情况，他现在还不肯把司徒列入嫌疑对象，只是因为他还没有足够的证据。舒队这人就是这样，没把握的时候是不会轻易下定论的。再说了，司徒仕有意说谎，误导警方，如果他就是凶手，那他行凶的动机又会是什么？是经济上的纠葛还是想霸占葛妻？还有，那个现场十分蹊跷，漆黑的夜里，假定司徒仕朝着葛扶勇迎面走来，没有任何搏斗，司徒仕要让葛扶勇一刀毙命是不可能的。可从现场的脚印上看，确实没有搏斗痕迹。李慧越想越多，想得头都大了也想不明白，只得作罢，打算看看舒队还会有什么样的神机妙算。

回到局里，舒雨淇将两个烟蒂交给技术科化验，结果很快就出来了，从烟蒂上的唾液提取出的DNA不是司徒仕的。

那又会是谁的呢？又或许这根本就是毫无意义的两个烟蒂而已？直觉使舒雨淇不肯相信那是两个毫无意义的烟蒂，在那么偏僻的地方，有这样两个新鲜的烟蒂，而他当时就问过派出所的民警了。据民警说，他们那个地方并不时兴抽大中华，市场上也很难买到那种烟，就算是能买得到，也不是他们去处理现场的人抽的，小民警，一个月工资就几千块，抽不起那么高档的烟；况且当时急着救人，也没时间抽烟。难道是路人丢弃的？可那个地方人烟稀少，拾柴的老人更是抽不起那种烟。从火车上丢下来的吧？这倒是有可能，可烟蒂并不是在铁轨旁边捡到的，而是在距离铁轨十来米的小路口发现的，从火车上的窗口丢出来不可能丢得那么远。舒雨淇的思绪被打乱了，绞成一团乱麻，毫无头绪。看来，只能等阚俊意恢复记忆了，可要是他长时间无法恢复记忆……不行，不能等，等待不是他舒雨淇的一贯风格。他决定去找司徒仕探探口风，看他是否知道阚俊意失忆的事，也许旁敲侧击能敲出点儿情况，击出些线索。

夜已经深了，他看了下表，零点三刻，他实在不应该在这个时候把李慧从床上叫起来。可他按捺不住内心的焦急，他是个心里搁不住事儿的人，办案又不能单打独斗，而一个人取来的证据也是不合法的。他踌躇片刻，最后还是拿起手机，把李慧叫了过来。

两人去找司徒仕，车开到浮山村路口，竟意外地发现司徒仕与县长秘书李荷葆从小路上走出来，两人勾肩搭背，边走边谈，谈得甚欢、甚热。他们要去哪里？舒雨淇原本打算将车从小路口开进去，见此情景突然改变了主意，径直地往前开，开了五六十米再掉头往回拐，尾随着两人。而等舒雨淇的车追上他们时，已经不见了司徒仕，只看到李荷葆站在自助银行的玻璃门前，嘴里叼着烟。毫无疑问，司徒仕此时肯定在里面取款。舒雨淇将车停在路边，透过车窗玻璃注视着李荷葆。果然，片刻工夫，司徒仕出来了，将一大沓百元大钞递到李荷葆的手上，说："四万，你数一数。"

李荷葆摆了下手，表示不用数了，随手将钞票塞进早就拉开了的手提包里，转身招手叫了一部刚好从身后驶来的出租车。出租车在他的身边停下，他拉开车门，转过脸“噗”的一声将嘴上的烟蒂吐在马路上，钻进了出租车里。

站在路边的司徒仕朝车内挥了挥手，看着出租车开走了，才从原路往回走。

等他俩都走远了，舒雨淇向李慧要了个物证袋，才从车上下来，走到李荷葆刚才上车的地方，把他吐出来的那个烟蒂捡了起来，装进物证袋里。

舒雨淇已经没兴趣再去找司徒仕了，“烟蒂之谜”正困扰着他，以至于此时他对烟蒂特别敏感。他将物证袋提得高高的，对着街灯仔细观看，香烟的牌子是大中华。舒雨淇浑身的血液都凝固了起来，心里在说：“难道是他?”他不敢相信自己的这个从心底里蹦出来的判断，这可是杀头的事，一个前途无量的县长秘书会铤而走险到这一步？他们两人的背后到底有什么样的利益纠葛？司徒仕给李荷葆四万块，那是什么钱?

舒雨淇回到车里，将物证袋交给李慧，说：“回去做DNA。”而后直接将车开回了局里。

第二天晚上，DNA结果出来了，H城铁轨旁发现的那两个烟蒂确实是李荷葆的。

拿到DNA检验结果后，舒雨淇和李慧立刻去找了李荷葆，是在他上班的时候去办公室里找到他的。他正在电脑前写稿，舒雨淇和李慧进门后，他只是抬头看了一眼，又继续把眼睛盯到电脑屏幕上，噼噼啪啪地敲打着键盘，许久才说：“舒队长，你俩找我吗?”

“是的，我们是来找你的。”李慧说。

“我正忙，”他又抬起头，“荆水铸造厂有一项重大的技术创新，县里过几天要召开专家认证会，我正在给县长写讲话稿。你们有事能不能下午再来？要不，两个小时后再来，行吗?”

“可我们的事也很急，关系到一起命案，就想找你问几个问题。”舒雨淇也不客气，闲闲地说。

“那好，我给你们五分钟时间。”

“也好，我就问你一个问题。”舒雨淇掏出一包烟，抽出一支叼在嘴上，说，“最近半个月来，你去过H城吗?”

“没有啊，”他几乎是脱口而出，“最近半个月我一直在筹备论证会，没离开过荆县，哪能去什么H城?”他一口把话咬死，可额头上已经渗出了汗珠。

“可我们在H城火车铁轨周围发现了两个烟蒂，”李慧从提包里拿出一个透明的物证袋，走到写字台前，在他的面前晃了晃，“经DNA检测，这两个烟蒂是你丢弃的，你怎么解释?”

李荷葆听了，脸刷地一下子变得煞白，白得像一张纸；目光骤然发直，直得如同两根玻璃管；双眸像被强力胶给黏住了似的，一动也不动。紧接着，他的嘴角不停地抽搐，身体筛糠似的抖动，随即“扑通”一声，整个身子从转椅上瘫了下来，连同那笨重的转椅一起摔倒在地。

9

“可以收网了。”舒雨淇在讯问完李荷葆以后对李慧说，“你马上打电话给阚冬，叫她这几天来一趟荆县，再怎么忙，也得抽空来一下。”

这些天来，县里盛传司徒仕的荆水铸造公司取得了一项足以轰动全球铸造行业的科技成果，县政府已经成立了专门的领导班子和办事机构，拨专款一百万元准备邀请国内外知名的专家学者到县里来召开论证会，只等技术论证获得通过，便组织一次规模宏大到史无前例的庆功活动。县总工会也召集了一批“笔杆子”，其中不乏省内外出名的大作家，成立了一个专门的写作班子，正在紧锣密鼓地收集司徒仕的典型事迹材料，准备撰写一本长篇报告文学和一批报道稿来宣传这个“为县域经济做出巨大贡献”的企业家。听说县总工会还准备上报司徒仕参评省级劳动模范或“五一劳动奖章”。

这一天，阚冬从省城赶到了荆县。

入夜，天气特别清爽。微风轻拂，携带着凉意。

原野一片寂静。路上没有几个行人，来往的车辆也不多，大街上几乎没有活动的影子，只有路灯恹恹地昏红着。

舒雨淇和李慧带着阚俊意的女友阚冬，悄悄地朝荆水铸造公司的方向走去。

司徒仕此时正和孟绿岚两人躲在办公室里，司徒仕反复背诵着论证会上的发言稿，孟绿岚则在一旁给他端茶送水。突然“嘣”的一声，房门被踹开了。

“我是县政协常委，你们私闯民宅，我要告……”

司徒仕吓了一跳，暴跳起来，当看到进来的是舒雨淇、李慧，还有一个陌生的女青年时，又很快从惊吓中缓过神来，重新坐到老板椅上，脸上的肌肉剧烈地哆嗦着，挥舞着手臂大呼小叫。

“我们是来拘捕你的。”李慧把两张刑事拘留证搁在桌子上，转身面朝孟绿岚，“还有你，孟绿岚。签字吧。”

“我犯了什么罪？你们凭什么抓我？”司徒仕大声嚷嚷着。

“你非法拘禁阚俊意，将他关押在地下室里百般折磨、羞辱，直到他患了失忆症；随后又与孟绿岚合谋杀害了葛扶勇，窃取了葛扶勇与阚俊意花了四年时间研发的《Q方案》。你花大钱收买县长秘书李荷葆，当李荷葆发现《Q方案》不是你的时，你干脆直接把事实真相告诉了他，并将他拉下水，叫他去把阚俊意处理掉。李荷葆当然不肯听你派遣，但因为他收了你的巨款，你威胁他如果不乖乖听你的话，就要将他这次和以前所有收受贿赂的事全部捅出来，毁了他的前程。李荷葆上了贼船，别无选择，不得不听从了你的安排，带着患了失忆症的阚俊意到H城，将他抛弃在铁轨边。阚俊意在那个深山沟里饿了两天一夜，最后昏倒在铁轨上，差点儿酿成第二宗人命案。”

“我没有，我和他俩无冤无仇，我为什么要这样做?”司徒仕歇斯底里，“《Q 方案》是我的，是我用了四五年的时间研发出来的，你凭什么说是他们的？你们没有证据，血口喷人!”

“司徒仕，没有确凿的证据，我们是不会来找你的。”舒雨淇指着阚冬对司徒仕厉声喝道，“你知道我今天带来的这个女孩是谁吗？她是阚俊意的女朋友，她还在大学里读博士，她的专业就是球墨铸铁工艺。阚俊意在与葛扶勇一起研发《Q 方案》时，得到了她的不少帮助。而你呢，你只能做砂铁铸件，连普通的球墨铸铁你都做不来，你有条件研发《Q 方案》吗?”

“可你们没有直接的证据来抓我，不是吗?”司徒仕坐在老板椅上，冷冷地笑着，露出了一副不屑一顾的神色。

“证据？你桌面上的这台惠普手提电脑就是证据，最直接的证据。”舒雨淇正言厉色地说。

司徒仕愣了一下，为强装镇静，抽出一支烟叼在嘴上，但颤抖的手指接连揾了几次打火机也没能将烟点燃。他已经山穷水尽，没有退路了。

为进一步加强进攻的火力，舒雨淇继续说：“阚俊意的这位女朋友告诉我，说阚俊意为人做事十分谨慎，他电脑里有关《Q 方案》的所有资料都设置成不可复制属性。而你，司徒仕，你想要窃取阚俊意与葛扶勇的研发成果，就必须使用阚俊意的这台电脑，所以，今天我们才会有十万分的把握来将你人赃俱获。”

“同一型号的电脑到处都是，你又怎么能证明我的这台电脑是阚俊意的?”司徒仕气势已经不再那么嚣张，有气无力地嘟哝着，如果不是在场的所有人都拉长了耳朵，根本听不清他说了些什么。

“不，不一样，每一台电脑都有各自的机号。”舒雨淇走上前去，将桌面上的那台手提电脑翻了过来，说，“果然，这个你也懂，所以你已经把机号的贴纸刮掉了，但这并不影响我认定这台电脑是阚俊意的。”舒雨淇转身对阚冬说，“阚冬，你来。”

阚冬走上前去，手握鼠标，摆弄了一阵子，电脑屏幕上出现了几帧她与阚俊意的照片。她兴奋地站直身子说：“喏，你们看，我男朋友在电脑里隐藏了一个文件，这个文件收藏了我同他一起拍摄的所有照片，这就是。”

“这台电脑是阚俊意送给我的，他与葛扶勇合不来，就把手提电脑连同《Q 方案》一起送给我了，不信你们可以去问阚俊意。”司徒仕反守为攻，想做最后的挣扎，他料想阚俊意已经患了失忆症，舒雨淇拿他也没办法。他的这一着，着实叫阚冬发怵，但对舒雨淇和李慧来说，他的这一举动根本就是蚂蚁撼树，起不了任何作用。

“你果然阴险毒辣，为了《Q 方案》，你不择手段，把事做绝。但你忽视了一个常识，纸是包不住火的，若要人不知，除非己莫为。现在我可以告诉你，阚俊意的失忆症已经得到了很好的治疗，他不久就会恢复记忆的。”

司徒仕愣了一下，心里暗暗地嘀咕，阚俊意果真恢复记忆了吗？不，不可能，如果是，姓舒的今天肯定会把他一起带来。他咽了口唾沫，高声喊道：“那就等他恢复了记忆再来与我对证吧。”他冷冷一笑，站了起来，“我没时间与你们磨嘴皮子，我还有很多事要办。”说着，便仄身想要往门外走。

“你给我坐回去！”舒雨淇大声斥责，堵截了他的去路，将他推到原来的椅子上，“现在我就来揭露你和孟绿岚杀害葛扶勇的作案过程。”

“那你说吧，我倒很想听听。”司徒仕重新坐到椅子上，跷起了二郎腿。

舒雨淇突然转身朝向孟绿岚：“孟绿岚，你想不想自己说？你要想说，我给你一个坦白从宽的机会。”

孟绿岚瑟瑟发抖，坐在沙发上，看了看司徒仕，又看了看舒雨淇和李慧，支吾着说不出话来。

“既然你不说，那就我来说。”舒雨淇点燃一支烟，“孟绿岚，你嫁了个一心扑在事业上的男人。丈夫冷落了你，使你感到寂寞，早在四五年前，你就投入了他——司徒仕的怀抱。我没冤枉你吧？”

孟绿岚下意识地微微点了下头，然后把头埋到两条大腿之间，身子还在发抖。

“而你——司徒仕，为了得到《Q方案》，你乘虚而入，给她买了白金项链和钻石戒指，博得了她对你的信任与好感，从而和她有了亲密的关系。当葛扶勇与阚俊意的《Q方案》研发成功后，你们俩便开始策划如何杀害葛扶勇，窃取《Q方案》。你事先故意用摩托车撞伤孟绿岚，演了一场苦肉计。而后你借口要葛扶勇到你家谈业务，并让孟绿岚吵着要和丈夫一起去。葛扶勇对妻子虽然不冷不热，但很少对妻子说‘不’，他真的就同意了。可孟绿岚摔伤了腿，走不动，于是她要丈夫背着她走，葛扶勇也照办了。当葛扶勇背着孟绿岚走到沙地上时，你——孟绿岚突然掏出暗中携带在身的匕首，刺进你丈夫的太阳穴。葛扶勇被一刀毙命，孟绿岚你便坐在他的身上，以便不留任何脚印，等着司徒仕到来。司徒仕来了后，又把你背回家，所以沙地上只留下了司徒仕的一串脚印，而没有留下你的脚印。路上，司徒仕向你讲述了当晚电视剧《又见阿郎》的剧情，教你如何应对警察的询问。但是司徒仕，你以为没留下足迹，警察就不会怀疑到你和孟绿岚。你是聪明反被聪明误，这点儿小伎俩，根本骗不了人。你不知道，脚印是会说话的，你留下的那一串脚印可分为两段，从你家到葛扶勇被杀现场的那一段步子大，步深相对较浅；而从葛扶勇尸体到他家的那一段，步伐小，步子很深，原因就是你身上背着孟绿岚，负重大，脚步也就深。我们经过科学测算，完全证明了这一点。”

“舒雨淇，你血口喷人，你没有证据。”司徒仕哆嗦了起来。

“我有证据，你用不着激动。”舒雨淇从黑提包里掏出一把匕首，“这把匕首，你敢说不是你的？这把匕首是孟绿岚的弟弟孟绿宏从案发现场周围的荆江河里打捞出来的，虽然已经没有了指纹，也没有了血迹，但经科学鉴定，葛扶勇太阳穴上的刀痕就是用这把匕首刺进去的。在这把匕首的刀柄与刀刃的衔接处，我们找到了几根毳毛，也就是人手背上的细毛。经过DNA鉴定，这几根毳毛就是你的。”

“我弟弟，绿宏，他——”孟绿岚听到这里，脸色顿时变得煞白，双唇不停地抖动。

“对，就是他，还有你的血衣——一条蓝色碎花的连衣裙。”舒雨淇面对着孟绿岚说，然后又转向李慧，“拿给她看。”

李慧把一件沾满血迹的连衣裙拿了出来，在司徒仕和孟绿岚面前晃了晃。

孟绿岚从沙发上蹦了起来：“他……他为什么要这样?”说着便要去抢血衣，李慧迅速转过身子，没让她抢到，她只好重新坐了下来。但那张与生俱来、固定的、面带微笑的粉脸此时已经完全被扭曲了，变得丑陋而又恐怖。

“他——孟绿宏为的是想掌握你们两人的杀人证据，控制住你们，以便今后能以此要挟你们，把山峰铸造厂抢到手。”舒雨淇淡淡地说。

司徒仕和孟绿岚都目瞪口呆，像两尊雕像，默不作声。

“签字吧。”李慧叱喝一声。

早已魂飞魄散的司徒仕木偶似的移步走到办公桌前，用颤抖的手在拘留证上签下了自己的名字。孟绿岚见他签了，也随着他走到桌前签了字。

此时，一个像红宝石般的“圆盘”慢慢地从地平线上升起，突然优雅一跳，从包围它的火红色、黄色和青玉色的“彩带”中解脱出来。

凶宅

1

这是一条百年老街。街尾有座供奉药祖公的古庙。庙虽小，但香火终年不断，人潮昼夜不息。古庙太古了，古得就像老态龙钟的干枯的老头儿。由于长年累月的烟熏火烤，古庙里面的墙、梁、瓦、台、桌、椅、柜……所有的一切都是黑不溜秋的，显得昏暗而阴森，寒气逼人。庙口街之所以叫庙口街，就是因为这座古庙而得名。至于究竟是先有街再有庙还是先有庙再有街，已经没有人能够说得清了，就像是鸡与蛋蛋与鸡到底孰先孰后争论了几百年也没个结论一样。

同古庙仅一墙之隔有座老宅，很普通，与同街的其他房子一样，砖木结构，白墙黑瓦，窄窄的、长长的二层小楼。与众不同的是这座老宅后面还有一大片空地，足有三亩多，用鹅卵石砌成的高墙围了起来，形成了一个大院子。院子里除了三棵龙眼树外，其余的大片空地杂草丛生，成了蚊虫与蛇鼠的乐园。

老宅的主人叫施以貌，四十五岁了，但依然细皮嫩肉、风采奕奕、楚楚动人。她没有嫁人，也没有子女，孑然一身。她十年前用很便宜的价钱买下这座老宅，据说就是看上了后院那一大片的空地。

老宅的门牌号码是444号，这个数字很不吉利，听起来像三个“死”字。据说原来的房主就是因为家里一年内接连死了三个人，且其中有两人是非正常死亡，才要卖房。而这老宅从此也就被称为“凶宅”。施以貌当初要买下这座房时，同事和亲友都劝她千万别买，说这里是药祖公的地盘，药祖公有愿景，要扩大地盘，444号连同后面的那块空地是在药祖公规划的范围之内，不会让人居住的。可施以貌是彻底的唯物主义者，不拜佛不烧香不信神，你敲你的鼓，我打我的锣，她有她自己的眼光，认为那片空地日后必值大价钱，这是一本万利的投资。性情执着的她说一不二，执意将房子和那片空地买了下来。然而，施以貌买下老宅后三个月，竟然得了宫外孕。一个没有嫁人的老处女，得了这种病有何颜面见人？她不好意思声张，尽管下身大出血，奄奄一息，已经叩响了地狱的大门。还好她命不该绝，正在外地上大学的侄女施虹刚好在这个时候放假，回来看望姑妈。进门后碰上如此紧急的情况，赶紧放下行李，把她背到医院，硬是将施以貌从鬼门关的城墙外拉了回来。医生恪守职业道德，当然不会把这件事说出去；施虹是她的侄女，自然也不会说，从此这件事便成了施以貌一生中永不见天日的秘密。从那以后，姑侄俩惺惺相惜，施虹大学毕业后，也住进了这座老宅，两人无话不谈，不是母女胜似母女。

今天是周末，施虹从单位回来，看到大门的墙边写了一个大大的“拆”字，还用红漆圈了起来，仿佛一盏红色的灯笼，光彩夺目。施虹一开始还没反应过来，立足片刻，再仔细看了几眼，喜悦的心情油然而生，心想：“这房子终于要拆了，姑妈左等右等就等这一天了，单凭屋后的那片空地，姑妈至少可以得到两百万的补偿费。真没想到姑妈会有如此的远见卓识。”

她打开大门，进了屋，穿过长长的厅堂，走到后院，望了望那几棵茂密的龙眼树，扫了一眼高高的围墙，然后把目光停留在地上的那些杂草上。以前她看到那些杂草就心烦，那里空气潮湿，味道难闻，蚊蝇飞舞，孑孓肆行无忌，让人有一种压迫感。今天的感觉可不一样，红的、黄的、蓝的，各种小花竞相开放，叫人赏心悦目；飘来的不是潮湿的空气，而是阵阵芳香；飞舞的也不是蚊蝇，而是蝴蝶，花花绿绿翩翩起舞的蝴蝶。

施虹伫立了很久才走进厨房，煮了一锅地瓜粥，炒了两个鸡蛋，等着姑妈回来一起吃晚饭。可是左等右等，一直没等到姑妈回来。天色已晚，她想，姑妈也许不会回来了，便自己先吃了。吃完饭后，施虹将屋子里里外外打扫了一遍，然后就洗澡看电视。看了两个多小时的电视，姑妈依然没有回来，她便进了自己的房间准备上床睡觉。

可她怎么也睡不着，后面的院子里蛙声一片，吵得她十分烦躁。她从床上爬起来，拿了一根竹竿要去打青蛙。走进后院，突然"嗖嗖嗖"的一阵声响，一群老鼠作鸟兽散，扑腾着从她的脚边四处逃窜。她的心一下子蹦蹿到喉咙口，身上的末梢神经全都紧绷了起来，浑身顿起鸡皮疙瘩。她原地转了一圈，想看看脚边是不是还有老鼠，却又突然发现龙眼树后面有一双狰狞的眼睛正盯着她。她的头皮麻了，浑身上下一阵痉挛，冷汗湿透了背心，两腿一软，瘫坐在地……不知过了多久，她才清醒过来，忍不住再瞄了一眼那棵龙眼树，狰狞的眼睛不在了。她想，是不是自己看花了眼，根本就没有什么"狰狞的眼睛"，要不就是一只猫，对，肯定是一只猫……刚才自己吓昏了，没有看清楚，好像是有一团黑色跳到树上。她在地上坐了很久，等心情平静了下来，这才从地上爬起来，回到屋里，又上床躺下。

此时此刻，惶恐袭击着她，就像是有一个团的敌军包围着她。她睡不着觉，眼睁睁地熬了一宿，次日一早，就去了堂哥家。在这个县城里，施虹没有其他亲戚，除了姑妈，就只有一个堂哥。堂哥常年不在家，只有堂嫂在。

堂嫂是堂哥大老远从外省娶回来的漂亮老婆，有一张稚嫩的脸，五官精巧，只是额头有点儿外突，像隆起的小山包。不过看久了，会觉得她的这个额头与她的五官搭配起来十分和谐，越看越耐看，就像歌星林艺莲的小眼睛和影视明星舒淇的大嘴巴，足以颠覆了传统的美学观念。堂嫂是属于那种“女子无才便是德”的女人，与谁都能合得来，施虹与她的关系平时就好得不得了。她把昨晚的事对堂嫂说了。堂嫂说：“怕什么？你堂哥不知去哪儿疯了，我也是自己一人，要不我与你搭铺，晚上一起睡，没事的。”

施虹很高兴，真的把堂嫂请到老宅来一起住。谁也没有想到，“凶宅”之说再次应验，施虹的堂嫂只住了一个晚上，便断送了年轻的生命。

2

重案中队中队长舒雨淇接到报案，随即便与他的助手李慧匆忙赶来。

施虹的堂嫂叫秦臻，二十四岁，身高一米六二，体重五十一公斤，穿一件花衬衫，一条花裤子，盖一床花棉被，很安详地躺在床上。身上没有任何暴力伤痕，看上去更像是一个沉睡中的美少女。从尸体的僵硬程度看，死亡时间基本确定在昨晚零点之前。

“说吧，你是怎么发现尸体的？你最后一次见她是什么时候？你又是为什么会叫她到这里来？你姑妈呢，知道她去哪里了吗？”舒雨淇对施虹提出了一连串的问题。

施虹回答说：“前天晚上我睡觉时听到蛙声，起来打青蛙，碰上老鼠，又看到黑暗中有一双狰狞的眼睛，我害怕极了，想着老宅不吉利的门牌号码，还有那些‘药祖公不让人住’的坊间传说，胆战心惊，一整夜没有入眠，昨天一大早就去找我堂嫂。

我堂嫂胆子大，主动说要与我搭铺一起睡，我就将老宅的钥匙给了她一把。昨天下午四点多我就出去了，没在家吃晚饭，去参加一个同事的生日晚会，直到后半夜两点多才回来。回来后我洗了澡就上床睡觉了。堂嫂睡得很熟，我没有惊动她，只是心里在想：堂嫂思想简单，无忧无虑，啥事都不放在心上，怪不得她的睡眠质量这么好。女人睡眠足了自然细皮嫩肉，难怪她长得这么好看。我这样想着想着也睡着了。大概是昨晚在舞厅里闹得太狂太累了，我一觉睡到今天早上九点多才醒来。我醒来时，堂嫂还没醒，我感觉有点儿怪怪的，她怎么会睡得这么死呢？她是个很勤快的人，总是早早就起来买菜做饭。我感觉到异常，就掀开被子摇她的身子。天啊，堂嫂早就是一具坚硬的尸体了。我又探了探她的鼻息，已经没气了。我慌忙中就报了警。”

“那么说，你昨晚是与尸体同床睡了一个晚上？”李慧问。

“应该是吧。”施虹心有余悸，十分谨慎地小声回答。

“那你真的一点儿都没发觉她已经死了？”李慧又问。

“是的，我真的不知道。我在舞厅里又喝酒又唱歌又跳舞，回来也累了，有堂嫂与我做伴同睡一张床，我也不害怕了，上床后就睡着了。”

“那你姑妈呢？她是不是常常不回家？”舒雨淇问。

“我姑妈一般在周末才会回来，有时也不回来。前天我回来时原以为姑妈会回来的，后来见她没回来，我也没找她。她工作忙，经常这样。”

“那你堂嫂死了的事，你告诉你姑妈了吗？”

“没有，还没来得及告诉她。”

“你赶快给你姑妈打电话，叫她尽快回来。等你姑妈回来，找找看屋子里是不是丢了什么东西。噢，对了，”舒雨淇抽了口烟，“我再问你，你堂哥呢？他叫什么名字？做什么工作？你为什么没叫他来？他与你和你姑妈关系怎么样？”

“我堂哥叫施一雄，我们俩的爷爷就是我姑妈的父亲，我们很亲的。堂哥游手好闲，没什么正当职业，当了两年兵，退伍后四处游荡，整整五年时间不知去向，前年从大老远的云南娶了个漂亮的秦臻回来。我们的老家在乡下，秦臻不愿意跟他回偏僻的小山村去，就在县城租了间房子住下来。堂哥这些天去哪儿了，堂嫂没告诉我，我也没问，估计连我堂嫂她自己都不知道。”

3

李慧回到警队，开始做案头工作。她画了现场图，洗印了现场照片，整理了现场资料，一直忙到后半夜一点多，肚子饿得咕咕叫，便独自一人去江滨公园的大排档吃夜宵。

晚风习习，空气中夹杂着阵阵油烟味扑鼻而来。公园里的游人早已散尽，大排档也没有多少食客，占满大半条街的路边摊就那么两张方桌上有人，都是些十七八岁的小混混。他们喝着酒大声交谈，伴随着摊贩们偶尔的吆喝声，还有那锅碗瓢盆乒乒乓乓的撞击声，使得这寂静的夜好像老鼠咬木器似的，有一种偷偷摸摸的张狂。

李慧在一张小方桌前坐了下来，点了一碗牛杂清汤面，有模有样地吃了起来。

“雄哥，你这下可发了，今晚该你做东。”

“凭什么？凭什么说我发了？”

“你还想隐瞒，真不够哥们儿。”

“那个女人一死，你就是二分之一的继承人。别的不说，就那座老宅，政府一拆迁，就有几百万。”

“对啊，听说还有不少的古董。”

……

李慧的耳边传来邻近那张方桌上几个年轻人叽叽喳喳的议论，她下意识地拉长了耳朵，把注意力投射过去。

“财要追人，你挡都挡不住。”

“我要是有这样的一位姑妈，我早就把她杀了。那么大的一笔遗产啊，太诱人了，我会忍不住的。”

“雄哥，你说你的那位姑妈是不是你把她给咔嚓了？”说话的人做了个抹脖子的动作。

“我是那种人吗？我雄哥做事一向光明磊落，我要是敢杀人，你们这几个，嗯，我早就把你们一个一个给宰了。”那个叫雄哥的人发火了。

“别生气嘛，雄哥，我们也是为你高兴。你要是发财了，也不会忘了我们这些兄弟，是不是？”

“好了，好了，差不多了吧？今天我来埋单。”一个瘦高个子站了起来。

“算了，还是我来算，你们不是说我发了吗？”那个叫雄哥的也站了起来，走到摊贩前去算账。其余的人全都跟着站起来，三三两两勾肩搭背朝湖边的小路上走去。

李慧佯装低头吃面，双眼死死地瞄着他们离去的背影，抓紧时间扒了几口面条，捧起大碗猛喝了一大口汤，看那一伙人离开了大排档，赶紧起身掏出一张十元的钞票，递给摊主，说了声“不用找了”，便悄悄地跟随而去。

那伙人绕过公园，出了城，又走了很长的一段环城公路，来到一座独门独院的三层小楼前。小楼就建在公路边，尚未完工，脚手架都没拆除，周边无村无店，只有碎石、沙堆和其他建筑材料。

“二楼的灯亮了，他们肯定是来这里赌博。今晚又是一个通宵……”

李慧躲在一棵大树后面观看，心里想着。片刻之后，她觉得可以出手了，就走上前去，在小楼周遭转了一圈，然后上楼，一脚踹开木门，高喊一声：“我是警察！”

4

六个赌徒李慧只抓到两人，为首的施一雄和另外三人都跳窗逃跑了。

李慧将他俩押到警队，然后给舒队长打电话，等舒队长赶来后，开始分头审讯。

瘦高个子的叫庄宏福，十九岁，长泰村的，初中毕业后没有固定工作。他说他是第一次参赌，以前从没干过："真的，我真的是第一次，是施一雄今天晚上拉我去的，你们可以去查。"

"赌博的事我们不感兴趣，我们会把这件事交给派出所处理。我现在问你，你是怎么认识施一雄的？认识多长时间了？"李慧疾言厉色。

"我……"庄宏福低着头，支吾着。

"你说还是不说？施一雄我们迟早会抓到的，你不说让别人先说，你知道后果会是怎样。"舒雨淇走过去，伸手托起他的下巴，"看着我，是你说还是让别人先说？"

"我说，我说。"庄宏福点头如捣蒜，"是，是……"

"是什么？还不快说！"

"我说，我说，是……是这样的。"庄宏福向舒雨淇要了一支烟，这才开始交代，"那一年，我还在上初三，施一雄的老婆常常从我们学校门口经过，我与阿七，噢不，是他告诉我的。有一天晚上，阿七拉住我对我说：'你看那个女人怎么样？'我一看便惊呆了，太漂亮了，我还没见过那么漂亮的女人。我问阿七：'你认识她？'他摇了摇头说：'不认识，我们去跟踪她，看看她是谁家的女儿。'我们俩便跟随那个女人到了她家，发现她一个人住一套大房子，家里好像没有其他人。阿七对我说，他要把她搞到手。我问怎么个搞法？阿七说：'我们假装骑自行车不小心把她撞了，然后就买礼品去慰问她。'我觉得有些可笑，就说：‘那就试试吧，看你怎样演戏。’戏还没开演，为了证实那个女人还没嫁人，我们又跟踪了她几次。有一次，我们趴在窗口看那个女人在浴室门口脱衣服，看呆了，被刚从外地回来的施一雄给碰上，我们俩被他打了一顿。就这样不打不相识，我们才认识了施一雄。”

“那后来呢？”

“后来，施一雄就成了我们的好朋友，他常常不在家，有时回来就打电话叫我们俩去他家玩儿。为了多看一眼他的老婆，我们也很乐意去。不过，雄哥要是没回来，我们是不敢去的。”

“那你和阿七认识了施一雄后，都做了哪些坏事？”

“没有啊，我们真的没做什么。”

“那你们在大排档吃夜宵时说雄哥发财了，是什么意思？”

“这——”庄宏福又一次支吾着不肯说。

“那好，你不说，我们就叫阿七来说。”

“不，不，不，我说，我说。”庄宏福又要了一支烟，“是这样的，雄哥有一个姑妈，听说是电视台的，很有名，是个大美人，而且很有钱，收藏了不少古董，住在庙口街 444 号。今天早上，街头巷尾传得沸沸扬扬，说有很多警察在那间老宅进进出出，肯定是雄哥的姑妈被人杀了。雄哥的姑妈没有结婚，没有子女，要是真的被杀了，雄哥就可以继承一大笔遗产。雄哥以前也曾向我们说过，哪一天把姑妈‘做’了，他就是大富翁了。”

“施一雄向你们说过要杀他的姑妈？”

“是的，说过好几次。有时他做生意亏了，或者赌输了，就会这样说。”

“那你知道施一雄现在会到哪儿去吗？”

“不知道。可能是回家了，也有可能又到外地去了。他有很多地方可以去，可他从来不告诉我们他去哪儿了。”

李慧觉得再没什么好问了，用征询的目光望了一眼舒队。舒雨淇说："移送派出所吧。"李慧打了电话，叫派出所的人来把庄宏福和阿七带了过去。

5

庄宏福和阿七走后，天也亮了。从窗口望出去，灰白的天空开始透出些红色，红中又透出明亮的金黄来，眨眼间，红霞碎开，金光一道一道地射出，横的是霞，竖的是光，在天空的东南角织成一张极大的网。李慧要舒雨淇同她马上、立即、赶紧去抓施一雄。"施一雄肯定要先回家，等他拿了东西逃掉，我们就被动了。"李慧说。

舒雨淇却不想去，说："我肚子饿了，我想去吃点儿东西。"

李慧心里很不高兴，兵贵神速，在这么关键的节骨眼儿上，他还有心思去吃东西？"那你去吃吧，好好地吃，慢慢地吃，一口一口地吃，我叫派出所的人与我配合。"李慧说完，嘟着嘴头也不回地出门离去。

两人搭档好些年，舒雨淇还没见过李慧生气，这下突然发觉，小女孩生气了显得更可爱，更容易唤醒成熟男人怜香惜玉的情感。他心里说：也该让她去碰碰钉子，这年轻人啊，没有磨砺是不会成熟的。他没有阻止她，让她去了，自己也离开了警队，走向公安局大院外那个平时常常光顾的小摊，要了一碗粉丝、一根油条、一个卤鸡蛋和一些卤猪肠，正儿八经地独自一人在那里吃了起来。他最喜欢这样的环境，不喧哗也不寂静，身边有人，但没人理你，你可以一边吃一边想自己要想的事。在这样的环境中，他的灵感总是会像泉涌似的不断喷发。

今天，他要想的当然是"凶宅"里的那起案子。也不知他想到了什么，理出了什么头绪，反正，这顿早餐他足足吃了一个多钟头，正要起身离开，李慧来了。

"我肚子也饿了，叫碗胡椒面来。"李慧嘴巴嘟得老高，气呼呼地在舒雨淇身边的一张小凳子上坐了下来，拿起一双筷子，敲打着舒雨淇刚刚吃完的空碗，“慢了五分钟，让他跑了。”

舒雨淇去端来了一碗胡椒面，搁在她的面前，说：“别生气，女孩子常生气会变得很丑的。”

“丑就丑，关你屁事。都怪你，要是我们行动迅速一点儿，就得手了。”

“好了，这里不谈公事，你慢慢吃，吃完了到我办公室来，我有话问你。”舒雨淇说完站起身，走过去结账。

“把胡椒面的钱也一起付了。”李慧朝他嚷嚷。

舒雨淇微笑着耸了耸肩，付了钱，自个儿先回了警队。

6

舒雨淇一根烟还没抽完，李慧就进来了。一进门，她劈头盖脸就责备起舒雨淇：“我说舒队长，你平时总是风风火火，这次是你贻误战机，你必须承担责任。”

“是吗？”舒雨淇一脸笑容，“说说看，我该承担什么样的责任？”

“你对抓捕施一雄的重要性缺乏足够的认识……”

“不是让你去了吗？怎么样？是你没能抓到人，又怎么能怪我？”舒雨淇有意刺激了她一下。

“是的，我是去了。可你不跟我一起去，我不得不去找派出所配合，耽误了十来分钟，我们到施一雄家时，他已经跑了。他的邻居说他刚走五分钟。如果我不用去找派出所配合，从这里直接去，我们就可以抓到人了。这不怪你怪谁？”

“抓施一雄，真有那么重要？”

“当然重要了。”李慧接着说，“我在大排档吃夜宵时就听到他们在议论，说施一雄发了。难道你不知道‘发了’是什么意思？事实明摆着，他们知道那座凶宅死了人，以为死的是施以貌。施以貌的那座老宅不久就要拆迁，等拆迁了施以貌就可以得到一笔几百万的补偿金，要是她死了，继承她财产的只有两个人，一个是施虹，另一个就是施一雄。施一雄有杀人动机，后来庄宏福和阿七也证实了这一点，这还不够我们抓他的理由吗？”

“可是，死的是秦臻，并不是施以貌。”

“这是误杀，杀错人了。”李慧口气十分坚定地说，“施一雄长时间不在家，四处游荡，并不知道妻子秦臻去了那座凶宅，因此误把老婆当成姑妈给杀了。就你舒队长这么大的脑袋，还会想不明白这一点？”

舒雨淇淡淡地笑了笑：“就算你的推理稍微有那么一点儿靠谱，可我要问你，施一雄是干什么的？”

“赌博，贩卖古董。审讯庄宏福和阿七时你不是也在场？干吗明知故问。”

“这就对了。”舒雨淇点了支烟，慢条斯理地说，“如果人是施一雄杀的，他连杀人的事都做出来了，难道他不会顺手牵羊偷点儿东西？”

李慧愣住了，无言以对。

“现在房主人施以貌还没回来，屋里丢了什么东西具体我们还不知道，但我勘察现场时看到，那个房子里摆放着一个花瓶，是乾隆时期的官窑瓷器，价值至少在十万元以上。他为什么不顺便拿走？”

“这……”李慧嘴巴张得大大的，眼睛睁得圆圆的，不知说什么好。

“所以我觉得施一雄不是凶手，这一点是可以肯定的。”舒雨淇继续说，“还有，目前被害人的死因都还没搞清楚，要等解剖后尸检结果才能出来。如果像你说的，是施一雄进屋杀人，错把躺在床上的妻子当成姑妈给杀了，那他用的是什么手段？死者很安详、很平静，死前没有挣扎，也没有任何暴力留下的机械伤，这又作何解释？”舒雨淇见她哑口无言，不想再给她增添太多的压力，转而用一种十分轻松的口气说，“我相信，施一雄会自己来找我们的。”

“是吗？你怎么那么自信，凭什么？”

“他现在还不知道自己的妻子死了，明天报纸一出来，社会上就传开了，他就算从不看报也会知道的。妻子死了，他能不急吗？”

李慧忍不住“扑哧”一声笑了，羞羞答答地睃了舒雨淇一眼：“就你神。”

7

舒雨淇决定与施以貌会面。

这个电视节目主持人出身的女人，相貌出众，气质极佳，下海经商后栉风沐雨，行踪漂浮不定，想与她约个谈话的时间并不容易。

舒雨淇给她打电话，说是要与她谈谈发生在庙口街444号里的事。施以貌起先说自己很忙，没时间，后来答应等她安排好时间再与舒雨淇电话联系。

这天晚上，施以貌果然给舒雨淇回了电话，说她明天一早要回家。她说的“家”当然就是那座凶宅。

“七点半，我七点半到家，只能给你一个小时。”她说。

如今有钱有势的是爷们儿，没钱没势的是孙子，舒雨淇只是个股级干部，没有本钱与她讨价还价，只能答应：“好啊，你安排，我随时恭候。”

次日一早，舒雨淇和李慧提前十五分钟来到444号，只见大门紧锁。舒雨淇和李慧在门口站了片刻，施以貌就来了。她是自己开车回来的，非常准时，打开车门时正好七点三十分。

舒雨淇看了她一眼。这个徐娘半老、风韵犹存的女人，已经完全丧失了舒雨淇印象中那个清纯、活泼、俏皮、可爱的女主持人形象。难能可贵的是她的身材并不臃肿，没有一丁点儿胖态，大概是栉风沐雨的缘故吧，不用减肥也能自然瘦。身材窈窕的她显得动作敏捷、干练而且活跃，从车子里钻出来，一脚便跳上台阶："让你们久等了，不好意思。"

"没有，我们也是刚到。"舒雨淇说，"你是刚从麒麟山回来的吧？"

"你怎么知道？"施以貌手里拿着钥匙，听到舒雨淇这么一问，大吃一惊，立定脚步，转过身盯着舒雨淇和李慧，很生气地又补充了一句，"你们跟踪我了？"

"没有，你误会了，我们没必要跟踪你。"舒雨淇笑着走过去，从她大腿上拿下一片小小的树叶，递上去，"你看，你身上的这片桫椤叶告诉了我，你刚从那个地方回来。桫椤是珍稀植物，在我们这一带，方圆几千公里内只有麒麟山有这种植物。我没猜错吧？"

施以貌听到舒雨淇的解释，拉着的脸这才松弛了下来，原本对舒雨淇那种不屑一顾的态度，这下也随着热血的冷却有了个一百八十度的大转弯。她放下身段，露出笑脸说："舒队长，你真是个神探，什么事都瞒不过你。进屋坐吧，"她转过身一边开门一边说，"我这屋子里乱得很，发生了这么一件莫名其妙的事，施虹她不敢住，搬到单位去了。"

施以貌把他俩引进屋，并要为他们泡茶。

"泡茶就免了，我们只有一个小时时间，有几件事需要与你谈谈。"舒雨淇话中有话，意在提醒她，你只给我一个小时时间。

"不急，不急，我们可以慢慢聊。"施以貌当然能听得出来舒雨淇的弦外之音，好像被人抓住了什么似的，有点儿尴尬，刚下车时的那种高傲神态此时已被谦卑与恭顺所代替，仿佛傍晚的市场上那些卖不出去的猪肉，掉了不少价。在老爷面前装孙子，在孙子面前装老爷，这是她从开始经商后慢慢悟出来的一条为人处世的基本原则，也正是一直恪守这一原则，她才会有今日的辉煌。现在她已知道舒雨淇并不是那种一般的、可以不放在眼里的股级干部，也知道同他说话一定得小心谨慎。

她说：“我已经推掉了一个约会，今天上午没什么事。舒队长，还有这位漂亮的女警官，你们有什么话，慢慢问，只要是我知道的，一定诚心诚意地配合。哎，在我的房子里发生这种事，我也很难过，真的，也很不解。秦臻是个很不错的女孩，我见过她几次，给我留下了很好的印象。我本来想要叫她到我的公司来做事，就是不知道她喜欢做什么，没想到……唉……”她的眼角溢出几滴泪珠。

8

从那座“凶宅”里出来，舒雨淇对李慧说：“我们去租一辆民用车，马上去麒麟山。”

麒麟山的风景闻名遐迩。秀峰、幽洞、清流、奇石、碑刻、石径、凉亭、古树、老藤、板根……仿若仙境。

阳光羞答答地、轻轻地从薄云里探出一些柔和的光线；空气新鲜得就像是用蒸馏水洗过了似的；清澈的涧水潺潺地流着，在墨绿色的崇山峻岭中仿佛仙女身上的白色飘带在舞动；各种颜色的山花尽情地绽放，郁郁的花香随着清风拂面而来，香气袭人，沁人肺腑；十来幢现代造型的小洋楼散落山野，掩映在阔叶林中，显得异常的神秘。

两人来到别墅群管理处，询问一个佩戴着管理员胸牌的中年男子，说是要找施以貌。中年男子告诉他们施以貌的别墅是D－2幢。两人沿着一条小径走了两分钟，来到一座红砖墙绿色琉璃瓦的三层半的小洋楼前。小洋楼静悄悄的，两人绕着四周走了一遭，没发现什么异常，趴到窗口往里瞄，看到里面有几条干枯了的藤萝。舒雨淇说：“想办法把那藤萝钩一条出来。”李慧朝四周扫了一眼，跑去找来一根带钩的树枝，爬到窗台上，从空气窗伸进去，钩出一条藤萝。舒雨淇又说：“我们必须赶紧离开这里，要不然施以貌来了会发现我们的。”

李慧不大相信施以貌这么快就会赶来，她将那条藤萝藏进手提袋时，若无其事地说："她应该不会知道我们到这里来吧？"

"那不一定，"舒雨淇说，"也许我们离开后，她马上就想到了麒麟山别墅，说不准我们前脚赶来，她后脚也就跟着来了。"

李慧紧张了起来。她与舒队合作这么多年，了解他，知道他常常会未卜先知，牵着别人的鼻子走。

两人迅速离开小洋楼，正要从原来的那条小径返回，突然听到不远处有高跟鞋触地时发出的"嘎嚓嘎嚓"的脚步声，两人迅速地闪进树林。舒雨淇躲到一棵大樟树后面。李慧身子敏捷，像猴子似的，眨眼间便爬到了另外一棵松树上，朝传来脚步声的方向望了一眼，然后俯下身对舒雨淇说："果然是她，她来了。"舒雨淇把一根指头搁在嘴上，嘘了声，要她不要声张。

随着高跟鞋碰击石板路的声响越来越近，李慧看得清清楚楚，施以貌走向她的小别墅，绕四周走了一圈后才去开门。大概是没发现什么异常，她一进门就把门关上了。李慧也从树上溜了下来，对舒雨淇说："她进去了，我们怎么办？"

"别管她，我们去麒麟山管理局。"

"去那儿干吗？"

"去查一查这座小洋楼的来历。"

麒麟山风景区管理局不在麒麟山，而是在万吉市区。他俩先是将那部租来的民用车还给车行，然后开着警车去了万吉市区。管理局的办事员查阅了档案，告诉他俩，麒麟山 D－2 幢别墅是施以貌九年前购买的，产权就是她本人。

"那房款也是她本人付的吗？"舒雨淇不知道为什么对此很感兴趣，问了一句。

"这我们就不知道了，"办事员回答说，"如果您要了解付款的情况，那得去找房产交易所。"

舒雨淇点了点头，与办事员告辞，随即与李慧去了房产交易所。

9

正如舒雨淇所料，施一雄自己找上门来了。

他俩回到警队时，施一雄正坐在警队办公室的沙发上抽烟等候。

“施一雄，你不是想跑吗？我们舒队长就估计你跑不到哪儿去，这不，你还是来了。”李慧用一种戏谑的口吻对他说。

“是我浑，我不知道我老婆被人害了。”施一雄把烟蒂甩在地上，站了起来，“舒队长，李慧，你们可要赶紧把凶手抓到。现在社会上议论纷纷，都说我老婆是我杀的，说我为了杀害姑妈，为了姑妈的遗产，错把自己的老婆杀了。我没有，我真的没有啊。我是跳到黄河也洗不清了，你们可要替我做主啊。我这个人再怎么浑，再怎么不明事理，再怎么糊涂，也不会杀害自己的老婆。我娶秦臻，花了好几万元，这是我这几年的全部积蓄，我怎么会杀她呢？他们说我是想杀我姑妈，错杀了自己的老婆，我有那么笨吗？我老婆的气味我在一百米外就能辨别出来，我怎么可能错把她当成姑妈杀了呢？”

“你说的‘他们’是谁？”舒雨淇问。

“就是我的那些朋友，他们都这样说，我堂妹也这样认为，她问我是不是真的。我是有口难辩，说再多也没用。现在只能靠你们二位赶紧破案，抓到真正的凶手。老婆死了，我损失很大，什么心情都没了，又要蒙受不白之冤，我真的是受不了。”

“那你就得好好配合警方，争取尽快破案。”舒雨淇说。

“那当然。”施一雄拍着胸脯说，“你们需要我做什么，尽管吩咐。我这个人你们可能不知道，别看我平时不干啥正经事，其实我是很讲义气的，为了朋友我可以两肋插刀。你们信得过我，就是我的朋友，叫我干什么都行。”

“我们也不需要你干什么，”舒雨淇说，“你仔细想想，你，你的姑妈，你的堂妹，还有你老婆，你们几个人之间，平时有没有什么异常的事发生？”

“就庙口街的那间破房子，被人称作凶宅，怪异的事多着呢。”

“噢？说来听听。”

“那我就说了？”

“说吧，我们听着。”李慧也来了兴趣。

“我姑妈和我堂妹本来关系很铁的，无话不说，两人住到一起后，也不知为了什么事，就吵起来了，经常吵。有一次两人还动手打了起来，正相互拉扯着对方的头发，刚好被我碰见，把她俩拉开，才没酿成大祸。问她们为什么事吵架，她们也不说。还有，那座凶宅，常常闹鬼。我姑妈被调到市里后，我堂妹一个人住，好几次三更半夜跑到我家来，说是听到后院里有人在哭泣。我不相信，跑去看了，却什么也没有。还有……对，还有，就是不久前，半个月左右吧，我老婆去了那间破房子……我老婆与我堂妹关系不错，很谈得来，我不在家时，两人常常在一起做点儿好吃的一起吃饭。那天是星期天，我老婆在家里杀了一只鸭子，端到凶宅里去，正好看到我堂妹躺在地上，口吐白沫……好危险啊！要不是我妻子刚好去了那座破房子，我堂妹就一命呜呼了。”

“那后来呢？”李慧着急地问。

“后来的事我也不大清楚，我是听我妻子说的。你们要想了解得详细一些，就得去问我妻子……噢，对了，我妻子已经死了，你们去问我堂妹吧。”

10

舒雨淇和李慧立刻去找施虹。

施虹在县政府接待科工作，上班地点就在县招待所。

舒雨淇和李慧找到她时，她正忙着给省里来的一个检查组的人泡茶，两人只好在办公室里等候。半个小时后，施虹才回来。舒雨淇见她那么忙，不敢耽误她的时间，直奔主题，问起了施一雄说的那件她曾经中过毒的事。

“是有这么一回事，”施虹说，“半个月前吧，我回到家里，噢，就是那座老宅。我煮了稀饭，煎了一个鸡蛋，炒了一小盘青菜，就吃起来了，吃完以后，我就中毒了，先是感到眩晕，肚子绞痛，呼吸困难，想吐又吐不出来，后来肚子痛得实在受不了，就倒在地上。我以为我要死了，恰好这时我堂嫂走了进来。也是我命不该绝，我堂嫂杀了一只鸭子，拿半只要送给我，她手上还端着一碗鸭血。堂嫂一看我这个样子，就知道我是吃了有毒的东西。她很机灵，跑到厨房里将手上的那碗鸭血用水稀释，兑成大半锅血水，然后跑过来坐在地上，把我抱在她的怀里，用那血水灌我，还把手指头伸进我的喉咙里抠。后来我就开始呕吐，吐得一塌糊涂。就这样，我从鬼门关回来了。”

“你说你吃了稀饭、鸡蛋和青菜，其他还吃了什么？”李慧问。

“没有，就这三样，”施虹说，“我是搞接待工作的，几乎天天都是大鱼大肉，因此回到家，我都尽量吃清淡些的素食素菜。”

“那你在这三样东西里放了什么？”舒雨淇问。

“水是从水管里流出来的，肯定是没问题的，米和盐也不会有问题，因为后来我又用了，也没出什么事，可能是青菜出了问题。”

“青菜你洗了吗？”舒雨淇又问。

“洗了，当然洗了。我这个人很较真儿的，青菜买回来后我就放到清水里浸泡，要炒之前还在水龙头前冲洗了好几遍。听人家说，现在市场上的青菜没有不沾农药的，我就是很害怕把农药吃到肚子里去。”

“那你煎蛋时放酱油了吗？”舒雨淇似乎是在有意提醒她。

“是啊，是放了点儿酱油。怎么，是酱油出了问题？”施虹突然紧张了起来。

“后来那瓶酱油，你放哪儿去了？”李慧赶紧问。

“对啊，那瓶酱油，”施虹显得惶惑不安，“是的，没错，是那瓶酱油。那瓶酱油我记得还有小半瓶，当时用的时候只剩下一点点，我也没太在意，用完后就把空瓶子丢进垃圾袋里了。被我堂嫂救活过来后，我感到很庆幸，没再去想这件事，所以也没报案。”

“还有一件事，随便问问，”舒雨淇说，“你认识省文化厅的贾副厅长吗？”

施虹迟疑了一下。她本想否认，可转念一想，这事是否认不了的，便回答说：“认识，见过两三次，不很熟。怎么，跟他有关系吗？”

“没什么，我只是随便问问。好了，今天就先谈到这里，你也该去接待室忙你的了。我们就先告辞了。”

11

李慧想睡个午觉，可躺到床上却怎么也睡不着。

打从警察专科学校毕业后，她就成了舒队的助手。这些年来，她一直是言听计从，围绕着舒队的指挥棒转，舒队叫她干啥她就干啥，心甘情愿地做他的帮手，打打补丁，基本上不大动脑子，跟着感觉走就行。这些天，她突然发觉，自己似乎已经有了一种依赖性。依赖性会助长人的惰性，如果再任凭惰性发展、蔓延……天啊，那可就不得了了，就会像贪恋母亲怀抱的孩子，永远也长不大。当初选择警察这个职业，就是不想做花瓶似的女人，就是想要有自己的人生追求。能当舒队的助手，她原本感到非常幸运，这下才意识到，任何事物都有它的两面性，幸运儿要是心安理得，那就会胸无大志，枉活一生。

她从床上爬起来，泡了杯茶，喝了一口，然后双手捧着茶杯，在屋子里踱起方步，开始思考这起案件。

那天与施以貌交谈后从那座“凶宅”里出来，舒队便急匆匆地要去麒麟山别墅，拿到几条干枯了的藤萝后又急匆匆地要赶紧离开那个地方，生怕施以貌随后赶来，果然施以貌就来了，这里面肯定有文章，难道那几条藤萝……

李慧顿有所悟，激动了起来，顺着这个思路思考下去，终于想明白了。那几条藤萝虽然已经干枯，没有叶子，只剩下藤骨，但联想到早上施虹说的那次中毒事件，那干枯了的藤萝肯定就是胡蔓藤，学名钩吻，俗称断肠草。据说那种草全株有剧毒，根、嫩叶尤毒，煎水服，几小时内人就会死亡，小时候在老家就听说过有几个女人因为不堪忍受家庭暴力，服钩吻草汤自杀身亡。那么，如果施以貌别墅里那些干枯了的藤萝是断肠草，她是将叶片和嫩芽摘下，然后捣碎取汁，掺入施虹的酱油里……

李慧兴奋至极，猛然把茶杯里的茶水一口气灌进肚子里，然后打开电脑，查阅钩吻草的有关资料。资料显示：钩吻对神经系统的作用很强，中毒症状主要有眩晕、言语含糊、肌肉松弛无力、吞咽困难、呼吸肌麻痹、共济失调、昏迷，还可见复视、散瞳、眼睑下垂等，甚至出现沉睡。误食后会出现口腔、咽喉灼痛，恶心，呕吐，腹痛，腹泻等症状；还会出现面红，早期心跳缓慢，呼呼快而深，继而心搏加快、呼吸慢而浅、不规则，渐至呼吸困难和麻痹，体温及血压下降、四肢冰冷、面色苍白、虚脱，最终呼吸麻痹而死亡。半个月前施虹的那次中毒事件，她所说的症状与此基本吻合，完全可以判定是食用了钩吻草。怪不得舒队会对她的中毒过程问得那么详细。这么说来，施以貌是想杀自己的侄女。秦臻的死，会不会就是她想毒死施虹没能成功后的二次下手？李慧坐不住了，她要把自己的想法马上报告舒队，可当她拿起手机时又犯愁了。那天晚上在大排档碰到施一雄他们一伙人，无意中听到他们说施一雄发财了、可以继承姑妈的遗产的那些话，便认为是施一雄想杀自己的姑妈而误杀了自己的妻子，后来被舒队的一句“为什么没有顺手牵羊拿走价值十几万元的瓷花瓶?”弄得自己哑口无言，十分尴尬，这次可不能重犯那个错误。

李慧关了电脑，决定自己去一趟麒麟山别墅，看看那里是不是还有什么秘密，或者干脆找施以貌谈谈，就学着舒队那样，旁敲侧击，引导她透露一些信息来佐证自己的判断。

12

太阳忙着与云彩拥抱、亲吻，却为了保护自己的隐私，投射下无数强烈的白光，让人们无法抬头看到它们是如何的亲热。树林就像是一个巨大的筛子，将太阳投射下来的白光筛得零零碎碎，洒落一地。李慧把车停在停车场，踩着那些凌乱的、若有似无的白光，朝D-2幢别墅走去。走到半路，听到身后有人说话，她迅速抓住身旁的一棵竹子，像上次那样，猴子般敏捷地爬到竹冠上，使劲儿一荡，将自己的身子甩到身边另一棵楠木的横枝上。浓密的树冠遮蔽着她，而她却能透过树枝和树叶看清楚小径上款款走来的两个人。一男一女，男的五十来岁，她不认识，女的正是施以貌。两人手拉着手，有说有笑，十分亲热。李慧赶紧掏出兜里的手机，对着他俩偷偷地拍了几张照片，随之拉长耳朵，想听听他俩到底说了些什么。然而，他们说话的声音很小，细如蚊蝇，又是逆风，根本听不清楚。等两人走进D-2幢别墅，关上门，李慧才从树上下来，也蹑手蹑脚地朝别墅靠近。

那男人是谁呢？李慧心里一直想着这个问题。看他粉头白脸、西装革履、大腹便便、举止优雅，很像个官，不是官就是大款，反正是个有身份的，不会是普通人。还有一点也是可以肯定的，那个男人肯定是施以貌的情人。麒麟山这里的十几幢别墅，大多是有钱人买下来金屋藏娇的。施以貌的这座D-2幢，显然是她买下来养汉子的。李慧后悔来的时候没带个望远镜，要不，她就能爬到树上，对着窗口看看里面的人都在干些什么。她也想到去敲门，或者给施以貌打电话，说自己就在她的别墅门外。她有一种很强烈的愿望，想揭开这一层神秘的面纱，看清楚施以貌的真实面目。可又觉得这样做太鲁莽，如果是舒队，他一定不会这样做的。假如施虹的那次中毒真的是施以貌干的，假如秦臻的死真的是施以貌想杀施虹而误杀了秦臻，那施以貌的杀人动机又会是什么？眼下还没有任何真凭实据，敲门进去了，见到施以貌自己又能对她说什么？那还不是等于在打草惊蛇？更确切地说，是通风报信，是在告诉她：警察已经怀疑到你了。不行，她不能这样做，绝不能，李慧告诫自己。可她又不甘心就这样返身回去，她的直觉告诉她，这里肯定有不可告人的秘密，她很想知道这是个什么样的秘密。于是，她又爬到附近的一棵树上，两眼直直地盯着那座别墅，守株待兔，也只能守株待兔了，静等着看会有什么意外的事发生。然而，她守候了两个多小时，别墅的门一直关得紧紧的，什么事也没发生，什么动静也没有。树林里除了偶尔有小鸟飞来飞去，除了风吹之下摇曳的树影，除了鸟儿的鸣叫和树枝迎风飒飒的响声，其他全都是静物，十分安静。又等了半个多小时，终于看到人影了，是一个中年男子，右手上提着一个竹篮子，左手拎着几瓶啤酒，正朝 D-2 幢走来，看样子像是周围餐馆的帮工，给施以貌他们送晚餐来的。

送菜的人走了，太阳也快要下山了，李慧想象着别墅里一男一女在你来我往喝酒逗乐的情景，觉得自己躲在这棵树上盯着那关死的大门实在没啥意义。可就这样回去？白忙活一个下午没有一丁点儿的收获她又很不甘心。她决定再等一等。又过了一支烟的工夫，终于有了新的情况。别墅的门开了，那个刚才与施以貌手拉着手卿卿我我相互依偎着一起走进别墅的男人被施以貌一把推了出来，随即又有一个黑色的小提包从施以貌的脚下飞向他的怀里，紧接着是施以貌的一声大喊：“你给我滚。”

那男人把黑色提包夹在腋下，转头朝别墅看了一眼，带着一张仿佛从茅坑里掏出来的石头那样的臭脸，转身向山下走去。

13

李慧回到警队，向舒队长汇报了自己在麒麟山所看到的一切，并让舒队看了自己手机上的相片，问："舒队，你说这个男人会是干什么的？相貌挺不错的，就是肚子大了点儿，与施以貌还是挺般配的。施以貌会不会就是因为这个男人才终身不嫁？可他们为什么又要吵架呢？忽晴忽雨的，变得也太快了点儿。"

"你的猜测一点儿都没错，施以貌正是为这个男人才终身不嫁。"舒雨淇点了支烟，说，"他姓贾，叫贾庆生。我当年警校刚毕业时，他是我们荆县的副县长，后来调到邻县当县长，不久后当了万吉市副市长，现在是省文化厅的副厅长。你也知道，施以貌原本是荆县电视台的主持人，那阵子与贾副县长的关系就很不一般，当然，这只是传闻，谁也不知道怎么个不一般。贾庆生当上了副市长后，施以貌也被调到市电视台。贾庆生当了副厅长，施以貌突然下海经商。这里面千丝万缕的关系只有天知、地知，旁人是不会知道的。还有一件事，"舒雨淇猛吸了两口烟，接着说，"贾庆生当副市长时，他的老婆突然死了，死得不明不白。案子是市局刑侦支队，噢，不，当时叫刑侦大队，是他们搞的。在现场发现两串脚印，侦查员从那两串脚印出发，顺藤摸瓜，抓到了一个嫌疑人，叫什么名字我忘了，是贾庆生老婆的情人。那个嫌疑人承认他杀了人，但后来到检察院时又翻供了。检察官说，物证技术对足迹检验，尤其是对步法追踪演变而来的人身识别技术目前争议较大，在缺乏其他客观证据佐证的情况下，不能单独证明案件事实，其间退回补充侦查了三次，最后把案子撤了，嫌疑人也放了。"舒雨淇又抽了两口烟，把烟蒂放进烟缸里，说，"贾庆生的老婆死后，坊间传言他会同施以貌结婚，可人们预料的结果却没有发生，他俩直到现在还都是孑然一身，这就很让人费解。”

李慧听得目瞪口呆。她本以为躲在树上守候一个下午，看到那个男人是一个重大发现，没想到这些事舒队他早就了如指掌了，而且知道得那么详细具体，自己根本就是多此一举。她颇有点儿沮丧，盯着舒队的眼睛不发一语。

“你也不需要有失落感。”舒雨淇看她一言不发，安慰了她一句，“你今天的发现还是很有意义的，至少可以证明，坊间的那些传闻是真的，并非空穴来风。”

李慧得到肯定，心情舒畅了起来。她把自己怀疑施以貌用钩吻草毒害施虹，没能成功，以后又二次投毒，误把秦臻给毒死的推测说了出来。舒队听完沉默了好一阵子，突然问道：“那你认为，施以貌为什么要杀害自己的侄女？”

“这还用问？争风吃醋呗。”李慧信心满满地说出了自己的看法，“那天我们俩在接待科与施虹谈话，你问她是不是认识贾副厅长，她显得特别紧张，又不敢否认，却说只见过几次面，不怎么熟悉。从她吞吞吐吐的话语中，我觉得她与贾庆生的关系肯定也是不一般。女人啊，我比你更了解，一旦争风吃醋，直接的后果就是铤而走险。”

“你的推测是有点儿道理，施以貌在酱油里放了钩吻草汁，想毒害自己的侄女，是因为争风吃醋，这是可能的。但秦臻的死，就与钩吻草没什么关系。”舒雨淇说，“钩吻草之所以叫断肠草，是因为误食了之后会恶心、呕吐、腹痛、抽筋，叫人痛苦不堪。人死了之后，脸部肌肉肯定是扭曲的。可是秦臻死得很安详，到底是被什么东西致死的，化验结果还没出来，但可以肯定并不是断肠草。秦臻要是误食了断肠草，会痛苦不堪，不可能那样从容，还会自己脱衣上床。你别忘了，施虹还跟尸体躺着睡了一个晚上呢，这显然就不是误食断肠草致死的症状。”

舒队言之有理，这让李慧又一次无言以对。

14

李慧第二次推理受挫，感觉自己颇有点儿东施效颦之嫌。跟随舒队这么多年了，她打心眼儿里佩服舒队。舒队每次都能一语中的，揭示案情的本来面目，她也想学着点儿，没想到还真学不来。她相信秦臻被杀的案子一定能破。在舒队的手上，还没有破不了的案子。可这些天，舒队不知干什么去了，连个影子也见不到。李慧的日子过得有些闷，不知道自己该干什么才好。正烦着，她接到了舒队的电话，要她二十四小时不间断地盯着施虹，一刻也不能让她从自己的眼皮底下消失，如果发现施虹同贾庆生在一起，马上向他报告。李慧不知道舒队为什么要她这样做，也不知道那个叫贾庆生的副厅长与施虹在一起会发生什么事，但她相信舒队要她这样做肯定是有原因的。她接完电话马上去了接待科，看到施虹正在大门口迎接一群客人。那群客人是什么人，她不知道，但从那辆省城牌照的奔驰中巴可以得知，肯定是来了大领导。李慧盯着那一群人一个一个过目，并没看到贾庆生。李慧放心了，看到那一群人在施虹的引领下走进接待科招待室，又看着他们从招待室出来去了餐厅。李慧知道，他们要吃晚饭了。看着他们进了包厢，李慧也叫了饭菜，就在包厢门口的一张方桌上吃了起来。这顿饭吃得好辛苦啊。包厢里的人吃了将近两个小时，李慧两碗饭两盘青菜一碗汤，也只得跟着吃了将近两个小时。那群人出来了，李慧与施虹打了个照面，两人寒暄了几句，施虹说她很忙，要带客人去房间。李慧说她要等人，随后就坐到走廊里拿手机上网。施虹把客人安排好了之后，离开了招待所，李慧尾随她，见她去了庙口街的那座“凶宅”。秦臻死了之后，施虹应该是不敢在那个地方过夜了，她大概是去拿东西的。李慧想着，远远地盯着。果然，施虹拿了东西又回到招待所，进入她自己的宿舍，把门关了。“她要是不出来，难道要我整个晚上盯着她的房门？我又不是石头人，哪能整夜不合眼？”李慧心想，“不行，我得想个办法。”于是，她拿起手机，给警队打电话，叫内勤送一台摄影机过来，然后，她去开了个房间，就在施虹住的那座楼的对面。她将摄影机架在窗口，直对着施虹的房间，有这台机器帮忙，李慧轻松了许多，至少夜里可以打个盹儿，或者小睡一会儿。

一连三天，施虹一步也没有离开招待所大院。她的生活似乎很简单：迎接客人，给客人沏茶，陪客人吃饭。她的行动轨迹也就是那么几个点：宿舍、接待室、楼门口、餐厅。第四天晚上，施虹出去了。李慧看了下表，是零点四十三分。这么晚了，她出去干什么？李慧心里想着，赶紧贴上假胡子，换上一身牛仔服，把自己打扮成个假小子，悄悄地跟在她的后面。

施虹又去了庙口街的那座“凶宅”。开门进屋后，她并没有随手关门，显然是在等什么人。片刻之后，果然来了一个男人。那男人东张西望了好一阵子，这才走进门去，把门关了。

李慧就在那个男人回头张望时，看清楚了，他就是贾庆生。李慧赶紧给舒雨淇打电话。

“他是不是带着糕点之类的礼品盒子？”舒雨淇问她。

“是啊，你怎么知道？”李慧有点儿丈二和尚摸不着头脑。

“别问那么多了，我马上就去。”

15

舒雨淇到了，他还带来了施以貌和两个刑警。

施以貌用钥匙开了门，舒雨淇要两个刑警在楼下候着，他们三个人直奔二楼。进屋一看，房间里一男一女赤裸着身子抱成一团正在床上翻滚。也许是太过于投入，忘乎所以，以至于连楼梯的声响都没能制止住他们的激情荡漾。

李慧没料到会看到如此的一幕，目瞪口呆，不知所措；舒雨淇似乎早有所料，他无动于衷，只管低着头点燃他的烟；施以貌却怒不可遏，一个箭步跨上前去，抓住贾庆生的头发，“啪”的一声脆响，狠狠扇了他一个耳光。

李慧走上前去，拉住施以貌，不想让她继续发飙。贾庆生却“嘻嘻”地笑着。施以貌骂了一声“你这个色鬼”，自己却忍不住潸然泪下，坐到屋角的沙发上。

舒雨淇猛吸了两口烟说：“好了，把衣服穿上，该是揭开谜底的时候了。施以貌，你来说，把你早先对我说的那些话再说一遍。”

李慧拿了张面巾纸给她擦眼泪，鼓励她：“说吧，到底是怎么回事？”

“是我浑，我自讨苦吃，我活该。”施以貌指着贾庆生说，“我二十二岁时就认识了他。那时我很漂亮，追我的男孩子一辆大巴车都载不完。是他下跪求我，那时我年轻，不谙世事，看到那么大的人物跪在我的面前，心就慌了，不知所措，连拒绝的力气都没了，话也说不出来，就什么都顺从了他。从那以后，我们俩就经常在一起，直到现在。他确实对我很好。当上副市长后，他把我调到市电台，本来我是想在市台好好干，干出点儿名堂来，可市台的那些人瞧不起我，都知道我是靠着副市长的关系爬上来的，不把我放在眼里。我因福得祸，日子过得很苦闷。不久后他调到省文化厅了，知道我日子过得不顺心，就叫我创办文化产业公司，拨给我二百万元的开业基金。我很感激他，从物质、精神到肉体，他都给了我极大的满足，我是死心塌地想要跟他一辈子的。这么多年来，我因为他有过一次宫外孕，差点儿命丧黄泉，以后又因为他做过两次人流。他从一开始就口口声声对我说，要同他的老婆离婚，离了就给我名分，可他老婆死后，他却食言了，从此不再谈论这个话题。有时我忍不住问他：‘我们什么时候结婚？’他总是说再等等。因为他对我好，我也离不开他了，就相信他，一直在等他，等到现在，没想到他是个伪君子。

唉……”

施以貌泪如雨下，泣不成声，说不下去了。李慧赶紧给她端来一杯水。施以貌喝了水，心情渐渐平静下来，才继续说：“施虹大学毕业后去了一家国有企业，与我住在一起。她对我说她喜欢做接待工作，想去县政府接待科。我说这个简单，我来帮你。后来，我就找了他，把施虹的这个心愿对他说了。那时他是隔壁县的县长，但还是说得上话的，一个电话就把施虹从国有企业调到了接待科。施虹也就是这样认识了他……这个色鬼，杀千刀的，又把施虹拐骗到自己的怀抱里。”

“那你怎么知道的?”李慧插了一句。

“我是偶然间从施虹的电脑里看到了一张照片，一张她坐在他大腿上的照片。”施以貌说，“当时看到照片时，我整个人都懵了，肺也气炸了，我真的想把他俩一起杀了。”

“但你下不了手，”舒雨淇插话说，“你从他贾庆生的身上得到了无数的好处，你得依赖他，没有他，你的日子没法过，所以你无法下手杀他。是这样吧?”

“是这样，但也不全是。”施以貌说，“还因为我喜欢他，二十三年了，二十三年的感情不是一张照片说毁就能毁掉的。我好几次劝施虹离开他，可施虹不听我的话，和我吵，还责问我为什么只许我爱不许她爱，这句话让我伤透了心……”

“那也不全是我的错。”施虹说，“姑妈我对不起您，但您也有错。您得了宫外孕时我就问过与您相好的人是谁，以后又问了好几次，可您就是不告诉我，我也不知道会是他。要是您早点儿告诉我，我怎么也不会同您争抢一个男人。等您知道我们的事，劝我离开他时，我已经为他打过一次胎，我再也离不开他了。”

“作孽啊，都是因为这座老宅。”施以貌深深地叹了口气，“我下海经商后，手头拮据，曾经想把这座房子卖了，可施虹舍不得，说她在县城没地方住，要我把房子留给她住。姓贾的他也来劝我，说那座供奉药祖公的小庙是元朝的建筑，全省仅此一处，里面还有康熙皇帝题词的牌匾，省文化厅已经规划好了，正在将它列入文物保护单位，不久就会扩建，这房子迟早是要拆的，等小庙拆了就能得到一笔不小的补偿费。我被他说动了心，哪里知道，他隔三差五地就从省城跑回来，在这屋里同施虹鬼混。我要是早点儿把这房子卖了，他俩也不会……”

“所以，你对贾庆生下不了手，就想杀你的侄女，是这样吧？”李慧问。

“没错。”施以貌说，“我实在咽不下这口气，挣扎了好些日子，最后才下了决心，想把施虹杀了。我在麒麟山上找了几条断肠草，捣碎后，取了些草汁，偷偷地放在施虹的酱油瓶里，后来的事你们也都知道了，我不想再说。可令我不解的是，秦臻怎么会死呢？她的死可与我毫无关系，难道是他贾庆生？”

16

在场的人谁都想知道秦臻是怎么死的。施虹和施以貌尤其急着想了解秦臻的死到底与自己有什么样的关系，三人的目光一起投向舒雨淇。

“关于秦臻的死，我会揭开谜底的。”舒雨淇走到窗台下的桌子旁边，指着桌面上的一盒绿豆糕，问贾庆生说，“这盒九龟牌绿豆糕，是你带来要送给施虹的，是吧？”

“是我带来的，那又怎么样？”贾庆生眨了眨眼回答，反问道，“这跟秦臻的死有什么关系？”

“大有关系。”舒雨淇要李慧做一份扣押物品清单，让贾庆生签字捺了手印。等李慧把事办妥了，他才继续说，“现在大家都看到了，这盒绿豆糕是九龟食品公司生产的，九龟食品的老板是谁你们也许不知道，他姓曾，叫曾埔辰。这个叫曾埔辰的人与我们的贾副厅长同一年出生，从小一起长大，两人关系铁得很。

曾埔辰创办九龟食品厂时，贾庆生正好是副县长，他利用手中的权力给了曾埔辰不少帮助，具体是什么帮助，我就不说了，但有一点是肯定的，那就是，贾庆生所说的每一句话曾埔辰都会言听计从，绝不打折扣。至于曾埔辰与贾庆生你同秦臻之死存在着何种联系，等下我再说，我先来说说，我是如何发现秦臻的被害线索的。”舒雨淇点了支烟，狠狠地猛抽了两口，接着说，“刚开始的时候，我也是一头雾水。秦臻死得很安详，屋子里也不曾丢失任何东西，肯定不是抢劫杀人，更像是仇杀。问题是秦臻没有仇人，她是从外省嫁过来的，时间也不长，才一年多点儿。更令我费解的是，死者是被毒死的，可现场却没有发现任何毒物的残留，凶手实在是太狡猾，不留丝毫的痕迹。我从事刑事侦查工作十几年第一次碰上如此棘手的案子。直到李慧告诉我在案发的那天晚上，她在大排档吃夜宵时偶然听到施一雄，也就是施以貌的侄儿、施虹的堂哥、秦臻的丈夫的朋友们在交谈中透露了施一雄有谋杀自己的姑妈，以求继承这座老宅的动机。李慧的这个发现启发了我，让我想到秦臻的死可能是一次误杀，凶手要杀的人也许是施以貌，也许是施虹。于是，我和李慧便找你施以貌。我见到你时，问你是不是刚从麒麟山回来，你反问我为什么知道，显得十分紧张。我说你的身上有一片桫椤叶，这其实是我杜撰出来的，你身上的那片树叶根本就不是桫椤叶，是我在打电话与你约定见面时间和地点时听到你的手机里有嘈杂的鸟叫声，其中还有夜莺的鸣叫。当时已经是夜里十点多了，有那么多的鸟鸣，尤其是有夜莺的啼叫，我就认定你所在的地方一定有大树林，所以我就想到了麒麟山别墅。看到你惊慌失措的样子，更引起了我对麒麟山别墅的兴趣。所以，我在同你交谈了之后立刻便与李慧去了麒麟山，果然发现你在那里有一座别墅。我们经过调查，知道麒麟山的那座 D－2 幢别墅是你在九年前买下的。九年前你还是县电视台的主持人，一个月的薪水才几千块，怎么能买得起在当时市价将近一两百万元的别墅？进一步查实后，我们才发现，那座

D－2 幢别墅是曾埔辰付的款，虽然是在你的名下，但打进买房款的银行卡账户是曾埔辰的九龟公司的。曾埔辰表面上与你没有任何关系，我费了很大的功夫去了解，也没发现你们有什么往来，因此他是不会买别墅送给你的，那么就只有一个可能，那就是贾庆生……施以貌，我说得没错吧？”

施以貌点了点头，却反问道：“这有什么，我与贾庆生的关系我刚才已经全说清楚了，就算他买座小别墅送给我也是应该的，这与秦臻的死又有什么关系？”

“你别急，让我继续往下说。”舒雨淇又点了支烟，“我和李慧在你的那座 D－2 幢别墅里找到了几条钩吻，也就是断肠草。施一雄和施虹分别向我们述说了半个月前那次中毒事件的具体经过，这就说明，施虹的中毒与你别墅里存放的断肠草枯藤存在某种联系，极有可能是你拿断肠草捣碎取汁毒害你的侄女，虽然没有成功，但这件事坚定了我对秦臻之死是一次错杀的判断。当时我就一直在考虑，你为什么要杀自己的侄女呢？想来想去，唯一的可能是你在与自己的侄女争风吃醋。我和李慧在找施虹问话时，我问过施虹是不是认识贾副厅长，施虹你当时显得特别紧张，本想要否认，又不敢，就说只见过几次面，不很熟。我从你的表情中就认定，你是在说谎。这两件事联系起来，结论就有了，你们姑侄俩确实在纠缠同一个男人，这个男人就是贾庆生。后来，李慧自己去了麒麟山，亲眼看到了贾庆生和施以貌你们又亲热又吵闹，这下就很清楚了，你们三人之间有着剪不断理还乱的关系。”

“够了，舒雨淇，”贾庆生突然发飙，抓起桌面上的一个茶杯往地上一摔，大声嚷嚷，“你不要自以为是神探，是什么福尔摩斯、波洛，就算你是，你说的全是事实，那又怎么样？秦臻之死与我无关，我要走了，我没时间听你讲那些只有小学生才会听得如痴如醉的故事。”

17

楼下的两名刑警听到楼上的摔茶杯响声，冲了上来，见贾庆生如此激动，将他按到沙发上，不让他继续发飙。

“那好，现在我就来说一说秦臻是怎样死的。”舒雨淇对贾庆生的发飙不屑一顾，他悠然地又点了支烟，继续说，“秦臻是因为吃了一种叫毒蝇伞的蘑菇而死的。当然，她吃的不是煮熟了的蘑菇，而是这种毒蘑菇的粉末。这种蘑菇含有一种叫毒蝇碱的神经性毒物，人吃了以后会引起意识模糊、视觉紊乱、疲劳和嗜睡，产生与醉酒相似的症状，最后因呼吸受抑制而死亡。我们在勘察秦臻的死亡现场时发现，秦臻那天晚上已经在这座房子里做好了晚饭，但她没有吃，说明她是在晚饭前就误食了毒蘑菇，时间应该在五点半左右，或者更早一些，也有可能稍迟一点儿。因为中毒后嗜睡，她就上床睡觉了，后来毒性发作，就死了。由于是神经性中毒，所以她的身体没有异味，也没有很明显的症状，死后就像平常睡熟了一样。施虹那天夜里参加同事的生日晚会，后半夜才回来，距离秦臻中毒身亡已经相隔了好几个小时，所以才会没有异样的感觉，才会同尸体躺在同一张床上睡了一个晚上。”

“那毒蘑菇是哪里来的？”施虹迫不及待地想要知道。

“那就要问你了。”舒雨淇的目光转向施虹。

“我？我没有，我不知道。”施虹有点儿慌，但她回答的口气很坚决。

“那我问你，当时我们勘验现场时向你扣押了一盒九龟牌的绿豆糕，你是从哪里得来的？”

“是我姑妈给的。”施虹说。

“施以貌，你又是从哪里得来的？”

“是他，他——贾庆生送给我的，说是要我当点心吃。我不喜欢吃那种东西，就带回来给了施虹。”施以貌同样回答得十分坚定，她同时又补充了一句，“我可不知道那东西有毒。”

“对，没错。”舒雨淇接着说，“那盒绿豆糕同刚才我们扣押的这盒一模一样，里面装有六个绿豆糕，有毒的只是其中之一，被秦臻吃了，其余的五个我们带回去化验，并没有发现毒物。这就是现场没有发现任何毒物残留的原因。是不是这样，施虹你说。”

“确实是，原来是六个，后来只剩下五个，那一个肯定是被秦臻吃了。”施虹回答，紧接着又满脸狐疑地问，“可是舒队长，你又怎么那么肯定秦臻就是吃了那个绿豆糕被毒死的？”

“这要从六年前的另一起案件谈起。”舒雨淇走到贾庆生的面前，“六年前，你的老婆无缘无故地死了，尸检结果表明，你的老婆任萍同样死于毒蝇碱中毒。当时侦查员根据现场遗留的脚印寻找到一个嫌疑人，他叫洪武斌，是你老婆的情人，两人背着你相好了好些年。洪武斌被叫到公安局后，马上承认人是他毒死的，可案子到检察院时他又翻供了，说是任萍死了，他也不想活了，所以才承认是他下毒杀的人。洪武斌翻供后，案子便卡住了，直到现在也没破。我在得知你与施以貌、施虹她们的关系时，便想到了这起案子。我去查阅了当时留下来的卷宗，不查不知道，一查我吓一跳，你老婆任萍的死与秦臻的死，这两起案件是何等的相似。在你老婆任萍的死亡现场，我们的侦查员也发现有一盒九龟牌的绿豆糕，同样是六块装，被吃掉了一块，剩下的五块并没有检测到任何有毒物质。这就让我坚信，你老婆的死和秦臻的死都是你的‘杰作’，尽管你做得天衣无缝，但六年的时间让你放松了警惕，你没想到我会把两起案件联系起来。”

“你只是推理，你没有证据。”贾庆生死鸭子嘴巴硬，他还想作最后的挣扎。

“我当然不会那么傻，”舒雨淇接着说，“你是个官，而且是个不小的官，没有证据，我不敢找你的麻烦。”他又点了支烟，“为了拿到直接的证据，我需要引蛇出洞。我去劝说施以貌同警方配合，要她逼你马上同她结婚……”

“对，我对他说了，”施以貌抢着说，“我要他两个月内同我结婚。我说了，要是他做不到，我们就分手。我还警告他，不许再与我的侄女来往，否则我就把他受贿和玩儿女人的事全都抖出去，叫他身败名裂。我知道他还有不少女人，省城里有，市区里有，县城有，乡下也有；我还知道他经济上不清不楚、不明不白的不少事。他拿别人的钱是他的事，他同别的女人搂搂抱抱我还可以原谅，但他勾引我的侄女我不能原谅，我咽不下这口气。我向他下了最后通牒，两个月，我给他两个月时间。”

“所以，贾庆生，你急了、慌了、按捺不住了，今天又故伎重施给施虹带来了有毒的绿豆糕。上一次你是想杀害施以貌，因为你舍不得施虹，可是你失败了，误杀了秦臻；这一次你选择了施虹，想直接下手。她俩对你来说都只是玩物，死了谁，留下谁，你都可以接受，只要施虹死了，你同施以貌这场茶壶里的风暴就能平静下来。这就是今天你又带来一盒有毒绿豆糕的目的。现在证据就在面前，你还有什么话说?”

施虹听到舒雨淇这么说，心中冒起了一团火。她冲上前去，揪住贾庆生的衣襟，大声吼叫：“你这个色狼，你欺骗我，你说你只爱我一人，原来你狼心狗肺，不是好人。你害死我堂嫂，还想再毒死我。你……”

施虹被李慧拉开了，瘫坐在沙发上。贾庆生整个身子也瘫软了下去，从床沿上滑到地上，口中喃喃地说：“我认罪，我认罪。”

18

贾庆生被带到警队，舒雨淇和李慧正准备给他录口供，可他的态度却来了个一百八十度的大转弯，死不承认刚才说过要认罪的话。他承认六年前曾给过老婆一盒绿豆糕，承认一周前给了施以貌一盒同样的绿豆糕，还承认在那座凶宅里被扣押的那盒绿豆糕也是他带来的，他都承认了，却一口咬定绿豆糕是曾埔辰给的，自己不知道里面有毒。老婆任萍的死，还有秦臻的死，是不是与绿豆糕有联系，他说他不清楚，一点儿都不知道。

显然，这只狡猾的狐狸在舒雨淇滴水不漏的层层剖析和无懈可击的严谨推理下一时慌了神，未经思考才承认有罪，现在他镇静了下来，恢复了他诡诈的本性。然而，他断然没有想到，舒雨淇早有所料，留着一手。

舒雨淇从抽屉里拿出一盒录像带，交给李慧，说："你把这个带子播放一下，让我们的贾副厅长亲眼看看。"

李慧播放了录像。舒雨走到屏幕前，指着上面的画面。

"这盒录像带是曾埔辰给我的。六年前，你给过他一包淡黄色的粉末，要他给你做一个绿豆糕，并交代他要做得同正常的绿豆糕一模一样，然后同五个九龟生产的绿豆糕装成一盒。他按你的交代办了。过后不久，你的老婆任萍就死了，死得不明不白。曾埔辰马上联想到你给他的那些淡黄色粉末，害怕极了。后来案子没有破，他也就渐渐地把这事忘了。半个月前，你又故伎重演，再次交给他一包淡黄色的粉末。你不会忘记吧，"舒雨淇转身走到贾庆生的背后，双手扶住他的肩膀，"曾埔辰把你带到公司的财务室，然后才接受了你给的那包粉末。你知道他为什么要带你到财务室才收你的东西吗？是他使了个心眼儿。因为他已经怀疑你给的东西可能是毒物，是想谋杀某一个人。他为了日后撇清责任，才带你到财务室去，财务室有监控探头，能记录下你说的每一句话和你的每一个动作。他当时问你，那淡黄色的粉末是什么东西，你告诉他别问太多，照你说的去做就可以了。还有，那包装粉末的塑料袋他也保存了下来，上面有你的指纹。他还特意留有少许粉末，交给了我们。经过化验，那些淡黄色粉末就是毒蝇伞蘑菇烤干后研磨成的，与你妻子任萍和秦臻两具尸体内的毒物成分完全一致。你本应该前程远大，可你选择了一条不归路，你是自作自受。"

贾庆生一边听着，一边看着电视屏幕上的画面，大汗淋漓，浑身瑟瑟发抖……

饭局上的谋杀案

1

冬天日短，五点半下班时，天色已接近昏暗，舒雨淇叫一辆三轮车，直奔望江酒楼。

望江酒楼在县城的几十家酒店中生意最旺，天天爆满。倒不是这家酒店装修特别豪华，服务特别时尚，而是因为酒店分层次经营，海纳百川，又是坐落在荆江岸边，风景特别怡人。L型的两座楼房，临街两层是大排档，十元钱就能吃得个眉开眼笑；主楼一层是大厅，摆满四十几张大圆桌，专供嫁娶、乔迁、过生日、上大学的人办酒；二楼是单间，摆一张或两张圆桌，是大厅宴席的补充，贺喜者身份较高的，或者是与主人关系特别亲密的，不好意思让他们在嘈杂的大厅里与众人平起平坐，就安排在二楼的单间里；三楼四楼才是包厢，专供达官贵人宴请宾客，一般平民百姓至此只能望而却步。包厢里装修豪华高档，电视、音响设备齐全，里间可以吃喝斗酒，外间可以跳舞唱歌。每个包厢都有它颇具匠心的取名：雨林亭、翠竹阁、清水榭、红花廊、湖心屿……令那些初来乍到的人眼花缭乱，全都像是刘姥姥进了大观园。

舒雨淇付了三轮车费，然后直奔四楼的湖心屿。

包厢里只有伍仲秋一个人坐在大圆桌前打电话。他面向大门，专心致志，见舒雨淇推门而入，立即放下手中的手机，起身相迎，将舒雨淇带到阳台上观赏夜色美景。

这湖心屿在顶层最靠东的一侧，两墙的落地窗面向人工湖。打开窗帘，湖光山色扑面而来；拉开玻璃门，习习晚风迎面吹拂。舒雨淇在窗台上伫立了片刻。太阳早已沉落西山，月亮正在缓缓上升。波光粼粼的湖面上顿时拉出了一条白色的光带，像是月宫上抛撒下的一大片碎银子，闪闪烁烁。站在这阳台上，仿若置身于江中，在广袤的苍穹下沐浴月光，其情其景，对“湖心屿”这个名字也就自然而然地有了一种强烈的共鸣。

正当舒雨淇沉迷在湖光夜色的美景之中时，突然听到背后传来“嘭”的一声关门响，回头一瞅，只见一位漂亮的年轻女子从卫生间里走出来。女子头上绾着造型别致的发髻，上身穿一件超短的牛仔服，下身是超短的牛仔裙、棕色的丝袜和黑色的高跟鞋。外衣没有扣上，露出一件白底紫色碎花的保暖内衣。那内衣极具弹性，紧裹着她的丰胸，像有两只小熊在里面蠢蠢欲动。

女子朝阳台这边走过来，走到伍仲秋的身边，右手抓着他的手，左手勾着他的臂，头贴在他的肩膀上，小鸟依人般一副温情脉脉的样子，眼珠子却滴溜溜地直盯着舒雨淇打转：“这位肯定就是舒队长了，伍总你请来的客人?”

舒雨淇看了她一眼。女子额头很高，单眼皮，大眼睛，长长的睫毛倔强地往上翘，极可勾人眼球的直鼻梁，不薄不厚的红唇，所有的零部件在那椭圆形的脸庞上“安装”得恰到好处。五官明显是“原装”的——父母的杰作，而那白里透红的粉脸、黑黑的眼影、夸张的红唇则具有包装的痕迹。

“怎么称呼?”舒雨淇伸出一只手。

女子得宠似的赶紧握住舒雨淇的手：“我叫黎云，黎明的黎，云彩的云，以后就叫我小黎好了，叫我阿云也行。”

舒雨淇像是发现了什么，将她的纤纤细手拉高到自己的眼前，仔细端详了片刻，正想说句什么，包厢的门突然被打开，一男一女在服务生的引领下走了进来。

进来的男人叫傅钦，他身后的女子一头飘逸的长发，姣好的容貌与匀称的身材绝对要比黎云略胜一筹，也有一双顶大的眼睛，不过这双眼睛与黎云比较起来显得空了些、虚了点儿，有如政治家讲的大话，大而无当。

五个人寒暄过了之后，一起围到大圆桌前落座。

2

世界上有人的地方就有饭局。

人的一生总会有许许多多的无奈，盛情难却去参加饭局就是其中的一种。

舒雨淇向来不喜欢饭局。自己做东请别人吃饭，请不起，就那么一点儿工资，一桌菜动辄上千，实在付不起，也没那个必要；赴别人的饭局，吃了嘴软，以后办事很难挺起腰杆，“革命不是请客吃饭”，他一生中最揪心的事就是摇摆在人情与原则之间。更何况，他一向讨厌饭局上的那些繁文缛节，简简单单做人，简简单单做事，那多好啊！再说这饭局上常常会暗藏着阴谋，玩弄玄虚。天下熙熙皆为利来，天下攘攘皆为利往，天底下没有免费的午餐，饭局更多的是吃小亏占大便宜者的鱼饵。

然而，今天他不能不来，是因为两位老同学的鼎力相邀。吃饭是办事的工具，他实在是无法推辞。

原因是伍仲秋与傅钦因一桩经济案子闹得不可开交，叫他这个懂法律的老同学居间调停，现在总算有了个圆满的结局，因此他俩一致提议要到这里喝酒庆贺，舒雨淇也只好“盛情难却”了。

“上菜，开酒。”伍仲秋打了个响指，对服务生说。

“慢点儿，先把协议签了。”傅钦制止了他，“要不等下喝醉了，怕办不了正事。”

“也好，免得你把事搁在心里，连喝酒也不痛快。”伍仲秋同意先签协议，他从提包里拿出三份协议书给傅钦。那上面早有了他自己的签名，傅钦详细看了两遍，没说什么，掏出笔来就在协议书上面签下了自己的名字，又将协议书递给舒雨淇，舒雨淇作为调解见证人，也签下了自己的名字。

三份协议书一人一份，这下才开始上菜。

每人先是吃了一碗龙虾肉粥，然后就开始喝酒。喝的是五粮液。伍仲秋一定要大家先干三杯，然后再各自为战。傅钦说：“谁怕谁啊。”便自己率先连干了三杯。其他人都陪他干了，只有与傅钦一同来的那个长发小妹，她只是双唇象征性地沾了点儿酒，便将酒杯放下了。

伍仲秋站起身，走到长发小妹身边，将她的酒杯重新举起说：“不行，不行，既然你陪傅老板来了，我们喝多少，你就得喝多少。”

黎云也起身走过来，却一把夺过伍仲秋手上的酒杯，“咕噜”一声就将那杯酒喝了，再将杯子举到伍仲秋面前说：“斟酒啊，还有两杯，我替她喝。”

伍仲秋手中握着酒瓶，并没往杯子里倒酒，有点儿不高兴地说：“你怎么胳膊肘往外拐？你要喝也该是替我喝才对，看我回去后怎么收拾你。”

黎云不理他，抓住他手上的酒瓶将瓶口往下压，自己斟满了一杯酒，然后一饮而尽，说：“我和小妹是老乡，同一个村的，一起出来混，当然要互相照顾了。”说完又喝了一杯，这才回到自己的座位上。

随后便开始吃菜、喝汤，其间也有所谓的“各自为战”，谁想喝就自己找对象干杯。

伍仲秋今晚像是有意要找舒雨淇“开战”，他与那个叫黎云的小姐频频举杯与舒雨淇对饮。舒雨淇的酒量其实不小，半瓶五粮液不是什么大问题，且现在是下班时间，就算是醉了也不违反纪律。可他发现黎云的酒量大得惊人，再加上伍仲秋，知道自己肯定不是他俩的对手，就说：“不行，你们俩对我一个，这样不公平。我不喝了。”

伍仲秋掏出手机说：“那我叫一个小姐来陪你，这样公平了吧？”

“那不行，你叫小姐过来，我马上就走。”舒雨淇断然制止了他。

傅钦掏出手机，边拨号边说：“我叫你的搭档李慧来，那个女警武功超人，我蛮欣赏的。”他想起了三个月前伍仲秋雇请黑道的人拦在路上殴打他的事。当时傅钦他们四个人也打不过伍仲秋雇请来的那两人，赶紧打电话给舒雨淇，舒雨淇叫李慧赶了过去，李慧三拳两腿便将那两人给吓跑了。现在因为有伍仲秋在场，这事也时过境迁早已和解，他不好意思再往下说，打完电话便埋头吃菜。

舒雨淇不再喝了，伍仲秋找不到对手，醉晕晕地对长发小妹说：“今晚你的表现最差，你至少也得喝三杯。我是主人，你敬我两杯应该吧？”说着他一只手抓住酒瓶，屁股像灌了铅似的沉落在椅子上，上半身却摇摇晃晃地压住身边黎云的整个身子，抓酒瓶的手伸得老长，要给长发小妹斟酒。

长发小妹手上的筷子上夹着一块沾过绿色辣酱的牡蛎肉，正要往嘴里送，见伍仲秋要给她斟酒，想要制止他，手一抖，那牡蛎肉掉在身边的傅钦身上，把傅钦的白衬衫和粉红的领带弄出了一大片的污渍。

长发小妹慌了，不知所措。黎云赶忙站起来说：“我来帮你洗，卫生间里有洗涤剂。等污渍干了，再洗就洗不掉了。”

傅钦说：“不用了，我自己来。”说完就起身走进卫生间。

傅钦从卫生间里出来时，衬衫和领带上的污渍果然不见了。他重新坐到自己的座位上，舀了点儿汤倒在碗里，端起来正要往嘴里送，突然身子晃了晃。坐在他身边的长发小妹伸手想要拉住他，但没有成功，“轰”的一声，他的身子连同屁股下面的那张靠背椅一起倒下，手中的碗也掉到地上，摔碎了。

举座哗然，舒雨淇一边打电话叫救护车，一边蹲下身将傅钦抱在怀里，用拇指压他的人中穴。

长发小妹帮着拉开傅钦坐的椅子，拿面巾纸擦拭他身上的汤水，然后去了卫生间。

黎云只是惊叫一声，也许是吓坏了，像个局外人似的呆若木鸡地站着，动也没动一下。

伍仲秋最先站了起来，然后又重新坐下，坐下后又站了起来，显得焦躁不安，不知所措。

3

有道是“不是冤家不聚头”，傅钦与伍仲秋原本就是一对老冤家。

傅钦幼时家境贫寒，父母都是搬运工人。大概是手中没几个钢镚儿做人的底气就不足，这养成了他沉默寡言不善交友的性格。

伍仲秋的父母也只是县直机关里的一般公务员，并非是什么富豪大款，但伍仲秋有一个在东南亚的爷爷，是荆城县首屈一指的大华侨。县里一些标志性的建筑，比如桥梁、公路、图书馆、运动场，还有学校的教学楼等，老华侨都有捐款，有的甚至还是用他的名字命名的。

这老华侨说来也怪，他对自己的子女吝啬得很，只给伍仲秋的父母建了一座别墅，其他的什么也不管，说是要让他们自己去打拼，给太多的钱无异于养成他们的坏习惯。但对孙子伍仲秋他却完全抛弃自己的教子理念，每隔一年半载总要给伍仲秋汇来几百上千的美金，从伍仲秋上初中开始就没有间断过。

伍仲秋花钱手阔，什么圣诞节、情人节、愚人节、感恩节、中秋节……他都会买些食品、礼物在同学中分发，以显示他的阔绰，博得不少同学的好感。他不止一次对傅钦说过，你要是需要用钱，尽管对我说，要多少我给多少。傅钦是个本分人，他才不会要别人的钱，只有一次例外，那是在上初三的时候，傅钦家里拿不出钱来交学费，学校不让毕业，他才不得不向伍仲秋借了五百元钱，直到后来上了高中才把这钱归还。这也算是无息贷款吧。

两人的纠葛从高中二年级开始。当时班里竞选班长，伍仲秋和傅钦两人都参加了竞选。在“施政演讲”会上，伍仲秋东拉西扯，没个主题，大家都听不懂他到底在讲些什么；而傅钦却讲得头头是道，条分缕析，一改平时给人“默默无闻不善言辞”的印象，博得了震耳欲聋的掌声。结果当然是傅钦高票当选。班主任老师已经走到傅钦的面前与他握手祝贺了，但不服气的伍仲秋在走出校门后立刻就给他东南亚的爷爷打了电话。随后他爷爷一个越洋电话打到县里的头头家里，县里的头头又找教育局局长，局长找校长，校长找班主任老师。事情绕了一圈又回到起点，竞选活动变成了一场游戏，谁当班长最后还得由班主任老师来任命。而这当然就是伍仲秋了。

同学们都为傅钦打抱不平，男同学纷纷跑来告诉他：“以后我们听你的。”女同学会用眼神对他说：你是好样的。而傅钦自己对此事则不以为然，他觉得当班长只是一个长本事的平台，缺少这个平台，照样还有很多的发展空间。

班上有位女生，叫潘蓉蓉，是班里的文体委员，歌唱得特好，舞跳得特棒，学习成绩常常与傅钦并驾齐驱，遥遥领先，又是个“校花级”的大美女。自从那次“施政演讲”会后，潘蓉蓉就暗恋上了傅钦，心中的那份恋情独自生长，从一颗幼苗长成一棵大树，直至枝繁叶茂，只是这一切一直隐藏在她的那一片自我封闭的土地上，没人知道。

也许命中注定伍仲秋就是傅钦的冤家对头，他爱上了潘蓉蓉，写情书、送玫瑰、寄贺卡、打电话、请吃饭……穷追不舍。直到高中毕业时，潘蓉蓉才明确地告诉他："我爱的是傅钦。"

这话让伍仲秋愣怔了好半天。他跑去找傅钦，威胁说："蓉蓉我追定了，她说她爱你，你可别跟我争。"

傅钦却被弄傻了："她爱我吗？我怎么不知道？她为什么不对我说？"

伍仲秋又跑去找潘蓉蓉，把傅钦的三个大问号转告于她，弄得潘蓉蓉又羞又恼，毕业后，没等高考成绩出来，就一气之下嫁到香港去了。

此后大家各奔东西，伍仲秋没考上大学，向他东南亚的爷爷要了十万美金，办了一家饼干厂。傅钦却考上一所重点大学，念的是财务管理。四年后，傅钦大学毕业，此时伍仲秋的工厂生意正火，缺少一个财务主管，于是他跑去找傅钦，要他到厂里来当财务总管。傅钦正在找工作，看到老同学蛮有诚意的，又想起他曾给过自己五百元的"无息贷款"，就同意了。

傅钦开始给伍仲秋打工，伍仲秋给了他不菲的薪酬，两人合作了三年多，新一轮的纠葛再次开始了。

对于一些中小客户的货款，伍仲秋屡屡不让进账。傅钦心知肚明：老板的目的在于偷税。傅钦心里害怕，几次跑去对伍仲秋说："这样做很危险的，时间久了，数额大了，是要坐牢的。"伍仲秋很不高兴："难道你要敲锣打鼓地到处宣传？就算是被人知道，我也有办法摆平的。你看现在哪个企业不偷漏点儿税？哪有谁像你这样四四方方的？都像你这样胆小怕事，那就什么事也别干了。"

但傅钦就是放不下心，他终于辞职了。

傅钦一辞职，伍仲秋偷税漏税的事便露了馅儿，税务局派人入厂查账。

这伍仲秋还真有本事，他四处活动，找关系、托人情，花了不少钱，税务局才草草收兵，他象征性地补了点儿税、罚了些款，此事便不了了之了。然而，他偷税漏税的消息却像长了翅膀似的，在同行之间四处传播。

4

120急救车赶来时，李慧也正好到达。她是接到傅钦的电话才来的，没想到会赶上这样的场面。

舒雨淇也弄不清这到底是怎么回事，急于想知道原因，决定随救护车一起去医院。伍仲秋和黎云也要去，说是发生这样的事，真的很不幸，一定要让医生救活傅钦。长发小妹却说救护车坐不了那么多人，她就不去了，随即悄然离开。

舒雨淇将李慧拉到车旁，咬着耳朵对她说："你给我盯紧那个长发小妹，一刻也不能让她从你的视野中消失，有情况随时向我报告。"

到县医院时，傅钦早已没了生命迹象，医生说："肯定是酒精中毒。"

这个结论无法叫舒雨淇信服。

傅钦的酒量舒雨淇很清楚，几次同学聚会，他亲眼目睹过他的海量，知道傅钦的酒量在他当了老板以后突飞猛进。他喝醉酒一般会有四个过程：三分醉时先是话多，信口开河；五分醉时喜欢分烟，不管是自己的烟还是别人的烟，抓过来就满桌分，自己不抽，却要别人抽，有时还会替人点火；七八分醉时，他就离席跑到旁边的沙发上睡觉，别人再怎么劝他，他也会挥摆着手说不喝就是不喝；只是没有见过他十分醉，他自己也说过，这一生还没真的醉过酒。今天晚上他喝的并不多，也就是那么三五两38度的五粮液，怎么会那么快就酒精中毒了？就算是酒精中毒，从他摔倒在地到送医院抢救，前后不到二十分钟，完全可以抢救过来，怎么会片刻之间就没了生命？

傅钦猝死在众目睽睽之下，而且是死在他舒雨淇这个重案中队中队长的眼皮底下，这实在是让人觉得不可思议。

凭借着一个刑事警察的直觉，舒雨淇不相信这是一起意外的事故，他觉得这更像是中毒死亡。他马上采取措施：先是打电话叫望江楼的老板封锁现场，湖心屿包厢里的东西一件也不能动；紧接着又打电话回局里，安排技术员进行现场勘察。

打完电话，舒雨淇的脑袋里有诸多的问号像萤火虫似的飞来飞去，忽明忽暗。回忆起那四十几分钟的饭局过程：五个人中除了那个长发女孩有贴近傅钦的机会，没有谁接近过他。

酒菜应该是不会有问题的，要是酒菜有问题，中毒的不会只有他傅钦一人。

傅钦自进入湖心屿包厢后，除了去卫生间洗掉衬衫和领带上的污渍那么一个短暂的片刻，始终没有离开他舒雨淇的视线，如果真的是中毒，他又是在什么时候中的毒？

一个可以坐十二人的大圆桌，只坐了五人。伍仲秋面门坐“席端”，而后顺时针依次是黎云、长发小妹、傅钦和他舒雨淇。其中伍仲秋与黎云身子紧贴着身子、傅钦与那个长发小妹相互依偎在一起，其他人之间都有较大的距离。也就是说，假如真的要在众目睽睽的饭局上下毒手，只有那个长发女子有机会，其他人都没有。那么那个长发小妹到底是何许人也？

舒雨淇将黎云叫到医院保卫科办公室，一脸严肃地问她：“请你告诉我，那个长发小妹是什么人？叫什么名字？她与傅钦是什么关系？”

黎云扭摆着妖冶的身子发嗲：“舒队长是不是看上她了？”

“我没时间与你开玩笑。”舒雨淇厉声喝道，“酒席上你曾说过她与你同村，我现在需要了解她的情况。”

黎云这才耷拉下眼睑，低下头，变得像一只乖巧的小绵羊：

“她是湘西人，我们只是同一个县，并不是真的同村，刚才是因为想要替她喝酒，所以我才故意说得亲近些。我并不知道她的名字。”

“既然你不认识她，为什么又要替她喝酒，护着她？”

“不是不认识，”黎云这下又抬起头，重现出她原有的那种辣妹性格，两眼直瞪着舒雨淇，“我们是老乡，一起出来混世界，当然要互相帮助喽。”她伸出手要将自己的椅子往前拉，想与舒雨淇坐得更近些。

“别动，你先回答我的问题。”舒雨淇厉声制止了她。

黎云这才把手缩了回去，又一次低下头：“舒队长，你也许不知道，干我们这一行的，只陪男人喝酒，挣点儿小费，别人的事不能问也不该问，这是我们的规矩。”

“你真的对那个长发小妹一点儿都不了解？”

“也不能这样说。”黎云拨了下额头上的头发，“我们是老乡，口音相同，有几次一起陪客人吃饭，交谈过。她来这里的时间不长，也就是半年多点儿。她的性格与我不大一样，她沉默寡言，不管是喝酒、唱歌还是跳舞，都很不主动，所以她的生意没有我好，赚的钱也没有我多。偏偏傅钦看上了她，邀过她好几次。我只知道这些。”

两人的谈话还在进行中，舒雨淇的手机响了，掏出来一看，是李慧打来的。因为有黎云在场，舒雨淇不便接电话，于是按了挂断键，随即回了条短信：不便接听，请发短信。

片刻间，李慧便将短信发了过来：目标搭一辆出租车，在新中山街与青年路的交叉路口停了几分钟，将一瓶白色的洗涤剂丢进了路边的垃圾筒里。

舒雨淇马上结束了与黎云的谈话，快步走出医院，拦了一部出租车来到新中山街与青年路的交叉路口，从垃圾筒里找到了那瓶洗涤剂，用一个透明的塑料袋装上，正准备拿回局里交给技术科做鉴定，裤袋里的手机又响了。

又是李慧发来的短信：目标在东大路建行的自动取款机上取钱后搭出租车离开了。

舒雨淇看了下手表：二十一点四十八分。他回了条“继续跟踪”，随后叫了一部人力三轮车返回警队。坐在车上，他抽着烟，皱着眉，思考着这一起叫人丈二和尚摸不着头脑的案件。

5

李慧原本是打算去赴饭局的，因此出门前特意打扮了一番。她脱掉长年不离身的警服，换上一件白色的绒毛衣，穿一条臀部裹得紧紧的白色西装短裙，搭配长筒袜、黑色高跟鞋，外披一件灰白的长衣，还在身上喷了点儿香水。

爱美之心人皆有之。她对自己今晚的打扮很是得意，似乎找到了久违多年的那种女孩子的感觉，却没料到一到酒楼门口就碰上傅钦被抬上救护车，继而又接受了舒队给她的任务。

她跟随那个长发小妹去了火车站，坐上了北上的列车。

火车是开往成都的，她不知道长发小妹要在哪里下车，只好买了一张到终点站的车票。上车后，她给舒队发了条短信：目标已上火车。发完短信，她看了下手机，是二十二点二十二分。因为是慢车，车厢里还有不少空位。她本想选择在长发小妹的身边坐下来，可是车厢里还有不少靠窗的好位置，没有谁会放弃好位置不坐而去与人挤在一起的。她害怕长发小妹对她产生怀疑，最后来到一个能够盯紧长发小妹的靠窗的位置坐了下来。

她很想与长发小妹好好地交谈，问问她要去哪里，可自己对长发小妹的情况一点儿都不了解，舒队到底为何要她盯紧长发小妹他也没交代，交谈就是交锋，她不想打无准备之战，所以干脆装着不认识她，也许能更多地了解到她的真实情况。

“哐当，哐当”，列车在这极有节奏的嘈杂声中走走停停，长发小妹睡得很沉，李慧却连打个盹儿也是提着心吊着胆，生怕长发小妹突然下车离去。

熬了三十几个小时，长发小妹终于下车了。这里是长沙站。

李慧也跟随着她下了车。

长发小妹在车站广场上了一辆开往芷江县城的公交车，李慧也赶紧跟着她上了同一辆车。这下她只能同长发小妹坐在一起，她已经从长发小妹的眼神里发现：她在怀疑自己了。

“回家?”李慧主动搭讪。

长发小妹“嗯”了一声，两眼死盯着她不说话。

“我刚才与你同坐一列火车。”李慧有意要与她拉近距离。

长发小妹依然是一声不吭，眼神中充满敌意。

“我是荆县的，开一间发廊，想来这里找几个小妹到店里打工。”李慧自己都不知道为什么能够编造出这样的谎言来，心里很有几分得意。

她的谎言立竿见影，长发小妹眼睛里的敌意与疑惑随之消散。随后，两人一直默默无言，直到公交车开到县城车站停了下来。

长发小妹下了车后马上跳上一部开往桉坪的中巴车。

桉坪是个啥地方，李慧不知道。看那中巴车要去的方向，无疑是要进山。李慧这下可犯难了。如果她再跟随着长发小妹上了那部中巴车，刚才的谎言肯定要被戳破，长发小妹一定会怀疑她；要是不跟随她上车，目标就会掉线，辛辛苦苦的跟踪就只能无功而返。正当她想不到一个比较可行的办法时，她的手机响了，掏出来一看，是舒队打来的。

李慧像是在黑夜中迷失了方向却突然抬头看到天上的北斗星一样，一阵欣喜，赶紧按下接听键。

舒雨淇告诉她：长发小妹的名字叫黎与湘，芷江县桉坪乡樟桼村人，昨天在建行 ATM 机上取走了两万元现金，已经查清了。舒队简单地介绍了情况，要李慧与当地派出所联系，先传唤黎与湘，叫她讲清楚两万元钱的来路，如果讲不清楚，就将她带回来。

6

李慧随后也上了另外一辆中巴。她放弃跟踪黎与湘，直接去了桉坪派出所。

所里的四五个警察看到这位自称同行的不速之客，饱含着猜疑和不信任的目光刷地一下全都聚拢过来，仿佛四五盏探照灯一起聚焦在李慧的身上。

此时的李慧一身素白却满身污垢；两唇鲜红却一脸疲惫；容貌姣好却毫无血色；后脑勺上扎一条鲜艳的丝绸巾，头发却蓬松散乱，沾满灰尘。她的高跟鞋在刚才急着跳上中巴车时掉了一只鞋跟，她只能将鞋提在手上，穿着丝袜走进派出所。她的长筒丝袜也不知在什么时候被划破了一个洞，露出小腿肚上一块白白的嫩肉。

看她的这一身装束，又有谁会相信她也是警察？倒更像是一个落难逃荒的阔小姐。

李慧这才意识到自己衣冠不整，狼狈不堪。想起那些豪华的大酒店门前立着的“衣冠不整者不准入内”的牌子，自己也觉得好笑。

她把舒队告诉她的有关傅钦在饭局上猝死，长发小妹黎与湘形迹可疑，自己从闽南一直跟踪到这里的所有情况一一说了出来。可是那四五个警察好像都是只长耳朵不长嘴巴，始终一言不发。

没有警官证，没有介绍信，又是单独行动，当然也没人会相信她。

她越说越急，越说语速越快，眼泪都快要掉下来了。

“如果你们不相信我，可以打电话到我们局里去问。”她一连报出了三个电话号码。

这时，一个所长模样的中年警察才对身边的女警指示说：

“打个电话证实一下。”随后将李慧带到隔壁的值班室里，要她先在那里坐坐。

女警察是所里的内勤。她并没有按照李慧提供的电话号码打电话，而是从自己抽屉里的电话号码本上找到了荆县公安局刑警大队的电话号码，与舒雨淇进行了电话联系，证实了李慧说的是实话。但女警察还是不大放心，又要舒雨淇将李慧穿警服的照片加盖公章传真过来。折腾了大半个时辰，桉坪派出所这才真的相信了李慧，在所长的带领下开始行动，很快就将黎与湘带到了派出所。

李慧也在那名内勤女警察的关照下洗了澡，吃了热饭，买了新鞋和袜子换上，疲惫逐渐消散，胸中萦蕴起“千里跋涉终于找到组织”的那种温暖感觉。

然而，审讯黎与湘并不顺利。她一口咬定并不认识傅钦，是第一次陪他喝酒，并说她的两万元是平时客人给她的小费积攒下来的。她显然是在说谎，舒雨淇早已从银行里查实，两万元是在她取款前的十二小时整笔汇进她的银行卡的。李慧只好叫舒队传一份拘传手续过来，将黎与湘带回荆县。

7

黎与湘被带回来，很快就交代了。

她说她与黎云是一个村子的，而且还有亲戚关系，具体点儿说，两人的爷爷有一个共同的爷爷。黎与湘南下闽南是黎云打电话叫她来的，认识傅钦也是黎云牵的线。黎与湘南下时间不长，总共才五个月零二十天。她能喝酒、会唱歌，舞跳得也不错，只是性格比较内向，据她自己说她的客人不多，倒是傅钦很欣赏她，每次接待客户总是会打电话叫她去作陪，一次付给她两百块钱，一共是十五次，平均半个月一次，她从傅钦那里就赚了三千多元。当然，也从别的客户身上赚了些，但不是很多。她平时挣了钱都汇回家，那两万元是黎云给的，一次性汇入她的银行卡。黎云要她在喝酒时做两件事，一件是要她佯装不小心弄脏傅钦的衣服和领带，另一件是要她在适当的时候将卫生间里的洗涤剂拿走，丢到没人能够发现的地方。黎云还特地交代，要她在做完这两件事后迅速离开，最好马上回到老家。黎与湘曾经问过黎云，为什么要她这样做。黎云不肯说，只说你不知道对你有好处。黎与湘抵挡不住那两万元的诱惑，就照着黎云说的办了。

“我只知道这些，其他的事我真的不知道。”黎与湘哭得凄凄惨惨。

黎与湘说的基本可信，至少到目前为止还找不到可以质疑的地方。由此可以推断：第一，黎云否认与黎与湘同村的话不可信，她之所以要说谎，也许她就是这起谋杀案的主谋，不是主谋也是帮凶；第二，案情的焦点在于那瓶洗涤剂，黎与湘故意弄脏傅钦的衣服和拿走洗涤剂丢进垃圾桶这两个动作显然是为了配合这次谋杀，所以才会有两万元的“报酬”。

舒雨淇随即去找技术科的庄科长，询问那瓶洗涤剂是不是有问题。

庄科长告诉他：“洗涤剂是不是有问题现在还不敢说，已经送市局做毒物化验了，有结果我会马上告诉你。”

“洗涤剂的瓶子上有指纹吗？”舒雨淇若有所思地问道。

“有，”庄科长口气坚定地说，“有好几枚指纹，但都是黎与湘的，没有其他人的指纹。”

“那就是说，”舒雨淇点了一支烟，“在黎与湘拿走这瓶洗涤剂前，没有人动过它。”

“没人动过当然是不可能的，公共场所嘛，哪有可能没人动过？”

“你的意思是说，在此之前动过洗涤剂的人有意不留指纹？”

“这我就不好说了，”庄科长笑了笑，“推理是你的本事，这方面我不行。噢，对了，”庄科长像是突然想起了什么，“听你这么一说，我倒是想起了一张白纸。”

“一张白纸?”

“对，就是这张白纸。”庄科长从玻璃橱里拿来一张白纸，“我们在包厢卫生间的废纸篓中发现的，上面有四枚指纹。你看，左边的一枚是右拇指，右边的三枚是食指、中指和无名指。白纸的中间有条不是很明显的折痕。”

“我明白你的意思。”舒雨淇赞赏地拍了下庄科长的肩膀，“你是说，曾经有人用这张白纸包裹洗涤剂，这四枚指纹极有可能是拿过洗涤剂的人留下来的。”

“我还是那句话，推理是你的本事。”庄科长笑了笑。

“我看看。”舒雨淇从庄科长的手上要来了放大镜，弯下腰仔细察看了好一阵子白纸上被撒上了粉末的指纹，突然像是发现了新大陆似的兴奋地说，“这四枚指纹是黎云的。”

庄科长愣住了，心里说：都说你舒雨淇是神探，真有那么神吗？没取黎云的指纹比对，就敢下这样的结论？满肚子疑云的庄科长瞪着大眼睛瞅着他，沉默不语。

“老庄你看，”舒雨淇兴致勃勃，“这枚指纹你说是右拇指的，上面是不是有条细小的疤痕?”

“确实是，没你提醒，我还真没注意到。这是旧伤，曾被利器划破的伤痕，有四到五毫米的长度。”庄科长仔细地看了一遍后说。

“这指纹就是黎云的，”舒雨淇的口气斩钉截铁，“我握过她的手，也曾仔细瞧过她的拇指，她的指头上就有这么一条疤痕，长短和方向就是这个样子。”

这下转为庄科长赞赏地拍了下舒雨淇的肩膀，调侃地说：“你对女孩子的手有兴趣，没想到还真派上了用场。”

“我可不想与你开玩笑。”舒雨淇掏出手机，给望江楼的贾老板打电话，“贾老板，有件事想问你一下，你们的包厢卫生间里用的是不是二百毫升的蓝月亮牌洗涤剂?”

“是蓝月亮牌的，”贾老板在电话里说，“但不是二百毫升的，我们用的都是六百五十一毫升的。小瓶装的我们向来不用。”

“这就够了。”舒雨淇挂掉电话，狠狠地说了一句，决定立即拘传黎云。

8

然而，黎云却像人间蒸发了似的不见了踪影。

她的手机一直关机。问了她经常去的几家酒店，老板们也都说不知道她的去向。在她居住的大同路278号出租房内，行李没有带走，房子也没退，据房东说，她的租金一年交一次，还有五个月的租期，并没说要退房。

舒雨淇和李慧只好去找伍仲秋，要他提供黎云的去向。伍仲秋却耸着肩摊开手说：“我请她陪酒，给她小费，事后不相往来，哪能管得着她要去哪儿。”

李慧打电话请她家乡的派出所协助，派出所很快就回了话：黎云并没回家。

就在舒雨淇和李慧到处找不到黎云时，有一个人也在为此事心急如焚。她就是潘蓉蓉。

当年傅钦从伍仲秋的公司里辞职后，县里的几家公司都知道他业务精、有能力，却都因为他是一个曾经给老板制造过麻烦的人，没人敢要他。

小县城办事不讲游戏规则，靠的是人脉关系，实在不是他傅钦这种人能够混得下去的地方。于是，他先后去了厦门、深圳、上海，可人家都只是留下了他的简历，叫他回家等候通知。傅钦回来等了两个多月，兜里的钱也花得差不多了，一日三餐都快成问题了，只得去踩三轮车载客。远在香港的潘蓉蓉也不知从什么渠道获知了他踩三轮车的事，给他汇来了一百万港币，还给他写了一封 E - mail，说：“汇去的钱是让你办厂的，要怎么办，办在哪里，由你全权处理，如果亏了，全部由我来承受；要是赚了，咱俩一人一半。”

这可是天上掉馅饼的好事。傅钦反复考虑，想来想去，觉得自己在伍仲秋那里干了几年，对饼业生产与销售有所了解，也只能干这一行了。于是他拿那一百万港币征地建厂，置办两条饼干生产线，开始了他的老板生涯。不到三年，他厂子的生产规模、销售量和纳税额都远远超过了伍仲秋。

伍仲秋因为公司的业绩不如傅钦，又有偷税漏税的坏名声缠身，他县政协常委的金交椅转移到了傅钦的屁股底下。他可是恨死了这个老同学。

他们就像两条蛟龙窝在同一个池塘里，总要缠在一起，谁也摆脱不了谁。而前年年底两人之间发生的一件事，却把舒雨淇也扯了进来。

县里有家可缎厂，原本是国营的，已经停产二三十年了。厂房破烂不堪，杂草丛生，玻璃窗在几次台风的袭击后没剩几块是完整的，连水泥立柱都倒了三四根。唯一让人垂涎的是这家工厂的地址，其坐落在城东路口，进城出城都得从此经过，实在是块风水宝地。伍仲秋使尽浑身解数，直至请来东南亚的爷爷出面，才用五百万元的价钱向政府有关部门买下了这座旧厂房。

伍仲秋随即将旧厂房夷为平地，准备建立自己的公司总部。谁知图纸设计好了，建筑工人也进场了，挖土机、搅拌机和砂石、水泥都基本到位了，却突然收到法院的传票，说是几家银行联手将他给告了，缘由是过去的可缎厂欠银行贷款八百多万，要他承担这笔债务。伍仲秋赶紧去找政府有关部门，官员们却说："可缎厂的主管单位换了好几次，我们现在只是代管而已，欠银行贷款的事我们也不清楚，既然法院受理了，我们和你一样都成了被告，就等法院的判决吧！”伍仲秋火冒三丈："那我们签的合同不就成了一纸空文？”他甩手离去，对法院的传唤也置之不理。后来，法院将旧厂房判给了几家银行，并委托拍卖公司进行拍卖。

傅钦也看上了这块风水宝地，并最后以八百八十八万元拍下了这座旧厂房。伍仲秋这下真的动怒了，将所有的怨恨全都转嫁到傅钦一人身上。他叫了几个黑道上的人将傅钦堵在半路上，准备好好地教训他一顿。第一次是因为李慧及时赶来救了他，后来傅钦雇请了两名退伍的特警当保镖，那几个黑道上的家伙才始终没能下手。

两人闹来闹去，也没闹出什么结果，只好请来舒雨淇做中间人，坐到谈判桌上进行谈判。舒雨淇听了两人各自的说辞后，觉得这其实并不是什么解决不了的大事，不就是钱吗？就对他俩说："你们都是有钱人，干吗不把钱看轻点儿？多想想同学之谊不就什么事也没了？"两人都问他是啥意思，怎么解决。舒雨淇算了下伍仲秋买下旧厂房后所花的费用后说："傅钦付给伍仲秋八十万，以弥补他的损失，旧厂房是傅钦拍下的，归他所有。这不就什么事都解决了？"傅钦当即答应按照舒雨淇的意见办，伍仲秋却说要回去考虑考虑。

这事过去了三个多月，伍仲秋才给舒雨淇打电话说："我想通了，不想再与傅钦斗下去了，斗了一辈子，也没啥意思，就按你的意思办，旧厂房我愿意让给傅钦。"

舒雨淇很兴奋："那太好了，你们俩能握手言和，我真高兴。"

伍仲秋接着说："晚上我们到望江酒楼的湖心屿包厢把协议签了，你做个见证人，咱们再一起喝点儿酒，庆贺庆贺，不醉不归。"

舒雨淇刚刚放下手机，正踌躇着是不是要去望江楼赴饭局，紧接着傅钦也打来电话，说的也是同一件事，一定要舒雨淇当面做个见证人。舒雨淇这才"盛情难却"，去了望江楼湖心屿包厢。

现在，傅钦死得不明不白，潘蓉蓉是他饼业公司的最大股东，当然揪心挂肚，寝食不安。

9

其实潘蓉蓉揪心挂肚的不仅仅是傅钦的饼业公司，更叫她心急的是另外一个男人也同时失踪了。

这人叫常焰。

潘蓉蓉不仅在傅钦的饼业公司里占有百分之五十一的股份，她自己还在万吉市郊办了家化工原料品厂，规模不大，但赚钱不少。常焰是她厂里的工程师。他的不辞而别，使潘蓉蓉的化工原料品厂无法正常运转，她不急也得急。所以，潘蓉蓉主动打电话给舒雨淇，约他一起喝咖啡，说是有事相告。

舒雨淇这一次不敢单刀赴会，他带了李慧一起去。

三个人在一张方形的小桌前坐下来后，潘蓉蓉也不寒暄，开门见山地说："雨淇，噢，不，我应该叫你舒队长。"她那双好看的丹凤眼含着歉意地睃了一眼李慧，"很抱歉，我们是老同学，叫惯了。"

"没事，有什么话你说吧。"李慧甩了下头发，"我看你挺急的。"

"是有点儿急，"潘蓉蓉在咖啡杯里加了点儿糖，用一种十分苦涩的口气说，"我们厂里的常工程师失踪了，想请你们二位帮着找找。"

"那不行，"舒雨淇口气坚定地说，"你的厂在万吉市区，不在我的管辖之内。再说，我与李慧正被傅钦的案子弄得焦头烂额，哪还有时间和精力去帮你找人。"

"不，你会管的。"潘蓉蓉却显得十分自信，"因为我的工程师常焰是黎云的恋人。"

"什么？"舒雨淇与李慧两人都觉得有些突然，相互对视了一眼，不约而同齐声问道，"真的？"

"当然是真的。"潘蓉蓉喝了口咖啡后继续说，"常工程师三十七八岁了，还从没有谈过女朋友，是个书呆子，也是个情痴。他认识了黎云后，就一直深爱着她。常工的爱情哲学是'娶婊子做老婆也不娶老婆做婊子'，这句话自从他认识了黎云以后就一直挂在嘴上。他说黎云很得他的意，长得也漂亮，是他心目中的白雪公主。他说女人的思想是可以改造的，过去的事情可以一笔勾销，改邪归正了就好，只有容貌无法改造，整容术再怎么高明，也会让人心里不舒服。他还经常义愤填膺地大骂那个李甲。"

"李甲是谁?"李慧饶有兴趣地问了一句。

"就是《杜十娘怒沉百宝箱》里的那个公子啊。"潘蓉蓉又喝了口咖啡，"他痛骂李甲辜负杜十娘的一片苦心，骂他是碌碌蠢材，无足道者，说他自己这辈子非黎云不娶，绝不会让黎云像杜十娘那样投江自杀。"

"我明白了，"潘蓉蓉还想滔滔不绝地往下说，舒雨淇却打断了她的话，"你的意思是说，常焰与黎云在一起，他俩是一起失踪的?"

"也许是吧。"潘蓉蓉神色忧郁地说。

"那你能不能为我们提供常焰的落脚点？我们去找。"李慧急切地问。

"常焰的老家在我们荆县的砾岩村，那地方很偏僻。"潘蓉蓉若有所思，"他的父母早已不在了，也没有兄弟姐妹，只是老家还有房子，我也不敢说他会不会就躲到老家去了。"

潘蓉蓉又提供了几个常焰可能的去处。舒雨淇一一记下来后，结束了这次谈话。

10

舒雨淇与李慧随之赶到赤坑乡派出所，想请所里的民警带路，去砾岩村常焰的老家看看。警车刚刚驶进派出所的大院，所长小沈便迎了过来："舒队，李慧，你们来得正好。砾岩村有个叫常焰的人打电话来投案，说他杀人了，我们正要进村去看看，等情况明了后再向你们汇报……"

“那就不要汇报了。”舒雨淇向来不喜欢听到“汇报”这个字眼，搞刑事案件，以快取胜，按部就班地汇报来汇报去，经常要贻误战机，“你跟我们的车一起去，快点儿。”

沈所长跳上车，李慧迅速将车掉了头，直奔砾岩村驶去。

路上，沈所长打电话叫村治保主任在村口等候。

警车只能开到村口，再进去就是羊肠小道，三个人只好下车步行。

在治保主任的带领下，他们爬了两道坡，沿着小溪走了半个多小时，又爬了两道坡，这才来到常焰的老家。

这是依山而建的一座老宅，黑瓦土墙，下面五个房间一字排开，上面还有一层，也同样是五个房间。抹灰的墙体斑驳，有不少地方的灰层已脱落，露出夹杂着稻草的方形土块。房门全都没关，有几个房间甚至连门都没有了。楼前有条长长的走廊，是用红土夯实而形成的。长廊下是块空地，有半个篮球场一般大小，算是农家庭院。

一片衰败的景象，反倒是庭院的左边有一株三角梅，繁花似锦，生机盎然。

常焰就坐在走廊上，勾着头，抱着脸，身边搁着一部手机。

“怎么回事?”治保主任走过去问了他一句。

“我杀人了。”常焰抬起头来，“黎云是我杀的，她死了。”

“在哪里?”舒雨淇着急地问道。

“楼梯旁边的房间里。”常焰指着楼上说。

舒雨淇迅速从楼房旁边的木梯快步而上，李慧、沈所长和治保主任也一起跟着他上了楼，走进房间。

房内有张床，床上躺着一个人，盖着被子。李慧走上前去，掀开被子，果然是黎云。她衣着整齐，脸色苍白，看样子像是睡着了。

舒雨淇也站到床前，他用一根指头贴在黎云的鼻孔前，又按了下脉搏，摇了摇头。可他似乎还不放心，见墙上挂着一支很旧很脏而且毛早已掉得差不多了的鸡毛掸子，便从上面拔下一根鸡毛，贴在黎云的鼻孔前，鸡毛像是微微地动了动。

“谁有小绳子?”舒雨淇有些激动。

“我有。”治保主任不知道舒雨淇要小绳子干什么，从裤袋里掏出手机，就要解开手机上的小绳。

舒雨淇摇了摇头：“太粗了。”

李慧从她后脑勺的马尾辫上解下一条橡皮筋，递给舒雨淇说：“给你这个。”

“嗯，这个可以。”舒雨淇将橡皮筋紧紧地缠绕在黎云右手的中指上，两眼死盯着她的指头。

果然，黎云右手中指的指头慢慢地在变色，先是微红，继而是紫色，颜色越来越深。

“她还活着。”舒雨淇很兴奋，其他三人也都兴奋了起来。

舒雨淇握紧拳头，在黎云的胸口上猛击了三下。

“活了，她……”治保主任大声地嚷嚷，他因为看到了黎云的脚趾头轻轻地动了几下而激动万分，却被舒雨淇给制止了。

“李慧，人工呼吸。”舒雨淇朝李慧挥了下手。

李慧爬到床上，开始给黎云做人工呼吸，黎云被救活过来了。随后舒雨淇把李慧、沈所长和治保主任叫到隔壁房间，小声地对他们说：“黎云只是假死，医学上也叫微弱死亡，是因为脑缺氧导致的。现在活过来了，暂不要让楼下的常焰知道。不让他知道对我们审讯有好处。这样吧，我和小沈马上把常焰带回派出所审讯，李慧你与主任就待在这里，看着黎云，也不需要同她说什么，我们马上叫救护车过来，你俩将她送到县医院，等她的身体完全恢复了再说。”

11

舒雨淇和沈所长把常焰带上警车，舒雨淇问他：“说吧，你是怎样认识黎云的？认识多久了？为什么又想掐死她?”

“这事说来话长，”常焰沉默了很久后才说，“我认识黎云有三个多月了。伍仲秋想办一间化工原料厂，说是想了解一些化工品的知识，我们潘董事长就把我介绍给他。有一次伍仲秋请我喝酒，黎云也在场，坐在我的旁边。她性格开朗，人很开放，喝酒时老是夸我，说我长得帅、性情温和、有知识，反正好话都被她给说尽了，并且隔上三五分钟就会摸摸我的头发、拉拉我的手、搂搂我的腰，向我挤眉弄眼，搞得我心里痒痒的。当时我并不知道她是‘三陪女’，以为她是伍仲秋的女秘书，一直克制着自己，不敢对她有什么过分的动作，只是在宴席散了之后，我们互留了电话号码。隔了三天，她打我的手机，说是她心情很不好，在万吉大酒店308号房间，要我陪她说说话，我就去了。我一进门，她一把就抱住了我，以后的事就不用说了，反正就是做那种事。当时我没考虑太多，一切都是顺理成章。做完了之后，我要给她二百元小费，她很生气，说：‘我又不是要你的钱才叫你来的，是这几天太想你了。’我很得意，问她为什么喜欢我，她说我有内涵，不像伍仲秋，空有一副好皮囊，除了金钱和女人，没啥追求，还说与我做爱感觉就是不一样，特别痛快。临分手时，我们又做了一次。以后三个多月时间，我们俩大概见过七八次，可她没拿过我一分钱，也没有向我要过任何东西。我是想过打算送给她一条金项链，可一直还没买。”

“你以为天底下真会有免费的午餐？”沈所长手握方向盘，转过头来说了一句。

“职业病。”常焰也不甘示弱，一脸鄙夷的神色，给了沈所长一个响亮的回音。

“你说什么？”沈所长侧着头，甩过来一个硬邦邦的、火药味儿十足的大问号。

“你们当警察的，”常焰显然是意识到硬碰硬对自己没好处，口气顿生委婉，有如从冰箱里拿出来变得坚硬了的麦芽糖被火给烤热了，软绵绵地说，“你们当警察的接触阴暗面多了，看问题总是从坏处着想。其实黎云对我是真感情，她……”

“好了，”舒雨淇不想谈那些与案件无关的无聊话题，掐断了常焰的话茬，“你继续往下说，后来怎么样了？你又是为什么会把黎云带到砾岩村来？”

“是大前天上午，”常焰接着往下说，“她打电话给我，说是碰上麻烦了，要我救她。电话里也没能把事情说清楚，只是说她在县城的大同路口等我，见了面再说。我就叫了辆出租车赶了过去。见了面，她才告诉我，说她的两个嫖客被你们公安给抓了，她也很有可能会坐牢，要我找个地方让她躲躲。我二话没说，就带她来到我的老家。我的老家很久没住人了，前不着村后不着店，十分安全，只是脏了些，打扫打扫住上一阵子还是没问题的。到了之后，我们俩一起打扫房间，整理床铺，一起煮方便面吃，很开心的。直到天色黑了下来后，我点了几片松木照明，她说要洗身，我就烧了一大锅的热水让她洗。她当着我的面脱光衣服，当着我的面洗身子。我按捺不住心中的欲火，想摸摸她的肌肤，可她不让我摸，说我脏兮兮的。我觉得她说的也有道理，在她洗完了身子后，我也洗了。洗完了，我又想要与她亲昵，她还是不肯，说她很累，休息两天再说。我熬了两天两夜，直到今天早上醒来……”常焰深深地叹了口气，不再说话。

“黎云还是没有答应你，所以你就要掐死她，是不是？”

常焰点了点头：“我只是一时兴起，我很后悔。”

12

舒雨淇将常焰带到派出所做了笔录，然后带回县城办了监视居住手续。

技术科的庄科长这时急匆匆地跑来告诉舒雨淇：“舒队，那瓶洗涤剂的毒物化验结果出来了，里面有四氯化碳。”

“四氯化碳？”舒雨淇这下明白了，四氯化碳是典型的肝脏毒物，接触高浓度的四氯化碳时，首先是中枢神经系统受累，随后累及肝、肾。酒精可促进四氯化碳的吸收，加重中毒症状。四氯化碳还可能增加心肌对肾上腺素的敏感性，引起严重心律失常。因此物中毒身亡的症状与酒精中毒相仿。傅钦在饭局上喝了不少酒，领带和衬衫被黎与湘弄脏后跑到卫生间洗，用了洗涤剂，吸进了高含量的四氯化碳气体中毒身亡，怪不得县医院的急救医生会误认为是酒精中毒。

现在看来案情已基本清楚：饭局本来就是精心策划的骗局，故意弄脏傅钦的衬衫和领带，让他在用洗涤剂时吸入四氯化碳中毒，再迅速将含有四氯化碳的洗涤剂转移，不留下任何痕迹……这一切都在他重案中队中队长的眼皮底下发生。好在当时有李慧及时赶来，跟踪黎与湘找到了那瓶洗涤剂，要不然，这起案件恐怕要成为千古谜案了。

舒雨淇又去问常焰有关四氧化碳的问题。常焰说："黎云说她租的房子蚊子和苍蝇很多，想要点四氯化碳驱赶蛀虫。我就给了她一小瓶。"

显然，黎云勾引常焰，并不是像常焰所认为的那样是"真感情"，其目的就是那一小瓶四氯化碳。难道她会是整个阴谋的始作俑者？那动机呢？她的杀人动机在哪里？难道她是受伍仲秋的指使，两人合谋利用了黎与湘？伍仲秋想杀傅钦的动机是存在的，他利用美人计得到那一小瓶四氯化碳的可能性也很大。

舒雨淇与李慧到县医院找住院的黎云。

黎云却装聋作哑，一副死猪不怕开水烫的样子，要么是任你怎么问，她不说话就是不说话；要么就是用"不知道"、"没听说"几个字将你顶回去。她时而瞪着大眼睛看着舒雨淇；时而又侧过头看看李慧；时而装着好像啥事也没发生，目光四处游离；时而又低头沉思，像是心事重重。

"我们找到了那瓶洗涤剂，里面有四氯化碳。"李慧以为这一记重拳会击中她的要害。

黎云果真也愣了一下，瞪大眼睛，但很快又耷拉下眼皮，依然沉默，只是心里在说："你们警察解剖傅钦的尸体，肯定要知道是四氯化碳中毒。洗涤剂已经让黎与湘丢弃了，你们找不到的，别唬我。"

舒雨淇也一直在琢磨着她的心理，他决定把黎与湘带来与她见上一面，以此来突破她的心理防线。

片刻之后，黎与湘被带进病房。黎云还真的是大吃了一惊，愣怔了好长一段时间。

"云姐，你就说了吧，我们是姐妹，你可别害我。"黎与湘站在黎云的病床旁苦涩地说。

没想到黎云突然从床上爬了起来，"啪"的一声，使劲儿地掴了黎与湘一个耳光："你自己做的事你不敢承担。"她大声吼叫。

对黎云这种不见棺材不掉泪、不见真佛不烧香的对手，舒雨淇和李慧领教的多了。没有确切的直接证据，她是不会说实话的。但现在只有那张从湖心屿包厢的废纸篓里找到的留有她黎云指纹的白纸，再则就是黎与湘和常焰的证词，显然还不足以让黎云低头。

证据。证据。证据。

办案就得有证据。没有证据，明明白白的就是一块巨石，可人家硬要说成是土堆，你也没有办法。

舒雨淇拘留了黎云，他有七天的时间可以寻找证据。

13

光阴似箭，一晃四天就过去了。舒雨淇和李慧到黎云在大同路278号的租房里去搜查，但并没有找到任何对破案有帮助的线索。两人又去走访那些平时与黎云有过接触的"三陪女"，还与几个对黎云有些了解的酒家老板进行交谈，同样没能得到任何有价值的情况。

从表面上看“三陪女”的交际很广，其实很有限。“三陪女”的“朋友”大都是一次性的，就像一次性的筷子用过了就扔，事后绝不会有人再记起它。要想从旁人的口中了解黎云这个人，寻找对破案有用的蛛丝马迹并不是一件容易的事。

李慧颇为焦虑，舒雨淇也很苦恼。已经是第六天了，再没有新的突破，明天就得放人。这案子也许就这样从此石沉大海，永远不见天日。

太阳从无限大的天体上消失，隐没于辽远而模糊的地平线后面。高耸入云的大楼一面明亮一面暗淡。道路两旁的龙眼树原本浓荫匝地，这下却逐渐朦胧起来。

舒雨淇从警队出来，走路回家。

他低着头，手指上夹着烟，思考着明天该怎么办。

蓦然间，一个小男孩从他的身后奔跑过来，在他的身边停住了脚步，一只小手迅速地插进他的裤袋，又迅速地抽了回去。动作之快，就像是在滚烫的热水中抓东西。

舒雨淇以为是遇到了扒窃。明知自己的裤袋里从不装东西，但还是下意识地摸了下裤袋，却发现多了件硬硬的小器物。他将手伸进去掏出来一看，是只录音笔。他转过头四处张望，可那小男孩像只老鼠似的欻然遁去，早已不见踪影，只看到四五十米开外一辆黑色的宝马车绝尘而去。

舒雨淇很有几分纳闷，手上玩弄着那支录音笔，心里在想：该不会是谁要向我传递什么信息吧？如同久雨不晴的天空突然阳光普照，他一下子轻松起来，回过头快步返回警队，打开电脑，将那支录音笔插进去，点击几下鼠标，果然，他听到了一男一女两个人的对话：

“我拿到四氯化碳了，是他给的。”一个女人的声音。

“你真行，我就知道你能行。”一个男人的声音。

“我可是作出牺牲的。”舒雨淇听出来了，是黎云的声音。

“好了，别这样，我会给你补偿的。”男人的声音是伍仲秋的，“洗涤剂买了吗？”

“买了，是蓝月亮牌的。”黎云说，“你能确信是蓝月亮牌的？可别把事搞砸了。”

“我做事你放心，我都看过好几遍了。”伍仲秋说，“你自己可要小心，不要出师未捷身先死。”

“乌鸦嘴。嘻嘻。”

“你的那个老乡交代了？”

“交代了。她要三万元。”

“三万就三万。我不是给你一张卡吗？你转三万给她就是了。”

“事成了之后，你可一定要娶我。”

“当然了，我哪次说过的话没算数？”

……

接下来是一阵淫荡的嬉闹声。

14

有了这一段录音，就不怕撬不开黎云的嘴巴了。舒雨淇实在是太兴奋了。他正想给李慧打电话，要她马上一起去看守所再提审黎云。可刚把手机拿出来，手机却响了。

电话是看守所的一个值班的副所长打来的：“黎云要交代了。她说她熬不下去了。舒队，你赶紧过来，要不然出了事我们可负不起责任。”

“就去，就去，我们马上就去。”

舒雨淇将警车开到李慧的住处，正好赶上她从楼梯口出来。

“还没吃晚饭吧？”舒雨淇问。

“煮了一碗方便面，还没来得及吃，就被你叫下来了。”

“喏，我买了矿泉水和面包。”舒雨淇递给她两个面包和一瓶矿泉水，“你就将就一下吧。”

李慧接过面包和矿泉水，一股暖意油然而生。有这样的领导，自己再苦再累心也是甜的。她忍不住盯着他的脸看，她知道自己的眼神一定是含情脉脉的，可她实在无法抑制住内心情感的自然流露。

舒雨淇一边开车，一边将接到副所长的电话和小男孩给他录音笔的事说了，还简单地交代了提审策略。

整个提审过程进行得非常顺利。黎云竹筒倒豆子似的将自己与伍仲秋密谋和实施杀害傅钦的事说了个一清二楚。

“那你为什么早几天不说，现在才想到要主动交代?”李慧盯着黎云的眼睛问道。

“我被关进来后，一直以为伍仲秋会来关心我，”黎云眼里含着泪花，口气里夹杂着委屈、愤懑、鄙夷等多种情感，“男人都不是好东西。我等了好几天，他连个人影也看不见，也不给我送点儿钱、带几件衣服。他说得好听，要我先躲几天，说不会有事的，要是真的东窗事发他也会叫东南亚的爷爷来摆平。我孤身一人流落他乡……”说着说着，她开始泣不成声了。

“你说了这么多，你有证据吗?”舒雨淇目光直逼着她的双眼。

“我有录音。”黎云从审讯椅子上站了起来，异常激动，但马上又坐了下去。

“录音在哪里?”舒雨淇和李慧几乎是异口同声地问道。

黎云这下却沉默了，不发一语。

舒雨淇和李慧接连问了几次，但黎云就是不说，舒雨淇只好结束了这次审讯。

从看守所出来，舒雨淇和李慧马上去找伍仲秋。

伍仲秋先是矢口否认所有事，说他什么也不知道。舒雨淇告诉他：“黎云为了能同你结婚，害怕你事后反悔，在你们俩密谋用四氯化碳杀害傅钦时全程录了音，要不要我播放一下录音让你听听？”

伍仲秋一听说有录音，顿时目瞪口呆。他嘴巴大大地张着，平时滴溜溜转动得活像走盘珠似的眸子，变成了古庙里的佛顶珠，暗淡失色，牢牢地嵌在眼眶中，凸起的下巴也褪去了血色，还在不住地颤动。懊恼、后悔、绝望，还有对黎云出卖他的仇恨，一下子全都郁结在他的腹腔里，如同患上了精神便秘症，浑身难受。他挣扎了很久才说：“我交代，我全说。”

15

案件水落石出，可以结案了。但舒雨淇却丝毫也不轻松，几个大大的问号一直在他内心纠结：黎云的录音到底交给谁了？那个把录音笔放进他裤袋里的小男孩又是受谁的指使？以伍仲秋和黎云的知识结构，他俩又怎么能想到用四氯化碳杀人？

舒雨淇一夜无眠，诸多问号在他脑子里来回跳动，时而交叉时而分离，像一群散兵游勇在骚扰宁静的都市。

他仔细地回忆着小男孩把录音笔放进他裤袋时的情景，那辆在四五十米开外一闪而过的黑色宝马车跳进了他的脑海：潘蓉蓉，对，一定是潘蓉蓉。他记得潘蓉蓉坐的也是黑色宝马车，车号有四个“8”，那天隐约看到了两个“8”。

“小男孩一定是受潘蓉蓉的指使，潘蓉蓉是这起杀人案背后的弄影人。”他坚信自己的判断不会有错，这下才渐渐地进入了梦乡。

第二天一早，他起床后的第一件事就是给潘蓉蓉打电话：“蓉蓉，能找你聊聊吗？”

“现在不行，傅钦死了，我是他公司的控股股东，有些急事需要我处理。晚上怎么样？晚上八点我请你喝咖啡。”

“行，那就这样，晚上我再与你联系。”

潘蓉蓉说了声“OK”，挂掉了手机。

八点不到，潘蓉蓉就主动给舒雨淇来了电话，说已经在江滨茶室308号包厢里等他。舒雨淇叫李慧作陪，两人匆匆赶去，直奔308室，在潘蓉蓉的对面坐下来。一位穿旗袍的漂亮小姐立即将两杯香喷喷的咖啡端了上来。

“你不会真的是只想与我聊天吧？”潘蓉蓉一脸诡异的神色，又补充了一句，“你是这么敬业的一个人。”

“既然你想开门见山，那我就直说了。”舒雨淇还是先来了一番试探性的引导，“上中学的时候，你就是个学习尖子，化学课尤其突出，还参加过省里的化学奥赛。我想问你一下，人在接触到四氯化碳时，乙醇是不是可以促进人体对四氯化碳的吸收？”

“好了，我的舒大哥，我知道你想要说什么。我不喜欢你这样像审讯犯人似的向我发问，我全都告诉你吧。”潘蓉蓉呷了一口咖啡，“上中学时我们女同学都叫你‘机灵鬼’，三岁看大，七岁看老，你还真的是一点儿都没变，天底下没什么事能瞒得过你。”她端起杯子，这次是喝了一大口，才接着往下说，“高一时的那场班长竞选演讲会后，我就爱上了傅钦，暗恋了他三年。高考结束后，我终于忍不住了，就对使劲儿追我的伍仲秋说，我爱的是傅钦。我本想这话传到傅钦的耳朵里，他一定会狂奔到我的身边不顾一切地搂抱我、吻我，没想到他却傻乎乎地说他一点儿都没察觉，这可把我给气死了。一个情窦初开的少女，哪能容得下他如此的轻蔑，一气之下，我嫁到了香港。这些事你都知道。可我去了香港后并不幸福。我的丈夫大我将近二十岁，他搬家具、抬尸体、当油漆工，一个人干好几份工作。他给我不少钱，但除了钱，他什么都不懂。不懂感情，不懂爱，不懂得体贴妻子，也没啥追求。我是有钱，物质生活像茂密的森林，郁郁葱葱；感情生活却像是一片沙漠，寸草不生。我在跑马场中了一次头彩，正好当时得知傅钦落魄了，踩三轮车谋口饭吃，没怎么细想就给他汇了一百万港币。我知道他一直没结婚，本想这样一来就有机会接触他，要是他愿意我就与香港的丈夫离婚，同他一起生活，要是他不愿意我做他的情人也好，我的香港丈夫是不会干涉我的私生活的。他接受了我的钱，打电话告诉我说准备办一家饼业公司。我兴奋极了，与伍仲秋干同一个行业，说不准我还能挤垮他，我打心眼儿里就瞧不起伍仲秋这个人，他没才学无本事图享受爱虚荣，仗着他有一个在东南亚的爷爷才飞黄腾达。当年他把傅钦拒绝我的事在同学中四处宣扬，我对他一直耿耿于怀。我一心想要与傅钦延续初恋，没想到这个木头疙瘩，在我的频频示爱后仍无动于衷，像冬蛰里的冷血动物，我恨死他了。反倒是伍仲秋，他借口谈业务将我骗到他的办公室，我一进门，他便反锁了办公室的玻璃门，一把将我拉到套房内，还没等我反应过来，一只手闪电般地迅速从我的领口直插入我的胸前……那是第一次，我半推半就地让他占了便宜。以后，却是我自己像鸦片鬼上了瘾似的主动找他，而每次与他做完事，我都会增添一层对傅钦的怨恨，像冬天里北方的大雪，每下一场就积下厚厚的一层，越积越高。要是傅钦能抱我一次，吻我一下，或者拉拉我的手，我就会很满足了，就不会去找伍仲秋。后来，我得知伍仲秋买下了可缎厂旧厂房，却因为银行的干预拖着没能成交。后来法院已公告要拍卖，我便赶紧叫傅钦去把它拍下来，别管多少钱。那座厂房拍了八百八十八万其实很不值得，它顶多也就值五百万，但我很乐意地接受了，因为这样一来，我就有机会报复这两个男人，让他们去互相厮杀。以我对伍仲秋的了解，我相信他很难接受这个事实，他不会屈服于傅钦，一定会与傅钦斗下去。”

“这是你们的私生活，我没兴趣。我想知道的是常焰给黎云那一小瓶四氯化碳的事。”舒雨淇在她停下来喝咖啡时插了一句。

“有一次，”潘蓉蓉接着说，“我的万吉化工原料品厂出了一次意外，一个工人在上班前喝了酒，接触四氯化碳时中毒身亡。我无意间对伍仲秋说起了这件事。言者无心，听者有意，他突然对四氯化碳很感兴趣，当即就问了我许多关于四氯化碳的知识。我从他鬼鬼祟祟的神色中明白了他的意思，知道他另有图谋，当时就想：这样也好，让这两个男人在这个世界上一起消失吧！我对他说，要是你对四氯化碳有兴趣，我可以介绍我的工程师常焰与你认识。他很兴奋，说了声谢谢，还在我的额头上吻了一下。后来我就叫常焰去了，还带了几本四氯化碳的资料给他。”

“那支录音笔……”

“那支录音笔是我花五十元叫街上的一个小男孩放进你的裤袋里的。”潘蓉蓉说，“我想了很久，如果我再不将录音笔拿出来，我就是同案犯了。我与黎云关系很好。她知道我与伍仲秋的关系，原先一直把我当成她的情敌。有一次她与伍仲秋在我的小别墅里幽会，被我给撞上了。她以为我会吃醋、会发火、会撒泼、会扇她耳光，战战兢兢地等待我对她的惩罚。其实她错了，我与伍仲秋只是竿木随身逢场作戏，并没有真感情，当然不会与她计较。我不仅没扇她的耳光，还帮她穿衣服系鞋带。没想到歪打正着，她大受感动，从此我们就以姐妹相称，无话不说。她与伍仲秋密谋杀害了傅钦后，跑来找我，把事情的前因后果都对我说了。她说她怕伍仲秋事后反悔，不娶她为妻，谈话时录了音；还说她其实很害怕，想到偏僻的地方躲一躲，并将录音笔交给我保管。”

“那么说，让常焰带黎云去砾岩村也是你安排的？”

潘蓉蓉点了点头说：“没错，可后来我意识到这样做自己也会成为他们的共犯，所以就赶紧将他俩的去处向你们二位说了。不是我提供线索，你们也许直到现在还没能够找到黎云。”

舒雨淇无可奈何地摇着头，心里在说：天衣无缝的借刀杀人，精心设计的完美布局。他给李慧使了个眼色。

李慧心领神会，从手提包里拿出一本日记本说：“潘蓉蓉，其实是你错了，傅钦他很爱你，至今没有结婚，就是因为他心里只有你。”

“什么？你说什么？”潘蓉蓉接近于咆哮。

李慧却显得恬静而不动声色：“我们在整理傅钦的遗物时发

现了一本日记本，喏，就是这本，里面记载的全是他对你的爱与思念，还有他在要不要充当第三者的抉择中痛苦挣扎的心历路程。”

潘蓉蓉哑然失色，眼睛睁得大如铜铃，脑海里顿时变得如同一片废墟，像是刚刚被熊熊的大火燃烧过，只剩下一撮灰烬……

泣血的石头

上篇

舒雨淇早晨上班后的第一件事就是打开电脑上网“游览”一遭，扑面而来的都是那些领导视察的消息和照片。他一目十行，一扫而过，目光停留在一则简短的治安信息上：

> 昨天下午，圩埔县工艺品交易中心一块价值上千万元的鸡血石发现被人调包。市局领导十分重视，指示县公安局组织精干的侦破小组全力以赴开展侦破工作。县局洪局长亲自带领专案组迅速赶赴现场。此案目前正在紧锣密鼓地开展侦破工作。

“舒队，你看什么呢，看得这么津津有味？”

舒雨淇猛转过头：“是你啊李慧，怎么不吭一声就进来了。你快来看，鸡血石被调包，价值一千多万。这事要是发现在我们县里，可得叫咱俩忙乎上一阵子了。”

李慧站在舒雨淇的背后，目光从他的耳边刷过，在电脑屏幕上那个光标停留处扫了一遍，说：“这案子不难，很快就能破的。”

“是吗？说来听听。”舒雨淇转过头，用那种李慧已经十分熟悉了的语气问道。

“第一，”李慧说起了自己的看法，“这是监守自盗，梁上君子一般不采用调包手法；第二，调包就是以假换真，想做一个足可以假乱真的假鸡血石不容易，查查假货的来源就能找到突破口；第三，领导那么重视，局长都亲自带队出征了，哪有案子不破的道理？”

“有道理，看来，你可以单飞了。等年底来了新民警，我去和贺局长说说，叫局里给个徒弟让你带。”

“不，不，不，”李慧疾挥着双手，连珠炮似的接连说了三个“不”字，“我还是跟着你再学几年好。”

两人正谈得起劲儿，办公室里走进来一位大妈。

“大妈，您找谁？”李慧转身迎了上去。

“我找舒神探舒队长。”大妈五十来岁，红光满面，保养得很好，一眼就能看出来是个富贵人家的主妇，“这位是……”她指着舒雨淇问。

“我就是舒雨淇，大妈您坐。”舒雨淇把刚才进门时搁在沙发上的警服提了起来，腾出位子让大妈入座。

“请给我一杯水喝，”大妈在沙发上坐了下来，“我心一急，就口渴，本来出门时带了瓶矿泉水，可半路上掉了，也不知掉在什么地方。”

李慧拿了个一次性塑料杯，走到饮水机前，扭过头来问：“大妈，您要凉的还是要温的？”

“凉的，我不喝热的。”大妈回答说。

李慧端来一杯水，双手递给大妈。大妈一饮而尽，说：“再给我一杯，啊，渴死了。”

李慧又去端来一杯。大妈这下并没有一饮而尽，只喝了一半，把杯子搁在茶几上，说："急哪，真的是急死我了，不急我也不想来麻烦舒队长。"

"不要紧，有什么事大妈您说。"舒雨淇坐到茶几旁边的另一张沙发上，侧过身子在大妈的脸上凝视了好一阵子，说，"大妈，您是不是家里有什么人失踪了，或是找不到保姆了？看把您急得这个样子。"

大妈愣了一下，马上强迫自己缓过神来，说："是啊是啊，大前天晚上……舒队长还真被你给猜中了，我家保姆突然失踪，没留一句话，人就不见了，我都找了两天了，打了十几个电话……唉！"大妈深深地叹了一口气。

李慧迷惑不解地看了舒雨淇一眼，心里在说：他怎么会看得出来大妈是为保姆失踪的事而来的？难道他认识这位大妈，了解她家里的情况？

"您慢慢说，到底是怎么回事？"舒雨淇点了支烟，没理会李慧那满是狐疑的目光，对大妈说道。

"昨天晚上，哦不，是大前天晚上，大约八点半吧，我家保姆洗了碗后，提着垃圾下了楼。"大妈说，"她睡在楼下。我们家的楼下是店面，还没出租，我不差那几个钱。我在店面里搭了个小房间，让她自己住。每天都是这样，事干完了，她就提着垃圾下楼，将垃圾丢到街上的垃圾桶里，然后就回自己的房间洗澡，洗完澡就躺在床上看电视，直到睡着，第二天早晨再上楼来做事。我们家的保姆很勤快，很讲卫生，也不多嘴多舌，我很喜欢她。我也是找了很多保姆，找来找去都没找到称心如意的，直到碰上了她。"大妈停顿了片刻才继续说，"十几年来，我请过十几个保姆，有的只做半年，有的最多也只用一年多。有几个我如意，可人家干了一年，家里有事不干了，我也留不住。就这个保姆，合我意，她也想干，已经在我们家干了四年多……"

"大妈，您是说保姆大前天晚上提着垃圾下楼后，您就再也没见到她？"大妈絮絮叨叨、啰里啰唆地讲不到点子上，李慧忍不住截断她的话茬，问了一句。

“对，对，对，就是这样。”大妈紧接着回答，“按道理她应该在前天早上五点半上楼，做早饭、买菜、洗衣服。我六点半起床，我儿子睡得晚一点，七点半起床。可前天早上，我起床后没见到保姆，洗漱完毕我就去市场买菜，回来还是没见到她。我以为她是身子不舒服或者因为什么事睡迟了点儿，也没放在心上。后来我怕儿子七点半上班来不及，赶紧煮了稀饭，把饭菜安排好，让儿子自己吃，我就下楼去看。可她的房间里空无一人，我喊她的名字，还跑到街上四处张望，可连个人影也没有。我又打她的手机，可手机关机了。她怎么能不说一声就跑了呢？跑哪儿去了我也不知道。昨天我又找了一整天，她不是本地人，在这里认识的人不多，有几个平时有来往的都是在菜市场买菜时认识的，还有理发店那个洗头的，街头那个修伞、修鞋的，我再怎么算也就是那么几个人，我全都打电话问过了，都说没见过她。我不敢想，想多了就害怕，害怕她是不是出事了，害怕她是不是跑到街上被车给撞了，或者是被人拐了。我们家的保姆长得很漂亮的，才三十三岁，我就是怕她有意外，昨晚一整夜都没睡好，所以今天一早就跑到你们这里来报案了。”

“那好，我问您几个问题。”舒雨淇沉吟了片刻后说，“您要如实回答我。”

“问吧，我当然会说实话，我没什么好隐瞒的。”大妈有点儿不悦。

“您家的保姆叫什么名字，哪里人，您是从哪里找到她来您家里当保姆的？”

“她姓闵，就是门字里面有个文化的文，叫闵如玉，四川人。我是四年前从家政公司雇她来的。”

“你们家住在……”

“杉行街E幢，是……”

“知道了，是一幢独门独院的楼房。”舒雨淇点了点头，“那闵如玉她平时手机什么时候开机，什么时候关机？”

“不，不，她从不关机。她以前的手机充一次电能用六七天，为了省电，一般晚上十点多关机，早上起床后才开机，有时忘了开机，也会在十点左右，一上午的事大体做完了之后，将手机开机。半个月前，她换了一部能上网的手机，那手机耗电大，她干脆就不关机了，每天晚上都充一次电，充电时手机也开着。”

“那好，我再问你，闵如玉的手机一般都与谁通电话？我是说除了您之外。”

“就同她家里的人，她家在四川，噢，我刚才说过的，还有她老公，听说她的老公在圩埔县做事，做什么我也不知道。其他的嘛，可能就是她的老乡、一起出来打工的姐妹，我也不大清楚。”

“她老公到你们家来找过她吗？”

“没有，从来没有，他俩就是经常通电话，有时一天通话两三次。”

“您打电话问过她老公了吗？”

“没有，我不知道她老公叫什么名字，也没有他的手机号码。”

“好了，”舒雨淇站了起来，“请您把闵如玉的手机号码给我，您可以先回去，我们会尽快找到她的。哦，对了，”舒雨淇突然想起了什么，“请您把闵如玉的相貌和穿戴描绘一下。”

“她长得很漂亮的，”大妈又重复了一句刚才说过的话，“她的眼睛很大很亮，身材苗条，脸形很像‘非诚勿扰’电视节目里的16号。有一次我看电视，以为那个女嘉宾就是她，惊奇地问：‘如玉，你什么时候上电视了？’她笑了笑对我说：‘那不是我，只是有些像。’”

“她平时穿什么样的衣服？”李慧追问道。

“她那天晚上下楼时穿的是橘黄色的T恤和牛仔短裤，平时她下楼后洗了澡就会换上白衬衫和花裙子，那天她下楼后我就再也没见到她了，也不知她换了没有。”

“她自己的东西全带走了吗？”李慧插了一句。

“没有，连换洗的衣服都没带，所以我才怕啊。”

“好了，您可以先回去，有消息我们再与您联系。”李慧想了想又问，“那您的名字叫……”

“我叫魏阿凹，我们家在……”

李慧点了点头：“知道了，杉行街E幢。”说着把大妈送到楼梯口。

大妈走后，李慧急不可耐地问：“舒队，刚才那个大妈进门还没说话，你就问她是不是保姆失踪了，你怎么知道她们家有保姆？又怎么断定她到这里来是为了保姆失踪的事？难道你认识她？”

“不不，我不认识她，对她们家一点儿都不了解。”

“那你……”

“我看她的神色、穿戴和打扮……”

“神了，”李慧颇有不解，“你是怎么看出来的？”

“她一进门就说有急事，很急，急得口渴，是吧？”

“嗯。”李慧点了点头，“她是这么说的。”

“可她的目光游离，对我们的这个房间四处张望，好奇心很强，一个人真有急事，神情是专一的。可她确实是有事，没事不会平白无故地跑到这里来，所以我就想，她到底是什么事呢？到我们这里无非就是来报案的，人命案肯定不是，失窃案有可能，可如果是失窃案，肯定也不是什么重大物品，因为她嘴上说急，其实她心里并不急。这就有点儿悖谬了，既然不是很急，为什么又要装急？我想，她应该是有些急，如果一点儿都不急，她不会是这个样子的。”舒雨淇掏了根烟点燃，继续说，“她是一大早就跑来，我看她的年龄也就五十出头，白白胖胖的，一定是养尊处优的家庭妇女。一个家庭妇女，一大早发现东西失窃，会是什么东西？首饰，还是钱包？既然不是贵重物品，她应该先自己找一找，真的找不到了才报案，所以，报案时间不应该是在八点半以前而应该是在九点半之后。而对一个家庭妇女来说，八点半之前是最紧张的时光，梳洗化妆、买菜做饭一大堆事。她能在这个时间段来报案，说明她不是很急，既然不是很急，她应该慢慢来，等到人家上班了，一切都就绪了她再来。银行也都是在九点半开门呢，现在都市里的人，谁不是在九点半以后才开始正经做事？因此，我怀疑她不是因为东西失窃。不是失窃，那又会是什么事呢？如果是家中夜里遭劫，一早发现，那她就不应该亲自跑来报案，而应该在第一时间打报警电话。所以我猜她可能是家中的什么人不见了。而这个人，肯定不是她自己的亲人，如果是亲人，她不会嘴上说急心里不急，不会目光游离心不在焉。有了这个判断之后，我仔细观察了她的穿戴。我看到她戴着一对大耳环。那么大的一个耳环是不能戴着睡觉的，夜里肯定要摘下来，也就是说，她是早晨起床后才戴上去的。我又仔细看她的脸，她化过妆的，虽然是淡妆，头发也是用心梳理过的，说明这个失踪的人对她来说虽然重要，重要到她有必要请求公安帮助寻找，但压根儿没能影响到她的心情。这个人找得到找不到对她来说无关紧要。所以，我就有了结论，失踪的人极有可能是她家的保姆。”

“那你说，这样的案子我们接吗？我们可是重案中队，这样鸡毛蒜皮的事也管，那我们岂不是成了救火队？”

“接，当然要接，我看也不是什么鸡毛蒜皮。”舒雨淇说，“保姆失踪，不，也许不是失踪，是不辞而别。李慧你说，如果你家的保姆不辞而别，你会怎么办？”

“找啊，赶紧找。”

“怎么找？”

“如果了解保姆家里人的情况，就得去问问她的家人，如果不知道，那就得去找介绍人，要是从家政公司找来的，当然要去问家政公司了，至少得让家政公司知道，保姆不辞而别了。”

“你觉得她自己找了吗?”

“她说她打了十几个电话。”

“你信?”

“我也不大相信。”

“根本就不可信。她说她两天两夜打十几个电话会是真的吗?既然保姆在这里没有多少认识的人，她都打给谁啊?菜市场认识的、洗头修鞋的，有谁会在意她家的保姆哪儿去了?她连保姆的老公叫什么名字，手机号码是多少都不知道，她还能找谁呢?明显是在说谎。”

“那你刚才为什么不揭穿她?”

“我本来是想揭穿她的，可我还不知道她为什么要撒谎，说谎肯定是有原因的，我还没掌握到她说谎的原因，倒不如留着让她去得意一下。”

“你是说，这不是一起普通的保姆失踪案?”

“不知道，只是感觉。”舒雨淇将烟蒂掐灭，丢进烟灰缸里说，“走吧，我们去家政公司，了解一下那个闵如玉的背景。”

两人来到家政公司，一查，那个闵如玉果真是四年前从这家家政公司被派出去的，可家政公司的人说，雇主魏阿凹根本就没来报告闵如玉失踪了，这足以证实舒雨淇刚才的推测：魏阿凹确实在说谎。更叫舒雨淇和李慧感到吃惊的是，闵如玉的老公叫吕梦冐，是圩埔县工艺品交易中心的一名保安。

闵如玉的失踪，与圩埔县工艺品交易中心鸡血石被调包案，是不是存在某种联系?

“我们必须立即赶往圩埔。”李慧一把抓住了舒雨淇的手臂，将他推进警车，自己迅速钻进驾驶室，发动了引擎。

“真的要去圩埔?”舒雨淇坐在副驾驶的位置上扭转过头凝视着李慧的眼睛，哂然一笑。

“怎么?你不觉得很有必要吗?兵贵神速，你不就是这样教导我的吗？干我们这一行的，机会稍纵即逝，必须快速反应，片刻的拖延就有可能贻误了战机。”李慧一本正经，那神色俨然就是一个老学究。

“你还真是长大了。”舒雨淇将手上的烟蒂从车窗丢了出去。

“什么话？难道我在你的眼中，一直就是一个邻家女孩？”李慧嘟着嘴，一脸不快。

“你看你现在的样子，可怜兮兮的，哪像个成熟的女警察？”

“我不成熟，我幼稚，我可怜，我没用，我……”李慧眼眶里的泪花滚了出来。

舒雨淇立马意识到自己的话说过头了，心有抱愧，窘窘地有些不知所措。她不是自己的妹妹，也不是自己的女朋友，更不是自己的女儿，如果是，他一定会将她搂进怀里，抚摸她的头，哄哄她，安慰她，向她赔不是。为了表示歉意，他从坐椅旁边抽出两张面巾纸，递到她的手上，说：“把眼泪擦了，回局里去。”

“为什么不去圩埔？”李慧把面巾纸紧扼在手心，并没准备擦掉脸上的泪痕，只是用眼睛紧盯着他。

“圩埔当然是要去的，但不是现在。”舒雨淇挥了下手说，“走吧，回局里。”

“干吗？”

“去指挥中心看监控录像，杉行街那个别墅群周边有不少摄像头，兴许能看到那个叫闵如玉的保姆是怎么离开的。”

果不其然，在指挥中心的监控录像里，他俩看到了一个穿白衬衫花裙子的女子站在杉行街 E 幢别墅门口，肩上挂着一个挎包。时间是六月十八日晚上零点四十三分。魏阿凹说的大前天晚上，也就是十八日晚上，准确地说，是十九日凌晨。

无可置疑，她就是闵如玉了。只见她一边打手机，一边东张西望，显然是在等什么人。十分钟后，来了一部尾号 333 的白色广州本田。轿车缓缓驶来，在距离闵如玉二十来米的地方开始减速，到她身边时稳稳当当地停了下来，几乎没踩刹车，即使有也只是轻轻一点。显然，轿车的停车目标很准确，早早的就有所准备。

轿车停下来后，驾驶室的门随即打开，一名男子蚯蚓似的从里面钻了出来。“蚯蚓”蠕到车后，打开后备厢，从里面提起一个密码箱，搁在地上，然后从衣袋里掏出一张卡片，搁在密码箱上，而后重新蠕到车前，钻进驾驶室，将轿车又开走了。夜幕下，看不清“蚯蚓”的容貌，更无法判断他的年龄。

闵如玉没有与“蚯蚓”说上一句话。她走到密码箱旁边，从箱子上面把那张卡片拿了起来，凑到眼前瞧了片刻，然后装进自己的手提包里。大约又过了五分钟，又有一辆小车驶来，这是一部蓝白相间的出租车，尾号811，闵如玉抬高一条手臂，低低地若有似无地轻挥了一下，那出租车便停了下来。闵如玉拉起搁在路边的那个密码箱钻了进去，出租车马上掉转车头，驶离了摄像头的监控范围。

花开两朵，各表一枝。

李慧去找那部尾号811的出租车，舒雨淇去找那辆尾号333的广州本田。

先说李慧。她从安达出租车公司里找到了那辆出租车的司机，是个女的，三十七八岁，姓阎，身材不错，前凸后翘，细腰肥臀，脸形也还算端正，就是脸上长了少许痦子，给人的感觉不那么舒服。女司机刚开始不大配合，李慧亮出警官证，告诉她说：“我不会无缘无故来找你的。”姓阎的女司机这才不得不承认十八日夜里确实在杉行街别墅群小区门口载了一个女乘客。问她把女乘客送到了哪里。司机说：“送到牛崎头。她在岔路口下了车，我就调头回来了。”

牛崎头是319国道与县道的交接处，那个地方车流量大，昼夜川流不息，长途大巴每隔两三分钟就会有一辆路过，只要有人招手，大巴都会停下来载客。如果姓阎的女司机说的是实话，那闵如玉极有可能是在那个地方转车。女司机说她没看到闵如玉下车后转乘了哪部车，也没问过她要去哪里。319 国道横跨闽、赣、湘、渝、川，如不能得知闵如玉乘的是哪一辆大巴，其行踪也就会变成一团迷雾。线索断了，李慧急了，千辛万苦找到姓阎的女司机，却是白费劲儿，找了等于没找。她打电话问舒队怎么办，舒雨淇要她去动车车站，调出车站的监控录像看看。

李慧不明白舒队为什么要自己去动车车站，问他“有用吗?”

“肯定有用。”舒雨淇在电话里说，“动车车站离牛崎头不远，也就五六百米的距离，我估计闵如玉是去了动车车站而不是在牛崎头转车。”

“凭什么?”李慧平时就很佩服他的“舒氏推理”，因为他的推理十有八九会被后来的事实所证实，可李慧不喜欢自己像木偶似的被牵着走，执拗地追问舒雨淇，“你真的那么有把握吗？闵如玉真会去动车车站?”

“你先去看看，找车站派出所配合，调出监控录像，看了再说。”

“那要是没有怎么办?”

“没有再说。我这里正忙着，你快去。”舒雨淇说完便挂断了电话，他不想与李慧啰唆，自言自语地说了一句：“年纪轻轻的，怎么就这样婆婆妈妈的?”说完就把手机插入了屁股后面的裤袋里。

李慧讨了个没趣，心里很不情愿，但还是去了动车车站。

在车站派出所的监控室里，李慧大吃一惊。

那部尾号 811 的出租车果然在十九日凌晨一点零三分到过动车车站。闵如玉就在车站门口的广场上下了车，然后拉着密码箱走进候车室。李慧这下恍然大悟，她想起了从监控录像里看到的那张“蚯蚓”搁在绿色密码箱上的卡片，她明白了，那张卡片就是动车车票，怪不得舒队一定要她来动车车站。她还从另外的监控录像里发现，闵如玉将那个绿色的密码箱寄存在车站旅客行李寄存处后，于三点四十五分乘坐开往云南的动车离开。李慧这下才得知自己被那个姓阎的女出租车司机给骗了，她心里异常愤怒，恨不得马上去把那个女司机抓来大卸八块。冷静下来后，她又给舒雨淇打手机，告诉他自己所发现的情况，问道："要不要把那个出租车女司机控制起来？"

舒雨淇反问她说："凭什么，凭一起保姆失踪案她作了假证，是吗？"

李慧期期艾艾地："可，可，可是……出租车司机肯定是同案人，否则她没必要说谎，无缘无故的，她干吗要掩盖闵如玉的行踪？要是闵如玉的失踪与鸡血石被调包真有关系，我们回过头来再要去找出租车司机恐怕就晚了。"

"就算是这样也不能打草惊蛇。"舒雨淇说，"你仔细看看，闵如玉坐动车离开时，是不是把那个绿色的密码箱也带走了？"

"没有。"李慧口气坚定地回答，"还真没有，闵如玉检票进站时，只背着一个挎包，并没有拉密码箱，监控录像里也没有她去取密码箱的影像。你不说我还真没注意到。"

"你快去行李寄存处看看密码箱是不是还在？如果还在，你交代寄存处的人，那个密码箱要控制起来，有人领取，马上报告。"

再说舒雨淇，他先到荆县车管所查阅资料，得知整个万吉市尾号333的轿车只有一辆，车主是圩埔县人，姓龚。他立即赶到圩埔县刑警大队，找到同是重案中队队长的童平。童平听他说明来意，随之带他去见了车主龚涛。此人五十来岁，是半年前来圩埔县做生意的东北人。舒雨淇瞄上一眼就感觉不对。眼前的这个东北汉子身材高大魁梧，举止从容潇洒，举手投足动作很大，甚至还有点儿夸张，而十八日晚上那个开白色本田给闵如玉送密码箱的男人瘦小猥琐，动作缓慢迟钝，行动像条蚯蚓，根本就对不上号。他有点儿灰心，没有说话，而童平不知底细，兴致勃勃地问:“龚老板，你是不是有辆尾号333的轿车?”

“有啊，三个月前才买的。”龚涛回答得极其干脆。

“什么车?”童平进一步追问。

“黑色的奥迪。”

“黑色奥迪?不是白色广本?”童平目光犀利地剜了他一眼。

“童队长你开玩笑吧?我的车就是黑色奥迪，哪有什么白色的广本?噢，对了，我这里有行驶证。”龚涛说着，从衣兜里掏出蓝色的小本本，递给童平，“瞧，黑色奥迪，写得清清楚楚，你要是不信，我这就带你去看车，我的车就停在后院的围墙内。”

童平看了看行驶证，便递给舒雨淇。舒雨淇接了过来，也瞄了一眼，便还给了龚涛。

童平与舒雨淇是只差歃血为盟的拜把兄弟，两人上警校时就同一寝室，毕业后被安排在相邻的两个县当刑警，相距不到四十里，后来又差不多同时被提拔为副队长、队长，一直来往密切，见面无话不说。有所不同的是舒雨淇性格内敛，不随便表露内心的所思所想，而童平正好相反，他风风火火，快言快语，不善掩饰。在童平看来，舒雨淇的事就是自己的事，既然来到家门口了，自己就有责任帮舒兄把事搞定。见舒雨淇一直噤口卷舌，童平这才意识到自己是不是冒失了，他不再追问，瞟了龚涛一眼，转过头来用一种征询的目光瞅着舒雨淇。

舒雨淇已经意识到从龚涛这里不会有什么收获，可既然来了，也不能不说一两句话就离开，这才开口问:“十八日晚上，你去过荆县县城吗?”

“没有，十八日上午九点我就出门了，去东山，回来的时候已经是夜里十点多了，我洗洗就睡了，这两天一直都在家里，什么地方也没去。”

“那你的车借过别人吗?”舒雨淇又问。

“没有，从来没有。”龚涛回答，“我是外地人，在这里没有亲戚朋友，一些生意上有来往的，也不是很熟，没人敢开口向我借车。我的车也才买三个多月，跑生意要用，图个方便。我不是那种玩儿车的人，没人借我的车，我也从不向别人借车。你们找我，到底我的车出什么事了？”

“也不是什么大事。”舒雨淇见龚涛颇有些紧张的样子，为打消他的顾虑，赶紧说，“有一起交通事故，我们看到了你的车牌号，也许是目击者看错了，你也不用放在心上。”

“噢，原来是这样，”龚涛绷紧的双肩这下才松弛了下来，“那你们二位去看车吗？”

舒雨淇说：“既然来了，就顺便去看看吧。”

从龚涛的住处回来，童平一头雾水：“这到底是怎么回事？难道龚涛骗了我们？”

“谎言可以编造，可轿车是不可能在一夜之间改变颜色和车型的。”舒雨淇说。

“牌照，对了，你是说有人套用了龚涛奥迪车的牌照？”童平在副驾驶的座位上蹦了起来。他是一个很容易激动的人。

“没错，我也这样认为。”舒雨淇慢条斯理地说，“造一个假的车牌不是件容易的事，需要有较长的时间来做准备。你们这里套牌车多吗？”

“不多，”童平很自信地回答，“五六年前出现过，集中打击了几次，目前已经基本绝迹。”

“那以前的假车牌是从哪儿来的？”

“都是从广东那边买来的，现在也买不到了。”

“那你说，如果临时把车牌的号码改一下……”

“我明白了，”没等舒雨淇说完，童平就急着回答，“在号码上贴上蓝色的小纸片，8 就可以变成 3 了。”

“对，就是这样，9 也可以。我们从监控录像上看到的白色广本轿车尾号是 333，夜里灯光昏暗，不是很清晰。我们马上去交警大队，查一查尾号是 999 或 888 的白色广州本田。要是车主与闵如玉有着某种联系，那我这趟也就没白跑了。”

两人立即去了交警大队车管所，用了两个多小时的时间，调出了所有尾号是888和999的轿车资料，一共是七部，但属于广州本田的只有一部，尾号是888，车主也姓龚，叫龚明龙，36岁，圩埔县县直机关某局的副局长。

舒雨淇和童平马不停蹄，随即去找了龚明龙。

龚明龙也算是体制里的人，当然不能与他打哑谜，可又不能直截了当地说警方怀疑他的私家车牌照有问题。在前往的路上，舒雨淇就反复考虑第一句话该怎么说，已经做好了交谈如何切入的准备。见到龚明龙时，他先作了自我介绍，再递给他一张名片，然后说：“十八号晚上荆县有一位四川籍的保姆失踪了，雇主报了案，我们感到这个保姆失踪得有些蹊跷，查了以后，发现这个保姆是坐一部白色的广本轿车离开的。听说你有一辆私家车也是白色的广州本田，慎重起见，我们想看看你的车，你不介意吧？”

“不介意，不介意，一点儿都不介意，协助警察破案是每个公民应尽的责任，何况我也是个领导干部。”龚明龙回答得很干脆，紧接着说，“这几天我与我们局里的刘科长一起出差，到杭州去了六七天，今天早上八点多才回来，也没回家，就上班了，中午陪省里来的领导吃饭，在招待所小睡片刻便又回到局里。我的车在家里，你们想看，我这就带你们二位去看。但我可以很明确地告诉你们，舒队长说的事，绝对与我毫不相干。”

“先不谈与谁有关，去看看你的车再说。”童平显得颇有些不大客气。

龚明龙白了他一眼，转身上了童平的警车。

三个人来到龚明龙家，却不见他的广州本田。龚明龙随之拿起手机，打他妻子的电话，可对方的手机却关机。龚明龙说：“是这样的，我的车有两套钥匙，我一套，妻子一套，我这几天不在家，可能是我妻子开出去了，可不知道为什么她的手机关机了，她很少关机的，有可能是手机没电了。要不，你们直接去单位找她吧？”

“那行，”童平想想也只能这样了，便说，“我送你回单位，然后我们自己去找你的妻子。你妻子叫什么名字，在哪个单位工作？”

“我妻子叫于媛茹，是工艺品交易中心的柜台经理。”

童平一听，吃惊不小，心里说：怎么会这么凑巧？难道……可他不便说出来，于媛茹失踪，已经被列入网上追逃，但这事还处在内部控制阶段，不宜公开。

“我暂时还不想回局里，这几天因为熬夜胡楂疯长，”龚明龙伸手摸了下自己的下巴，自我调侃地说，“你们看我的这个形象，是不是该在家里洗个热水澡，刮刮胡子，再睡个好觉？”

“行，那我们自己去你妻子的单位找她，你在家好好休息，我们走了。”舒雨淇与童平和他握手道别，然后直奔工艺品交易中心。

童平跳上警车，关上车门，等舒雨淇坐到副驾驶的位置上，他伸手猛击了舒雨淇的肩头一拳：“兄弟，这下你可是自投罗网了。”说完，插入车钥匙，发动了引擎。

舒雨淇一听就知道他要说什么，却故意装傻说：“你到底想说什么？我不明白你的意思。”

“你不用装糊涂，”童平很了解舒雨淇，他不相信此时舒雨淇会没有与他同样的联想。他一边挂挡，一边说，“价值一千多万的鸡血石被人调包，我就曾建议我们大队长把你请来协助破案。”

“干吗想到我？我又不是你们的人。你这个兄弟也真不够意思……”

“你是全省出了名的神探，这起案件太重大了，省厅厅长都给我们洪局长打了两次电话询问案件进展情况。如此重要的大案，不想到你还会想到谁?”童平截住了他的话茬，“可我们的大队长害怕被你抢了头功，就是不答应，现在好了，你自投罗网了，想跑都跑不掉。”

“你认为闵如玉的失踪与你们鸡血石被调包的案件有联系?”舒雨淇心里其实早已经想到了这一层，他这样问，只是想听听童平对这件事的看法。

“那还用说，”童平胸有成竹地说，“你不是说闵如玉坐出租车离开时还带了个密码箱吗?”

“对啊，是带了个密码箱。”

“密码箱是一辆广州本田的白色轿车送到魏阿凹的家门口给她的?”

“没错，是这样的。”

“现在看来，白色的广本十有八九是于媛茹的那辆，而于媛茹是鸡血石失窃单位的柜台经理，她具备监守自盗的条件。”

“这是你的‘童氏推理’，听起来倒是很顺理成章，不过……”舒雨淇拿出一包烟，抽出一支点燃，递给童平，自己也点了一支。

童平把烟夹在手指上，盯着舒雨淇问：“不过什么?”

“不过，我觉得你的推理基础不扎实。”

“怎么个不扎实?”

“推理需要前提，前提是真，结论才可能是真。送密码箱给闵如玉的那辆车是不是于媛茹的车，现在只能说是有这种可能，尚不能确认。就算是吧，也只是车是，但人肯定不是。送密码箱的人是个男的，具备作案条件与真正作案是有距离的。”

“于媛茹也许利用了哪个男人，知道吗?男人，我说的是男人。”童平依然不服气，“现在的女人，三十几岁的女人，谁的身边没有几个可以利用的男人。”

“不对，”舒雨淇不敢苟同，据理力争，“那个男人不是被利用的，我反复看过几遍影像资料，从那个男人的动作上看，他对密码箱的诡秘是知情的。他的车恰到好处地开到闵如玉的身边，停下来时稳稳当当，说明他在路上就与闵如玉有电话联系，两人是约好了的。他停车后，从车里钻出来，走到车后打开后备厢，提起密码箱搁在地上，没有同闵如玉说上一句话，配合十分默契，不像是被人利用的局外人。而且他四处张望，鬼鬼祟祟……”

舒雨淇和童平愉快地交谈着，警车已经来到了工艺品交易中心。

童平刚将车停稳，洪局长、黎英大队长等一班人便围了过来。他们都是专案组的成员，见到舒雨淇，除了知情的洪局长外，都是一脸错愕。大家面面相觑，心里都在暗暗自语：这个大神探，谁叫他来的？省厅，还是市局？

中篇

洪局长将专案组的所有人都召集到一起，开了个案情分析会，自己亲自主持。开场白他说的全是对舒雨淇的赞美之言，对舒雨淇过去破获的大案要案疑案谜案如数家珍，搞得舒雨淇觉得好像有毛毛虫爬到了身上，浑身哪个地方都不自在。他真想打断洪局长的话，叫他不要说这些，赶紧说案情，可他不能这样，这样会显得不懂礼貌，有失分寸。如今的会议就是官大的说，官小的听，说客与听众泾渭分明，越俎代庖便是不恭不敬。这是不成文的规矩，舒雨淇在体制里干了这么多年，不能不懂得这个规矩。他只好隐忍着。

洪局长说了大半个小时，终于转入实质性的问题，叫刑警大队黎英介绍案情。

黎英是个五十来岁的老民警，他清了清喉咙，翻开桌面上的本子，说：“六月十八号晚上十一点，交易中心打烊。关门时，按照他们原有的制度，柜台经理于媛茹和保安三组的小组长吕梦胃要一起将存放鸡血石的玻璃橱上锁。规定是一人一把锁，钥匙各自保管，开橱和锁橱都必须两人共同在场，上锁后还得贴封条。可第二天一早，于媛茹没来上班，派人去找也没找到，她就仿佛人间蒸发了。二十日下午，来了个内行的顾客，发现柜台里面的鸡血石不是真的。那东西乍一看还很像原来的那一块，可内行的人一眼就能看出已经被调了包。他们也没敢破坏现场，随即就报了案。接到报案后我们赶到，发现于媛茹失踪，自然而然就把目标锁定在她的身上，并已将她列入上网追逃名单，可直到现在也没有她的一丁点儿消息。我一直在想，如果真的是她，那她到底是如何调包的？据吕梦胃说，当时上锁的时候，除了他和于媛茹两人，还有一个售货员在场，那个售货员姓俞，我们叫她来问了，她说的与吕梦胃说的完全一致。她还说封条是于媛茹当场用毛笔写的，吕梦胃盖上保安队的印章，然后由吕梦胃贴上去的，她亲眼所见。”黎英说着说着，突然想起应该说几句舒队的好话，赶紧将话锋一转，说，“舒队是神探，闻名遐迩，前些日子本来就想请你来协助破获这起案子……”

“不谈这个。”舒雨淇摆手制止了他。刚才洪局长说了那么多的废话，他早就有点儿受不了了，现在黎英又来这一套，简直令他忍无可忍。黎英毕竟不是洪局长，舒雨淇与他因业务关系常有往来，熟得很，便也就不客气了，“你往下说，现在案情进展到什么程度了？”

“没找到于媛茹，可以说基本没什么进展。”黎英说完，斜睨了洪局长一眼，看到洪局长微微地点了下头，这才心安理得地合上桌面上的小本子，坐挺了身子。

舒雨淇虽然没有受命参与侦破这起调包案，可他听了黎英的案情介绍，已经对这起案子产生了浓厚的兴趣。他说：“如果吕梦胃在贴封条时，故意没贴牢，或者是他预先就在胶水里做了手脚，比如说掺水，或者掺入其他杂物什么的，胶水质量就会大打折扣，过后，他就可以轻而易举地把封条拆下来，然后调换鸡血石，再把原来的那张封条重新贴上去。有没有这种可能？”

“这种可能性是有的，我们也想到了。可我们调查后发现，胶水是由交易中心的副总经理单于立亲自保管的，每天晚上要用的时候由吕梦胃去向单于立领取，用完了马上送回，吕梦胃没有机会在胶水上面做手脚。再说，他即使能拆下封条，也还得有另一把钥匙啊，否则他就无法打开柜子。”黎英晒着自信侃侃而谈。

“如果他偷了于媛茹的钥匙，或者把于媛茹杀了……”舒雨淇若有所思地自言自语。

“舒队，你的想象力也太丰富了。”黎英哈哈大笑了起来，“真要有这种可能，那这起案子就非有你舒神探参与不可了。”

舒雨淇有点儿尴尬：“我也只是多设计一些可能性而已，希望不会干扰到你们的思路。”

正说着，舒雨淇裤袋里的手机响了，他拿起来接听，是李慧打来的。

李慧在电话里说：“动车车站派出所来电话了，说行李寄存处的那个绿色的密码箱一直没人去取，已经超过了他们规定的四十八小时，他们不敢打开，问我们怎么办。”她还说，那个密码箱发出一阵阵的恶臭，有可能里面装的是珍稀野生动物之类的东西，已经腐烂了，要舒雨淇赶紧去动车车站。

舒雨淇向洪局长转述了李慧电话里说的情况。在场的人听了全都是一脸错愕，黎英和童平最为惊讶，同时“啊”了一声，两张嘴巴一张开就合不起来了，四道目光直直的如同四道从探照灯里射出来的白光。他俩本来都一直坚信密码箱里装的就是被调包了的鸡血石，要真的是这样，这起案件就简单多了。多年来的破案经验给了黎英一个思维定式，他认为许多案子都是一开始复杂得很，查下去后，到头来都是“全不费功夫”。他希望这次也一样，能够“得来全不费功夫”。可现在突然说密码箱里装的不是鸡血石而是珍稀野生动物，黎英和童平都感到匪夷所思，难以接受，仿佛听到了八级地震的灾害预报。

舒雨淇睨了黎英一眼，面对着洪局长说：“我得马上回去，去动车车站处理那个密码箱。童平也跟我去，行吗？”

洪局长点了点头。虽说他自己的警衔比舒雨淇还多出两颗星，可人家是神探，是全省赫赫有名的大神探，要童平同他一起去肯定有他的道理，于是爽快地说：“去吧，童平，你与你的兄弟好好地配合，说不准那个密码箱能够敲开我们的这起鸡血石被调包案。”

离开会议室后，童平问舒雨淇：“你要我与你一起去处理密码箱，是不是还认为那个密码箱与我们的案子有关系？”

“我怀疑密码箱里装的就是于媛茹的尸体。”

“啊？”童平错愕，骤然停下脚步，刚才的惊诧尚未完全消散，这下他的脑袋倏忽间变成了一团糨糊。他怔怔地盯着舒雨淇，许久才问，“你是推理还是猜测？”老实说，他希望舒雨淇只是猜测，是一次好马也会失前蹄的猜测。一块价值千百万元的鸡血石被调包，已经是惊动省厅的大案了，如果再牵涉到人命，那还得了。

“当然还只是猜测。”舒雨淇闲闲地说，“反正见了就知道了。”

“那你凭什么会这样认为？”

“第一，刚才听你们黎大队长说，于媛茹失踪了，她失踪的时间与闵如玉收到密码箱的时间相吻合。第二，这起案件很复杂，不是于媛茹、吕梦胃和闵如玉几个人的能力能所为，其背后肯定有智商更高的人参与……反正我也说不清楚，只是一种直觉。”舒雨淇给了童平一支烟，自己也点了一支，“看了再说吧，我们赶快走。”

两人来到荆县动车车站，李慧已经先到一步，正与车站派出所的两位民警在办公室里喝茶。

舒雨淇一见面便问：“密码箱呢？”

“太臭了，臭气难闻，我们把它搁在树荫下不敢动，正在等你来。”李慧回答。

“嗯，去看看。”舒雨淇三步并作两步冲出办公室，直往大楼后面的庭院里奔。李慧、童平和派出所的两位警察也亦步亦趋，紧随其后。

“喏，就是那个。”那个年轻的派出所民警站得远远的，指着大榕树下围坛上搁着的一个绿色密码箱说，“臭气冲天，没人敢靠近。”

舒雨淇走了过去，一股如同烂死鱼的味道扑鼻而来，“去拿些白酒，找几个口罩，再叫个会开密码箱的人来。”

“要白酒干吗啊？”那年轻的民警大概是刚从学校毕业不久，还从没出过刑事现场，听到舒雨淇要白酒，露出一脸狐疑的神色问道。另外一名年纪较大的民警则已经明白了眼前的状况，赶紧说：“我去。”

片刻工夫，那名民警带来了一个身穿铁路员工制服的人。他打开白酒瓶，把酒倒在白色的口罩上，一人分了一个。等那穿制服的人打开密码箱后，除了舒雨淇，在场的所有人全都惊呆了。密码箱里装的并不是鸡血石，也不是什么珍稀的野生动物，而是人的尸体，一个长头发女人的尸块。

舒雨淇趋步向前仔细察看。尸体的切割与肢解并不是很专业，颈椎的骨头是用重力敲碎的……

大家还在惊讶与错愕之中，舒雨淇已经给局里的刑事技术科打了电话。

放下手机，他转身问童平：“认识于媛茹吗？”

童平摇了摇头，又猛然把头一扬，“对了，我手机里有她的照片，我们已经将她列入了网上追逃对象，这照片是用来碰上时比对的。”说着便掏出裤袋里的手机，调出于媛茹的照片，将手机递给舒雨淇。

舒雨淇拿过手机，凑到密码箱前，弓下身仔细辨识了一番，喃喃自语地说：“有点儿像，六七成像。”随手从榕树上摘下一根小木枝，去掉树叶，拨开死者的头发，然后转过身面朝童平，问：“于媛茹的右耳后面是不是有颗米粒大小的黑痣？”

“这我可不知道，我问问。”童平伸手想要回自己的手机。

舒雨淇说：“这照片我还得再看看，用我的手机吧。”一边说一边掏出自己口袋里的手机，递给童平。

童平拿过手机，边拨号边自言自语地说：“我问问她的丈夫龚明龙，他肯定知道。”

舒雨淇立刻制止了他：“先别惊动她丈夫，他会受不了的，找个合适的机会再与他说。问问于媛茹单位里的人吧。要不你打电话给洪局长或者黎大队长，把这里的情况简单地向他们汇报一下，叫他们找个比较合适的人问问。对了，于媛茹的身高和体重，知道吗？”

童平立即给洪局长打电话，很快就得到了回复，于媛茹右耳后确实有颗黑痣，身高和体重的数据也已查明。舒雨淇频频点着头，对车站派出所的民警说：“你们保护好现场，法医和技术员马上就到。”

市局局长给荆县公安局的贺局长打电话，要抽调舒雨淇和李慧参与圩埔县这起鸡血石被调包案的专案组，舒雨淇和李慧也很乐意。其实就是领导不说，他俩也已别无选择，因为不知不觉他们已经介入其中了。

舒雨淇安排李慧配合尸检，叫手下的老黄和小黄两个民警去追查闵如玉的下落，自己则赶到圩埔县向洪局长报到。

洪局长却向他介绍了一个他原本没有料到的情况：“工艺品交易中心的保安吕梦胃是闵如玉的丈夫。昨天晚上，吕梦胃到东南度假村嫖娼被当地派出所当场逮住。”洪局长还说，“吕梦胃平时生活拮据，省吃俭用，最近几天显得十分反常，竟然买了一件价值上千元的西装、一双五百多块钱的皮鞋和一条将近两百块钱的领带。他这人嗜酒，平时喜欢用花生米就着老白干自酬自饮，这次却去了东南度假村，一掷千金。你也知道，那地方不是一般人能消费得起的。更叫人不解的是，他竟然有钱嫖娼。舒队，你觉得他突然肥得流油，会不会与鸡血石被调包案有关？”

“你们审查了吗？”舒雨淇反问了一句。

“审查了。”洪局长回答，“可他死不承认。”

“对于反常的经济来源他是怎样解释的？”

“他说是买彩票中了十五万元大奖。”

“有证据否定他的说法吗？”

“现在还没有。”洪局长说，“县城最近确实有人买体育彩票中了十五万元，而且不止一人，可彩票公司说这关系到个人隐私，不便透露到底是谁。”

洪局长在向舒雨淇介绍这些情况时，刑警大队队长黎英和重案中队队长童平都在场。黎英不发一语，他心里在说：看你这神探到底有多神，这么复杂的案情，我干了三十几年的刑警都还没碰到过，就不信你能行。他本想说，到省厅请个专家来吧。可这话他没说出来，心想，反正自己再干几年就要退休了，也许后生可畏，不能小瞧了他。

童平却已经按捺不住了，说：“你不是说吕梦胃有可能在贴封条的胶水上做了手脚吗？我看这个思路就很正确。”

“可胶水是副总经理单于立当场给的，用后就马上收回了。”黎英不同意童平的说法，重复了昨天自己说过的话。

童平马上接着说：“这很简单，要是吕梦胃自己也备了一瓶，即便是在众目睽睽之下也能偷换胶水，这只是眨眼间的事。”

“对，这种可能是有的。”洪局长也附和着说，“魔术师不是会在众目睽睽之下把男人变成女人吗？偷换一瓶鸭蛋一般大小的胶水，不需要有魔术师的功力。”

“你们的意思我明白，”舒雨淇说，“你们的意思是说，吕梦胃杀了于媛茹，偷走了钥匙，然后将鸡血石调包，得到了一大笔钱……”

“对，对，我就是这个意思。”童平急着回答，紧接着反问道，“兄弟，你觉得没有这种可能吗?”

“任何可能性都是存在的，洪局长，您的意思……”舒雨淇面对洪局长问。

“我的意思是听听你的意思，你说呢?”洪局长“狡猾”地反问道。

“那好，我说说我的看法。”舒雨淇不再故作高深，他觉得面对前辈，应该坦诚相待，于是便说，“可能性是我们的侦查方向，有的需要否定，有的会通过我们的调查得到肯定，但这需要有个前提，那就是事实。如果警力充足，一一去查当然更好，但在力量捉襟见肘的情况下，我觉得我们必须抓住关键。”

“那现在什么是关键?”黎英显然有些不服气。自从他当上刑警大队大队长后，还从没有一个警衔比他低的人敢在他的面前指手画脚。可他不好意思说出来，只能憋着。

“现在我们要做的事是，”舒雨淇斜睨了他一眼，没理他，继续说，“第一，要尽快找到闵如玉，闵如玉找到了，密码箱是谁交给她的，于媛茹是谁杀的就清楚了，杀害于媛茹的人是不是偷走鸡血石的人也会水落石出。第二，我们有必要弄清楚那块假货的来龙去脉。一块足以以假乱真的假鸡血石，不是一般人可以得到的，谁有这个能力造假，搞清楚了，我们才能知道调包的会是什么人。吕梦胃，他一个保安，以他的文化、学识和人际关系，没有能力弄到这么一块假鸡血石。第三，吕梦胃当然不能放弃，他如果不是直接的偷盗者，也极有可能是个参与者，我们得对他下点儿功夫，叫他说实话。”

“好，就这样办。”洪局长颇有些兴奋，“按舒队长说的去做，寻找闵如玉的事，舒队就劳驾你了，希望你们能尽快找到这个人。那块假的鸡血石，童平你带舒队去找单于立，尽最大的可能把它的来龙去脉搞清楚。至于吕梦胃就由黎大队长你带人去审讯。就这样定了，分头行动吧。”

单于立得知童平和舒雨淇要向他请教有关鸡血石的知识，显得十分兴奋，颇有点儿俞伯牙碰上了钟子期那样的兴奋。他殷勤地拿出存藏多年一直舍不得喝的武夷山大红炮招待两位民警，一边泡茶一边介绍说："如今市面上仿真的鸡血石实在是太多太多，造假的功夫越来越高明。"

"我就是想知道，仿真的假鸡血石是如何造出来的？"舒雨淇凝视着他的眼睛问。

"一般有几种方法，"单于立回答说，"镶嵌、上色、嵌色、模压。在石头上镶嵌真鸡血石的薄片，是最难分辨出来的，但只能用在方形的石头上，比如印章之类的。模压的假鸡血石一般是用粉末状的原料加上胶水仿造出来的，但要做成不规则形状，会受到原有形状的制约，很难，几乎是不可能的，除非拿原物去制作模具。我们交易中心被用来调包的这块假鸡血石，是在一块普通的石头上嵌色而成的。如果草草地看上一眼，还真的很像，但只要拿到高倍放大镜下观察，猫腻就出来了。真鸡血石上面的血迹像浮沉游离在冻地之中，立体感极强；而仿造的鸡血石没有这种效果，除非是镶嵌真石的薄片。更重要的是，真的鸡血石拿到灯光下晃动，在红色血的位置上，会反映出一层银白色的水银反光。这是鉴定真假鸡血石最简单而有效的方法。这块假的鸡血石是一个内行的客人发现的。因为其造型、上色都模仿得很逼真，我们柜台的售货员又不是很在行，所以一直没注意到。"

"那么说，被调包的具体时间说不清楚了？"童平口气咄咄逼人，十分严厉，说着他用两根指头将桌面上早已喝光了的空茶杯往单于立面前轻轻一推。不知这是他不经意的举动还是他的习惯性动作，反正他这一推，多少缓和了因为他的咄咄逼人而产生的紧张气氛。

单于立赶紧在他的茶杯里加了茶水，然后又把茶壶移到舒雨淇根本还没来得及喝的茶杯上，象征性地点了一下。他的手微微颤抖，额头上渗着汗珠。

“不，不，不是的，很清楚。”他说，“我每天早上九点都会去柜台巡查一遍，就是六月十九号那天，我去市外贸局开会，上午七点去的，开了三天会，正在开会的时候，他们给我打电话，说鸡血石被调包了，我就请了假立马赶回来，又赶紧报了案。”

“单于老板对鸡血石这么有研究，这辈子一定是花了不少精力吧？”舒雨淇瞥了他一眼，从对方的眼神里发现了他心中的憷怯，不知他是害怕承担责任还是另有缘由，为缓解他的紧张情绪，赶紧换了个话题。

“是的，我这辈子是和鸡血石联系在一起的，割舍不断。”单于立恢复了平静，呷了口茶说，“我十几岁就到内蒙古的巴林右旗，那地方出产鸡血石，我从那时候起就开始玩儿这个东西，一直玩儿到现在，从未停止过。对鸡血石，我也可以算是半个专家了。”他说完哈哈地笑了起来。

“那么说，你是从巴林旗来的？”舒雨淇饶有兴趣地问。

“不，不是的，我只在那个地方待了几年，不是那里人，那以后我到处跑，靠做玉石生意生活。”

“都跑了些什么地方？”舒雨淇紧追不舍。

“跑的地方多着呢，全国各地，东南西北，长则四五年，短则两三个月，我自己都说不清楚。”

单于立以为舒雨淇是在与自己聊家常，侃侃而谈，没想到舒雨淇却突然问道：“去过香港吗？”

这问题问得太突兀，单于立本想撒谎，说他没去过，可他心里清楚，这个谎话是很容易被揭穿的，更何况他是警察，根本骗不了。他吞了口唾沫，才说：“去过，在香港待了几年，不长，也就是两三年吧。”

“什么时候？”

“十年前。”

童平有点儿懵，搞不懂舒雨淇为什么会对单于立的人生经历感兴趣。他知道舒雨淇喜欢穷追不舍，可追问他的人生经历有意义吗？他愣愣地凝视着舒雨淇的脸，不知说什么好，却看到舒雨淇端起桌面上的茶杯，一饮而尽，然后对单于立说："你能给我一些介绍鸡血石的资料吗？我也想对鸡血石研究研究。"

"行，没问题。"单于立说完站起来，上楼去了，大半个小时后，他搬来一大堆资料，有杂志、书籍、光碟、宣传册……舒雨淇一应全收了，站起来与他握了握手，说了声"谢谢"，便与他辞别。

下楼后，路过大门旁边的一座平房时，舒雨淇突然站住了问童平："这房子是干什么的？"

童平回答："是存放杂物的。"

舒雨淇在平房前走了一遭，立足于第二间的门口，对童平说："这四个房间好像很久没人来过，是吧？"

"嗯，应该是。"童平点了点头。

"你过来看，"舒雨淇招呼童平过来，"唯有这一间，前不久有人开门进去过，上面有掌纹。"

童平趋步向前，仔细注视："好像是，满是灰尘，是有个掌纹，不是很明显的，叫单于立过来问问，到底是怎么回事？"

"不用了，"舒雨淇说，"你叫技术员把掌纹取下来。"

那个绿色密码箱里的尸块检验的结果没有多少悬念，死者就是于嫒茹。身高一百六十公分，体重三十八点五公斤，被杀害的时间定在六月十八日夜里到十九日早晨。蹊跷的是，死因并非是机械伤，也没有掐脖子的勒痕，而是心肌梗死，肢解尸体的所有刀痕都是在人死以后发生的，没发现有活体外伤。无外伤可排除凶杀，但叫人费解的是，死者体内有男人的精液，更像是奸杀。这样的尸块，连从事尸检三十多年的卢法医都感到纳罕。

舒雨淇没有参加尸检，他在接到卢法医的电话汇报时只问了一句："死者生前有没有脑动脉硬化、先天性脑动脉瘤、血管畸形之类的疾病?”

卢法医是个做事谨慎的人，他回答说：“这要做病理检查，大后天给你结论。”

老黄和小黄去了闵如玉的老家，她家里的人说闵如玉没有回来过。老黄是个经验丰富的老侦查员，当然不肯轻易相信。

闵如玉的老家是山沟沟里的一个小山村，十分偏僻，交通也不方便。老黄和小黄和当地派出所的两个民警在村子里住了三个晚上，确实没发现闵如玉的踪影。

进村只有一条坑坑洼洼的土路，十几公里，没有通公交车。如果闵如玉回来，只能走这条路。而从这条路进村，只有四种选择：一是徒步，二是骑自行车，三是坐摩的，四是搭便车。老黄他们对镇上的摩的司机进行了走访，还让他们看了闵如玉的照片，他们都摇头说：“没见过。”如果是搭便车，村子里只有一台手扶拖拉机和一辆农用车，找到车主后，他们的回答是：“已经十来天没出村了，没见到她。”如果是徒步，那需要两个小时，骑自行车也得一个小时以上，是不会没人见到的，况且是刚从外地回来的村里人，见面搭讪或者寒暄几句也是必要的。可村民们都说没见到。而且，老黄他们要找闵如玉，并没说是出了什么事，村民是没必要撒谎的。在确信闵如玉没有回家以后，老黄打电话向舒雨淇作了汇报。舒雨淇说：“既然找不到，你们就回来吧。”

黎英大队长审查吕梦胃，也没有重大的突破。吕梦胃一口咬定他的钱是买彩票中了大奖得来的。而在调查中发现，他平时确实经常买彩票，每周都会买上一两注，虽然中大奖的说辞令人怀疑，但此事无从查起。

吕梦胃嫖娼是在谈价钱的时候被逮到的，算是“未遂”，只能行政拘留七天。若七天内没能审查出来，就得解除拘留。黎英很不甘心。他的直觉告诉他，吕梦胃肯定是这起案件的同案人，让他出去就等于是放虎归山。可那又能怎么着？法律就是法律，该放还得放，不放也得放。黎英毕竟是个老刑警，他突然灵机一动：对了，何不先把他放了，再暗地里跟踪他？如果他是条大鱼，肯定还要兴风作浪，让他表演表演，说不定会有更大的收获。于是，他便决定来个欲擒故纵。

吕梦胃因嫖娼问题已被单位解职，从拘留所出来，他去单位领了最后一个月的工资后，当天下午就去了长途汽车站。

黎英怕被他认出来，不敢自己跟踪，而是叫刚从警察学院毕业不久的女民警袁凯盯他的梢。

吕梦胃排队买车票，袁凯就站到他的身后，跟他一起排队。

吕梦胃买了一张傍晚五点半开往龙岩的长途汽车票，袁凯也跟着买了一张。然后把情况报告给黎大队长。

黎英兴奋不已。他要袁凯紧盯着吕梦胃，自己则开一部民用牌照的伊兰特直奔龙岩市。

晚上八点四十五分，吕梦胃和袁凯坐的中巴车来到龙岩长途汽车站。吕梦胃下了车，徒步往市招待所走去，袁凯紧随其后，并用手机向黎英报告了情况。

随后，吕梦胃从招待所停车场里开出一辆白色的丰田轿车。袁凯有点儿紧张，自己没有车，无法跟随，害怕将目标丢失，赶紧打电话向黎英报告。

黎英说："别紧张，你在招待所停车场门口等我。"

袁凯放下心来，装作若无其事的样子从招待所走出来，一眼便瞧见黎队开的伊兰特从不远处驶过来，"嘎"的一声停在她的身边。她迅速打开副驾驶室的车门，钻了进去。这时，吕梦胃开的车正在大街上穿梭。

黎英的车本来就没熄火，挂上挡，便咬着吕梦胃的那辆白色丰田追了上去。

"黎队，你说，他在龙岩怎么会有车呢？"袁凯狐疑不解地问，“我本来以为他是来龙岩转车的，真没料到他在这里还备了车。黎队，你说他这下会去哪里？”

“我也不知道，盯着就是了。”黎英是真的不知道，也想不明白。听到吕梦胃到车站买车票，他也以为他要溜了，没想到他竟然在龙岩备了车。其实，黎英的心里也有与袁凯同样的疑问：他会去哪里？

眨眼间，吕梦胃的白色丰田上了高速公路。黎英的车也紧跟着上了高速。

白色丰田以一百二十码的速度在柏油路上狂奔，黎英将车控制在离他一百五十米左右的后方紧咬着不放。过了半个小时，白色丰田追尾了，撞上一辆满载着花岗岩板材的大货车，打横、翻滚，翻了三百六十度，隔了几秒钟，又翻了半个身子，而后底朝天擦着路面往前滑了一二十米，撞在隔离带上，随即传来“轰”的一声巨响，白色丰田爆炸起火……

还好黎英的伊兰特与白色丰田不在同一条道上。白色丰田开的是快车道，黎英此时正在主车道上。他看到吕梦胃的车追尾，随即减速，踩了几下刹车，没能停下来，直越过出事地百来米，才在路边停了下来。

事后查明，这不是一起意外的交通事故，而是一次精心策划的谋杀。事故原因就是白色丰田的刹车系统事先被人做了手脚。

车主很快也被查明，就是吕梦胃本人，这是他七天前才买的新车。这就怪了，吕梦胃在龙岩市无亲无友，他在这里买车干什么？以他的经济能力，也买不起这种档次的车啊。且买车的时候他还在拘留所被关着，谁替他买的？大家都感到蹊跷，唯有舒雨淇老神在在，好像胸有成竹。

正当案情迷雾重重时，终于传来了柳暗花明的好消息，舒雨淇接到了云南某边陲小镇派出所打来的电话，他们根据网上追逃资料拘留了闵如玉，要舒雨淇尽快派人来把她带回去。

舒雨淇随即叫李慧和老黄、小黄三人连夜飞往云南。

第二天晚上，李慧打来了电话，将讯问闵如玉的情况向舒雨淇进行了汇报。她说："已经对闵如玉讯问了两次。那个密码箱是吕梦胃交给她的，动车车票也是吕梦胃替她购买的。吕梦胃要闵如玉把密码箱寄存在动车车站，并没告诉她密码箱里装的是什么东西，只要她寄存后将领取行李的单子藏在候车大厅里一个葡萄酒广告牌的后面，日后他自己处理。"李慧还说，"闵如玉来到云南投奔的是吕梦胃的一个远房姑妈，叫吕菜豆。这个吕菜豆已经在云南打工十几年了。"最后李慧问道："现在我们怎么办，是把人带回去还是……"

舒雨淇忖量了片刻后说："不用带回来了。你与当地派出所联系，办个监视居住手续，对闵如玉说清楚，就说她涉嫌一起杀人案，如果要离开住地必须向当地派出所报告。"

"这样不妥吧?"李慧期期艾艾地，"要是她溜了，我们怎么办?"

"不会的，放心好了。"舒雨淇口气坚定地说。

随后舒雨淇立即赶到圩埔县，找到黎英和童平。

黎英还在龙岩调查吕梦胃车祸的事。童平接待了舒雨淇。他异常兴奋，拍了下舒雨淇的肩膀说："老兄，都好些天没见面了，突然来圩埔，不会是来找我喝酒的吧？还是有好消息了？看你急得满头大汗的。"

舒雨淇心里着急，匀不出闲心来与他打诨，直截了当地问："那天我要你提取工艺品交易中心那间储物间门上的指纹，做了?"

"做了。"童平眨了眨眼，"是于媛茹的掌印，可惜她人已经死了。"

"那吕梦胃的 DNA 检验出来了吗?"

"检验出来了。"童平变得严肃与认真起来，"于媛茹体内的男人精液就是他的，吕梦胃，一个不会说话了的死人。"

“你去把法医和刑事技术员叫来，马上去勘察那个储物间。”

“这么急，你是不是又发现了什么？”童平一脸狐疑的神色。

“我怀疑那个储物室是第一现场。”

“第一现场？什么第一现场？”童平震惊地问道。

“是的，”舒雨淇十分自信地说，“是吕梦胃肢解于媛茹尸体的第一现场，也是吕梦胃奸淫于媛茹的第一现场。”

“不会吧，舒兄，你这是推理还是猜测？”

“不说这些，快去把人叫来，看看再说。”

童平很快就去把一班人马叫了过来，然后与交易中心保安部取得了联系。

盛夏的六月，中午的太阳煌煌地照着大地，天却是金属般冷冷的白色，像刀子一般割痛人的眼睛。

一辆黑色的公务车在交易中心门口停下，车门打开后，一班人马仿佛刚从蒸笼里倒出来的馒头，散发着腾腾的热气鱼贯而出。

舒雨淇的心比这天气还热，因为在打开房门的一瞬间，他就发现，这屋子确实就是第一现场。

房间不大，里面乱七八糟的，零乱、肮脏、逼仄。门旁是一堆废弃的纸质包装箱，紧挨着废纸箱堆放的是白色的塑料泡沫，一直延展到墙体的转角。旁边是一捆一捆码得还算整齐的宣传画册，当然都是过时不用了的。废弃的纸箱上面搁着一块浅蓝色的玻璃，宣传画册上搁着一捆没用过的扫帚和几个全新的废纸篓，唯独那塑料泡沫堆上表面平坦，上面很随意地搁着一套女人的衣服：白色的连衣裙、红色的三角裤和肉色的胸罩。看那型号，不用说也是身材骨感的于媛茹的。棕色的高跟皮凉鞋被丢弃在宣传画册旁边，一只脚底朝天，另一只躺卧在它的上面，很明显是主人心急时随意丢弃的。还有一双丝袜，一只在白色的塑料泡沫上面，另一只在塑料泡沫旁边的地上。

舒雨淇没有说话，一支紧接着一支地抽烟，弄得本来空气就很不流通的小屋子里乌烟瘴气，满是烟味。而那些法医和刑事技术员，因为与舒雨淇并不是同一个单位的，不很熟悉，虽然心生怨怼，却也敢怒而不敢言，只能用祈求的目光望着童平，希望童平能让舒雨淇停止抽烟。童平佯装没看见。他很了解他的这位老兄，是一杆老烟枪，烟瘾大到“海阔天空无边无际”，特别是在他思忖问题的时候，你要他不抽烟，还不如叫他去死。一个生得白白净净，刚从警察学院毕业不久，负责画现场图的小姑娘实在忍受不了了，怀着忐忑的心情，期期艾艾地嘟哝了一句：“能不能不抽烟啊，呛死人了。”

舒雨淇听了，抱愧地朝她哂然一笑，把童平叫了出去。

两人来到一棵龙眼树下，舒雨淇掏出一盒尚未拆封的烟。童平立即说：“抽我的吧，我的好点儿。”说着从裤袋里掏出一盒灰色的七匹狼，抽出一支，丢给舒雨淇，自己也点了一支。

舒雨淇也不客气，用两根指头捏着尚未熄火的烟蒂，点燃了童平丢过来的那支“七匹狼”，狠狠地猛吸了一口，问道：“你怎么看？”

“于媛茹的尸体确实是在这个房间里被肢解的，地上的血迹和人体碎屑我都看到了。”童平说。

“于媛茹体内的精液已经证明是吕梦胃的，”舒雨淇像是在自言自语，“那你说，他和她——”他伸出左右两根拇指，做了个亲密接触的手势，“是不是在这里……”

“我看是，”童平显得比以往任何时候都要自信，“那堆白色的塑料泡沫上面，人体滚压的痕迹十分明显，一眼就可以看得出来，曾经有人在上面交欢。但问题是……”童平也陷入了沉思。

“问题是什么？”

“问题是，怎么会选择这样的地方呢？不可思议，实在是不可思议。”

“何以见得？”

“如果是强奸，吕梦胃不可能在这个屋子里向于媛茹下手的，”童平说，“这个屋子是储物间，据我了解，钥匙由于媛茹一人保管，吕梦胃一般是不会到这里来的。除非，除非是于媛茹打开房门，准备存放什么东西，吕梦胃悄悄跟随在背后，偷袭了她。如果真是这样，于媛茹必定会大声呼叫。平房后面就是大楼，楼里一天二十四小时都有人，不管是什么时候，吕梦胃都是下不了手的，所以，这种可能基本可以排除。另一种可能是，你情我愿，两人相约而来，要是这样，那就更蹊跷了。走二十几步，爬十几个台阶，那里就有于媛茹用来午休的宿舍。宿舍里多安静、多舒服、多温馨啊，干吗选择这个满是尘埃脏乱不堪的地方呢？据我所知，于媛茹是一个非常喜欢干净的人，平时就有洁癖，她可能选择在这个地方与男人交欢吗？不可能，不可能，绝对不可能！”

“嗯，有道理。”舒雨淇点了点头，原本因注意力过分紧张而绷得紧紧的双肩松弛了下来，“马上去查查他俩平时的关系，了解一下两人最后一次见面时的详细过程。”

“这个可以问我。”背后突然传来一个男人的声音。

舒雨淇和童平因为过于凝神，没发现背后早已站着一个人——一个脸色黝黑满面胡楂的中年男子。他是交易中心的保卫部部长仲斯逊，刚才的那句话就是他说的。

舒雨淇和童平在龙眼树的围坛上坐了下来，中间留了个较大的空位。仲斯逊知趣地在他俩中间坐下，立马介绍说：“要说吕梦胃与于媛茹的关系，很普通，很一般，也很正常，没什么特殊的关系。于媛茹这个人，个子小小的，身材瘦瘦的，皮肤白白的，说话的声音轻轻的，与陌生人接触时有时还会害羞。表面上看她是个柔弱的少妇，其实是个内心刚强的知识女性。她是商学院毕业的高才生，业务很精，做事认真，又善于学习，在我们单位里口碑很不错。吕梦胃，那可是另一种人了。他没文化，书读得少，为人粗鄙，不过他有几招花拳绣腿，当保安还是挺合适的。他最大的弱点就是爱泡妞，领了工资后就去找卖淫女。当然也不能全怪他，他才三十五岁。听说他本来有个女朋友，是从老家一起出来打工的，谈了四五年，都到了谈婚论嫁的时候，突然发现那个女孩在卖淫，两人就掰了，直到去年夏天，才与一个在你们荆县县城当保姆的老乡结了婚。据说他的妻子长得很漂亮，却是个三碴儿，离过一次婚，死过一个丈夫。吕梦胃虽然结了婚，但以前落下的爱泡妞的恶习并没改变。如果于媛茹向他抛媚眼，吕梦胃当然是不会拒绝的，可那是不可能的事。于媛茹是个冷美人，有文化有知识，八竿子也不可能把两人打到一块儿。于媛茹不会看上吕梦胃，而吕梦胃就是有贼心也不会有那个贼胆。”

“他和她，会不会朝夕相处日久生情？”童平问。

“谈不上朝夕相处。吕梦胃的工作岗位是门岗，于媛茹的岗位在大楼内，怎么可能朝夕相处呢？至多也就是见面打个招呼。唯一有接触的机会就是轮到吕梦胃值夜班时，售货大厅打烊，需要他们一起贴封条，可这机会不多，吕梦胃一个月也就三四天的夜班，他们一起贴封条再加上贴了封条后一起吃夜宵，至多就是半个多小时的相处时间，两人在一起的机会一个月不会超过四个小时。”

“吃夜宵？”舒雨淇兴奋了起来，他转身问仲斯逊，“你是说他们贴了封条后一起吃夜宵？”

“是的，”仲斯逊回答，“交易大厅打烊后，大家一起到食堂吃夜宵，有时是牡蛎粥，有时是皮蛋粥，有时是鱼粥，再加三四盘菜，爱喝酒的夏天喝点儿啤酒，冬天喝点儿白酒，不喝酒的喝点儿饮料，吃完了，大家各走各的。这是公司的规定，已经执行十来年了。”

“那么说，六月十八日晚上，吕梦胃与于媛茹一起吃了夜宵？”舒雨淇尽可能表现得若无其事，其实他听到他俩一起吃夜宵时内心十分激动。他递给仲斯逊一支烟。

“应该是的，”仲斯逊摆了摆手，表示他不会抽烟，继续说，

“之前都是这样，我想那天应该也是，不过我那几天不在，具体情况不大清楚。”

储物间的现场勘察结果同舒雨淇和童平原先的估计基本相符。在现场找到了吕梦冑残存的精液，也找到了于媛茹的尸体碎屑。只可惜两个当事人都已经死了，要不然，这起案件也就水落石出大白于阳光之下了。童平有点儿沮丧，又着急又后悔地说：“我们这是马后炮，如果能在吕梦冑车祸之前发现这个现场……唉，现在一切都晚了。”

舒雨淇拍了拍童平的肩。“老弟，不要灰心丧气。噢，对了，”他突然想起了什么，“那个吕梦冑嫖宿的卖淫女，现在在哪儿?”

“治安拘留了十天，遣送回老家了。你怎么问起这个？不过，”童平想了想后补充道，“所有的笔录材料都在法制科，要是你有兴趣，马上可以去看。”

“那好，你去给我复印一份，我带回家看。家里还有些事，我得马上回去。”

下篇

舒雨淇回到荆县，一直躲在自己的房间里看材料，将门和窗户都关得死死的，没人知道他在干什么。大家都在猜测他该不会又是在看推理小说吧？局里的人全都知道他是个推理小说迷，最爱看国外的推理小说，柯南道尔、奎恩、克里斯蒂、邦德、江户川乱步……一上手就如痴如醉，像疯了似的。关门就等于谢客，没人敢打扰他，连他的搭档李慧有事找他也得小心翼翼，不到万不得已，不敢轻易去敲他的门。

而圩埔那边的洪局长却急得像丢了亲生儿子似的坐立不安。上头一天要打三四个电话询问案情进展情况，他总不能今天的回答与昨天一样，下午的回答与上午一样吧？他真想给舒雨淇打电话问一问情况，可又觉得舒雨淇不是自己手下的人不好意思追得太紧，如果是他自己的兵，洪局长恐怕早就要叫他来吼一顿了。他甚至怀疑舒雨淇是不是想放弃案子撒手不管了。他耐着性子等了四天，真的是按捺不住了。这天晚上，他洗完澡，走进卧室，穿着睡衣站在床前，又想起那起案子，心情糟得很。他自言自语地说："今天不问清楚，恐怕是睡不着觉了。"于是他拿起手机，拨舒雨淇的电话。刚按下三个数字，手机却响了。一看，他欣喜若狂，打进来的正是舒雨淇。他按了接听键，把手机拿到耳边："你这几天……"

"什么也别说，洪局长，赶快叫黎大队长和童平到我这里来，他俩来就行，人不用多。噢，不，直接到县城的杉行街E幢别墅楼下，会有人接应，越快越好。"

听得出来，对方心急火燎，声音就像油锅里炒爆了的黄豆嘣嘣嘣地乱跳。洪局长也不敢再多问，右手还举着手机，左手便去抓起床头柜上的座机话筒，用无名指按了黎英和童平的号码。

圩埔与荆县两个县城相距三十多里路，黎英与童平用了不到二十分钟就来到了杉行街E幢别墅楼下。

舒雨淇和李慧早已在那里等候。见他俩来了，李慧便去按门铃，连按了两下，门铃上的话筒冒水泡似的传出一个低沉的女人的声音："谁啊？"

"我是婷怡的姐姐，我要找婷怡说点儿事。"李慧嘴贴着门铃上的麦克风回答。

黎英站在李慧的身后，焦急地问："怎么回事？是不是……"

舒雨淇赶紧伸出一根手指，抵住双唇，"嘘"了一声，示意他不要说话。黎英明白，现在这里说的每一个字，都会通过麦克风传到楼上，顿时噤声，把后半句话咽了回去。

"姐，是你找我吗？"门铃上的话筒换成了一个甜甜的女声。

“是啊，我是慧怡，你开门吧。”李慧说完忍不住掩面偷笑。

“咔嚓”一声，电控门开了。李慧用手一推，冲了进去，舒雨淇紧随其后。黎英和童平也不甘落后，亦步亦趋，虽然心有茫然，不知进去后要干什么，但还是跟着他俩上了楼。

四个人直奔三楼。

客厅的沙发上坐着一男一女，女的就是二十天前曾经到舒雨淇的办公室报称保姆闵如玉失踪的魏阿凹，男的是单于立，而那个刚才自称是李慧妹妹的婷怡正伛偻着身子站在茶几边沏茶。

单于立和魏阿凹两人很惊讶，相互对视了一眼，睁着灯笼般的大眼睛转向冲进来的四名警察，怔怔地说不出话来。愣了好长的一段时间，魏阿凹才稍稍缓过神来，突然朝正在沏茶的婷怡大声喝道：“婷怡，你怎么能随便放人进来，你是我花钱雇佣的保姆。”

“我不是你的保姆，我也没领你一分钱的工资，我是公安局的民警，我不叫婷怡，我的名字叫魏秀芳。”魏秀芳说着，直起身，退到李慧的身旁。

魏阿凹整个人一下子便蔫了，像被针刺破了的空气球，全泄了气。单于立也不由得低下了头。

“怎么，你不是要我帮你寻找保姆闵如玉吗？你不欢迎我？”舒雨淇闲闲地对着魏阿凹说。

“欢迎，欢迎。我非常欢迎。”魏阿凹伸手捋了下头发，挺起胸，重新拾起精神，睁圆眼睛，没好气地说，“那你告诉我，闵如玉跑哪里去了，你给我找回来了没有？”

“你先别急，”舒雨淇面带着微笑问道，“来的都是客，你就不请我们几个坐坐？”

“我们家就这几只椅子，你爱坐哪儿就坐哪儿。”

“那好，我就站着说，”舒雨淇把手伸进裤袋，摸到了烟，可他并没有把烟掏出来，因为他看得出来魏阿凹的抵触情绪十分严重，只怕她会借题发挥，拿他吸烟污染她客厅里的空气来个不依不饶，倒不是怕她，是没那个必要，正事要紧。于是，他将手抽了出来，走到电视机前，将电视关了，说：“我先来讲个故事。”

“舒队长，你今天来到底想干什么?”单于立刚才听说保姆是警察，顿时吓得魂飞魄散，惶然不知所措，但他强自按捺着内心的慌乱不表露出来，绷得全身的筋骨和牙根都酸了。这下听说舒雨淇要讲故事，紧张的心情稍有所平缓下来，机械地站起来说，“如果没我的事，我得先走了，我还有事。”

“慢着。”舒雨淇走到他的跟前，按住了他的肩膀，“这个故事与你息息相关，我不仅要讲给魏阿凹听，也是要讲给你听的。”

单于立只好重新坐了下去，迷蒙的双眼紧紧盯着舒雨淇。

“四十年前，也就是一九七四年，”舒雨淇踱着方步说，“我们荆县县城有一个十来岁的小姑娘，名叫曾四梅，家中有七兄妹，她排行老四，长的又黑又难看，常常遭受亲生母亲的打骂。那一年，母亲给了她一个保温瓶，叫她上街卖冰棒。她每天从上午八点一直卖到夜里十二点，卖了一瓶又一瓶，卖来的钱悉数交给母亲。刚开始的时候，她兴致勃勃，背上保温瓶沿街吆喝，就希望能赚些钱给母亲，使母亲能对她好一些。刚开始的时候，母亲还真如她所愿，打骂她的次数少了许多，可是半个月后，她的那么一点点美好的愿望又成了泡影。母亲依然如故，想打就打，想骂就骂，不喜欢就是不喜欢，骨髓里的血并没有因几个小钢板而改变温度。小姑娘失望了，卖冰棒的吆喝声逐渐变得有气无力。再后来，她干脆不再沿街叫卖了，而是选择在离家远远的长途汽车站门口，坐在台阶上守株待兔。一天晚上，她实在太累了，就把头埋在两条大腿间睡着了。恍惚间她听到一阵嘻嘻哈哈的狂笑声，从梦中醒来，一看，保温瓶被人掀开了，盖子就搁在她的大腿旁边，一群小男孩一人手里拿着一枝冰棍，远远地站着朝她笑。她赶紧扭过身子低下头去看保温瓶，瓶内早已空空如也。满满的一瓶冰棒被抢光了。她一时火冒三丈，冲过去就抓住其中一个小男孩的衣领，要与他理论。谁知背后突然被踹了一脚，她扑倒在地。那群男孩‘轰’的一声作鸟兽散。小姑娘从地上爬起来，额头肿起一个包，可她没有哭，不，她哭了，只是没哭出声来。她的眼里滚着泪花，嘴唇都咬破了，拖着蹒跚的脚步回了家。进门时，母亲第一句话便问：‘钱呢，钱都哪里去了？’她没有回答，用一双对整个世界都充满仇恨的眼睛盯着母亲。‘你是不是把钱花了？’母亲紧接着一声怒吼，‘啪’地一巴掌便掮了过来。她还是没有哭，连刚才的泪花也消失了。她挺着胸，昂着头，准备迎接第二个巴掌。而这一次，她迎来的并不是巴掌，却是从母亲脚下飞过来的一只小凳子。她本来可以身子一歪，躲闪过那只小凳子，可她没有，她不想这样，她更希望那只小凳子能够砸破自己的脑门儿，最好能够掏空她的心脏，让她就此离开这个世界。小凳子不偏不倚，砸在了她的手腕上。她左手的无名指钻心钻心地疼，但她还是没有哭，她已经哭不出来了。第二天，她照常上街卖冰棒，这一次，她不敢再去车站，而是去了电影院门口。祸不单行，屋漏偏逢连夜雨。她刚刚在台阶上坐下来，把保温瓶搁在身边，一个毛毛糙糙的小伙子从台阶上冲了下来，一只脚钩住了保温瓶上的绳子。那个小伙子差点儿没摔下台阶，可她的保温瓶却滚落了下去，瓶里的冰棍一根一根地掉出来，全碎了，保温瓶也‘砰’的一声，在落到最后一个台阶时爆炸了。小伙子一个劲儿地向她赔不是，掏出身上仅有的一元钱，递在她的手上，说：‘我没带钱，明天你来，就在这个地方，我赔你保温瓶和所有冰棒的钱。’她没说什么，拿了那一块钱，便去了车站。到车站后，她花五角钱买了一张去万吉的汽车票……从此，曾四梅开始四处流浪。从万吉市到省城，从省城到上海……她不知道日子是怎样过的，却也一天一天地过来了。她想家，可她已经没有家了，想家的时候，她就看看那根弯曲变形再也伸不直的无名指。”

魏阿凹听着听着，泪如雨下。舒雨淇真不想继续讲下去，可他没得选择，他要讲的故事重点还在后半部分。他睃了她一眼，接着说："小女孩命运的转捩点发生在三年后的上海街头。有一天中午，烈日炎炎，大地被烤得滚烫，空气闷得叫人透不过气来，谁也不愿意出门，只有曾四梅独自一人汗水涔涔地在街上踽踽独行。突然迎面来了个男人，在她的面前站住，两眼死死地盯着她看。曾四梅没理他，瞥了他一眼，继续往前走，走到一座石桥底下……那里有她的行头，也是她夜里睡觉的地方。她坐了下来，想擦擦汗，休息一下，抬头却看到那个男人又站在了她的面前。那个时候的人很单纯，她的脑海里没有'坏人'的概念，便用带着几分野性的口气问道：'你看我干什么？''小姑娘，别害怕。'那男人微笑地对她说。'我干吗要怕你？你到底想干什么？'曾四梅咄咄逼人。'哈哈，还真有个性。'男人大声地笑了起来，然后在她的身边坐了下来，说：'我有一个戏班子，小姑娘想不想学戏？''真的？'曾四梅一蹦老高，跑过去拉着男人的手说：'这位叔叔，你带我走吧，我跟你去学演戏。'话一出口，她想起流浪日子的辛酸，郁积了好些年的眼泪开闸放水似的哗啦啦地倾泻而下。就这样，曾四梅开始学演越剧。戏班子全国各地到处奔走，那个男人——也就是戏班子的老板单于蹲对她很好，老板娘更是把她当作自己的女儿看待。学了三年多，她成了戏班子里的台柱，当初那个又黑又难看的小姑娘出落得楚楚动人，丑小鸭变成了白天鹅。这一天，戏班子来到内蒙古一个叫巴林右旗的地方。这里的饮食习惯与众不同，早中两餐是奶茶泡炒米，晚餐是氽羊肉下面条。一连几十天后，细心的单于蹲看到曾四梅吃腻了，就把她叫到自己的房间里，给了她一碗稀粥和一罐肉酱罐头，说：'吃吧，这里没人看到，你安心地吃。'小姑娘感动得心潮澎湃。从小到大，她还没这样被人优待过。吃完了那碗稀粥，她把那罐吃剩的肉酱罐头还给单于蹲，嘴巴一抹，含情脉脉地盯着他看，突然说：'师傅，您能抱抱我吗？'十六年了，十六年来，她的记忆中还从没被谁真情地搂抱过。戏台上，她被演对手戏的男同伴拥抱过两三次，可那是在演戏，是在完全进入角色的时候，从戏里下来，她便会自觉或不自觉地去回味那种被异性搂抱的感觉，而且一直在寻找那种感觉，寻找一种不是在戏里而是在现实生活中实实在在、真真切切被搂抱的感觉。眼下，她觉得已经找到了机会，实在不想错过，就把心里的渴望说了出来。单于蹲没有回答她，盯着她高耸的胸脯看了片刻，心里在说：她长大了，已经是个大姑娘了，是该嫁人了。于是便对她说：'明天我介绍个小伙子让你认识，你一定会喜欢他的。'说完，便头也不回地出门离去。次日，单于蹲果然带来了个小伙子，把曾四梅叫到一个四周没人的草原上，说：'他是我的弟弟，叫单于彬，做鸡血石生意，你们俩好好谈谈吧。'十天后，戏班子要走了，曾四梅没有跟随戏班子转移，就留在当地与那个单于彬一起卖鸡血石。光阴似箭，转眼又过了两年，曾四梅怀孕了，她本想把孩子生下来，与单于彬厮守一生，然而，这个命运多舛的女人，就在她最需要男人的时候，她的男人不见了。单于彬到外地推销玉石，从此杳无音信，生死不明。又过了两年，曾四梅把家里的存货全部处理掉，只留下了那块最大的鸡血石。那块鸡血石形态如同人的心脏，鲜血欲滴，她觉得那块鸡血石就是她自己的心脏，渗着血，却滴不下来。她对这块石头爱不释手，把它看得比自己的命还重要，不管别人出多大的价钱她也舍不得出手。于是，她带着那块鸡血石，连同刚满周岁的儿子，离开了内蒙古，来到上海开了一爿文具店。刚开始时，她一边做生意一边带孩子，日子过得倒也平静，可就在儿子四岁的时候，不幸再次降临。她出门去进货，把儿子关在店里，回来的时候，却看到文具店里浓烟滚滚。她不顾一切地冲了进去，把儿子抱了出来。等她回到大街上时，滚滚浓烟已变成了熊熊大火，眨眼间，连隔壁的狗肉店也烧着了。一场大火烧得她倾家荡产，只剩下她的宝贝儿子和那块鸡血石。家当没有了，那还不算是大事，可她还得赔偿相邻几家被烧的店铺的全部损失。无奈之下，她把那块鸡血石卖了，卖了两万元。那块泣血的石头，记录着她太多太多的酸甜苦辣，两万元，是她含泪开出的价。九年以后，那个单于彬回来了，找到了她，两人抱头痛哭，哭生离死别的辛酸，也哭那块去向不明的鸡血石。”

黎英和童平不发一语地站在门边，想不明白这舒雨淇到底唱的是哪出戏。他怎么会知道得那么多？四十多年前的事，他是什么时候去查的？他这个人没有把握的事是不会随随便便说出来的，可要查到那么多的事，没有一年半载是做不到的。

魏阿凹黯然神伤，似箭穿雁嘴、钩搭鱼鳃，作不得声。她不想流泪，可由不得她，悲伤的眼泪像开闸泄洪似的，没有什么力量能阻挡得住。她的脸上挂满了泪痕，时不时趁着没人注意的时候低下头，悄悄地抬起手臂，将眼泪在衣衫上拭去。

单于立比魏阿凹冷静得多。他僵着腊渣黄的一张平平的脸，双眸滴溜溜地转。他在思忖，在琢磨，在揣测。他与黎英和童平有着相同的疑惑，搞不懂舒雨淇为什么会知道得那么多？从哪里知道了那么多？到底他还知道多少？由于紧张，他牙齿忒愣愣地打在下唇上，把嘴唇都咬破了。他的内心在挣扎，在极力地抗争，他想：“也许舒雨淇只是道听途说，是在搞心理战，要让我和魏阿凹先崩溃，再来个乘胜追击，将我俩打入万劫不复之中。我可不能落入他的圈套。”想清楚了，他的自信心氤氲升起，昂起头，挺直腰，抬起眼，目光如铁刷子似的在舒雨淇的脸上刷来刷去。“舒队长，你的故事编得确实很生动、很精彩，也很感人，可那些跟我有什么关系？你能不能讲点儿实质性的东西？”他反唇相讥，“我可没工夫听你讲故事，你在我的面前晃来晃去，我都被你弄得头昏脑涨了。”

“你用不着跟我装糊涂，”舒雨淇厉声喝道，“我说的曾四梅就是她，现在的魏阿凹，那个单于彬就是你，单于立，难道不是吗？”

“是的，我承认，那又怎么样？难道这也犯法？”单于立说这话时心里不是很有底气，声调却挑高了八度。

“你听我把故事讲完。”舒雨淇又在屋子里踱起方步来，“在上海花两万元购买曾四梅那块鸡血石的是一位姓阮的台湾收藏家，他对这块石头同样也爱不释手。有一次他将石头拿到香港展出时，被你单于立看到了，你出高价想将它买回来，可那个阮先生死活不肯卖。从此你便觑觎上这块石头，一直在跟踪那个台湾的收藏家。直到去年八月，你得知那个阮先生遇上了麻烦，因一起官司被搞得倾家荡产，你认为机会来了，就去台湾找他。交谈了数日，阮先生才答应将其以一千二百万元人民币的价格转让给你，可你拿不出一千二百万，于是就和你们交易中心的头头们商量，把那块石头买下来，只展出不出售。鸡血石终于到手了，你和曾四梅想什么时候看都可以，但那毕竟不是你们自己的。从此那块鸡血石成了你和魏阿凹的一块心病，你们朝思暮想想得到它，于是，你就策划了调包的阴谋。”

“舒队长，你说鸡血石是我调包的，你说话可要有证据。”单于立吼叫起来。

“这个不用你来教我。我的故事还没讲完，等我把故事讲完了，我会给你证据的。”舒雨淇继续说，“你想要得到那块鸡血石，就必须得到柜台经理于媛茹和保安队里某个组长的配合才有机会。吕梦胃是你看上的对象，你用金钱收买了他。可于媛茹，你也知道她是不会与你合作的，所以，你只好选择让她人间蒸发。”

“我没有，我没杀她，她是自己死的。”单于立歇斯底里地大呼小叫起来，话说出口马上后悔自己露出了马脚，不由得又低下了头。

“好，太好了，你终于承认了，你承认知道于媛茹是自己死的，怎么死的？你说，说不出来是吧？其实你一清二楚，可你不敢说。”舒雨淇这时才点了一支烟，“对，你没有直接杀她，可你间接杀了她，用法律术语讲，是过失杀人，或者叫间接谋杀。”

单于立支支吾吾，睃了舒雨淇一眼，又低下头去。魏阿凹显然是大吃了一惊，她转身面对单于立问：“阿立，到底是怎么回事，我们不至于杀人啊?”

“是啊，到底是怎么回事?”舒雨淇闲闲地走到单于立跟前，“你说啊，到底是怎么回事？你不说，是吧？那好，我来说。”舒雨淇重新走到电视机前，再次踱起方步，“你得不到于媛茹的配合，却一心想要牢牢地控制住她，就想了一条锦囊妙计。六月十八号晚上，你们店铺打烊后大家一起吃夜宵，你在于媛茹喝的饮料里做了手脚。你当然知道于媛茹平时滴酒不沾，就爱喝橙汁，而且是所有一起吃夜宵的人中唯一一个爱喝橙汁的人，所以，你就事先在橙汁里面掺了幻情水，也就是我们平时说的春药。你还给了吕梦胃一台微型的摄像机。你知道于媛茹的丈夫那些日子不在家，等春药发作时她肯定要投入某个男人的怀抱，你便要吕梦胃跟踪她，到时候把整个过程偷拍下来，这样你以后就可以控制住她，逼她与你合作，或者将她赶走，换一个能听你调遣的柜台经理。出乎你意料的是，你在橙汁饮料里掺入的药量过大，于媛茹吃完夜宵走出围墙大门时，春情大爆发，控制不了自己，见到身后的吕梦胃便返身一把将他拉到储物间。储物间满是灰尘和蜘蛛网，平时很少有人进去，没有床，甚至连一块能够卧倒的空地都没有，根本不是男女交欢的地方，可那个时候的于媛茹已经完全被药物控制，顾不上许多了。而吕梦胃呢，他平时就爱泡妞，对于媛茹这样的美少妇早就是有贼心而无贼胆，此时天上掉下来的馅饼，他当然是恨不得一口吞进肚子里，以至于把你给他的微型摄像机也忘了，便同于媛茹在白色的塑料泡沫堆上翻江倒海地折腾了起来。这一折腾，出事了，缘由就在于你在橙汁里掺入了过量的幻情水，加上于媛茹患有血管畸形的疾病，因而就在两人高潮迭起时，她蓦然间四肢僵直，断了气。吕梦胃慌了，不知如何是好，赶紧给你打电话。你一时也懵了，但很快便镇静了下来。你教吕梦胃想办法将尸体肢解成块，找个密码箱装了，而后携带密码箱赶紧离开圩埔，远走高飞。然而，吕梦胃并没有完全听你的，他还有个心愿没完成。他早些时候看上了东南度假村的一个高档次的卖淫女，姓赖，但因为他兜里没几个子儿，嫖不上那个赖小姐，便一直把那个赖小姐的美艳形象藏压在自己的心底。这下因为你给了他不少钱，他决定在离开之前完成这个心愿。因而，他拿着密码箱并没有如你所交代的那样马上远走高飞，而是开着于媛茹的车，到圩埔县城的某个代售点替自己的妻子闵如玉买了张动车票，然后将装有于媛茹尸体的密码箱送到荆县来，交给他的妻子闵如玉。他要妻子闵如玉立即去云南找他的一个远房姑妈，而他自己却去了东南度假村。他本想嫖宿了那个赖小姐后，立即到荆县动车车站取出密码箱，然后就去云南找他自己的妻子。可是人算不如天算，没想到他正在与赖小姐谈价钱的时候被派出所抓了个正着。于媛茹死了，吕梦胃被关进拘留所，你轻而易举地得到了那块鸡血石。而吕梦胃是知情者，对你日后是一大威胁，你干脆一不做二不休把他也杀了。”

“他是自己出车祸死的，跟我没关系。”单于立已经到了穷途末路，可他还不想就此认输。

舒雨淇没理睬他，若无其事地睃了他一眼，闲适地继续说：“让他在人间消失，你就安全了。你花钱在龙岩替吕梦胃买了一部丰田轿车，他从拘留所出来后，你要他坐大巴到龙岩，然后开车到警察找不到的地方。他浑然不知，在他发动了引擎时，死神早已经盯上了他。你在丰田轿车的制动系统上做了手脚，偷偷地把油压板上的螺丝松了，让刹车油一点一点地漏出来，到最后刹车油完全被压出去，以致吕梦胃撞在了前面的大货车上。于媛茹和吕梦胃都死了，死人就不会说话了，警察一定会以为鸡血石是于媛茹和吕梦胃偷的，你也就可以高枕无忧了。你机关算尽，却不知法网恢恢，疏而不漏。”

“可，可你还是没有证据。”单于立图穷匕见，可他还想狡辩，作最后的挣扎。然而，他已经有心无力，说出的话也是期期艾艾的。

舒雨淇突然转身面向魏秀芳，问："在哪里？"

魏秀芳指着头顶的阁楼："就在上面。"

"把它拿下来。"

魏秀芳跑到阳台上拿来一架铝合金梯子，爬到阁楼上，提出一个绿色的密码箱往下丢。舒雨淇接住了，将密码箱提到单于立面前厉声喝道："把它打开。"

单于立踌躇了很久，很不情愿，可大势已去，思忖了片刻，还是不得不打开了密码箱。

那块形状如同人的心脏，比人的心脏还要大一两倍的鸡血石赫然在目。

案子破了，最高兴的是魏秀芳。

蓝色的天，明亮的夜，大地也同人们一起觉得很幸福，荆县县城处在一片静谧之中，充分享受着这种短暂的凉爽和寂静。偶尔从某处袭来一股飘散着夜来香的热风，于是，梧桐树上的叶子摇来摆去，悄声絮语。

夜已经很深了，再过不久就要破晓。大家都在舒雨淇的办公室里，只有魏秀芳一人兴致勃勃地来到庭院里一棵凤凰树下坐着。

她三年前才从警察学院毕业，被分配到距离县城近百里路的内山——书梅镇派出所当内勤。这次她被舒队派到魏阿凹家当"保姆"，并非是她有特别好的心理素质和丰富的刑事侦查经验，她还是个新兵，参与刑事案件的侦破这是第一次。她自己很清楚，舒队之所以会要她，完全是因为她的外形。粗手大脚，土里土气，手勤脚快，活脱脱就是一个"保姆"的形象。那天舒队带她到家政公司之前，对她交代了她的任务，她心里忐忑不安，生怕会把事情搞砸了。可舒队说："这事非你莫属。"她问："为什么？"舒队说："你脱下警服，就是一个保姆，没人会怀疑你，更重要的是你在县城没有多少人认识你，最适合当卧底。”她这才接受了任务，还真没想到会完成得这么好。这十几天的“卧底生涯”，一生也许就这么一次，实在是让她太得意了，她很想找个人来分享自己内心的快乐，可拿起手机，却不知道找谁好。告诉自己的父母吧，父母是乡下的农民，不懂这些；告诉男朋友吧，又觉得不妥，现在案件还没完全了结……忍一忍吧，过几天再说。她把拿起来的手机又收入小坤包里。这时，一辆警车开进了庭院，在她的跟前稳稳当当地停了下来，警车里走出来一个五十来岁的男人，对她说“小姑娘，知道舒雨淇现在在哪儿吗?”她心里有些不悦，“我怎么就是小姑娘了，我都当过卧底了，而且还出色地完成了任务。”可她没把话说出来，只问他：“你是谁?”

“我是圩埔县公安局的，我姓洪，我找舒队长、李慧和黎英他们。”

原来是洪局长，可他三更半夜的，怎么会自己一人开车赶来？她不大相信，但还是不敢怠慢，说：“他们在办公室里，不知道睡了没有，您找他们有事?”

“这么说，你就是魏秀芳了？你这次可是立了大功，我代表圩埔县公安局全体民警感谢你。”

魏秀芳一听便羞涩了起来，同三年前听到男朋友对她说“我喜欢你”时的感觉一样。她正不知该说什么，洪局长紧接着说：“其实我也没什么大事，可我心里急，想知道这起案件是怎么破的……算了，我明天再来吧，让他们睡一会儿。”

“也许他们还没睡。”魏秀芳赶紧说。

“那他们现在在哪儿?”

“喏，六楼那间亮着灯的就是。”

“噢，那我去看看。”洪局长说着，径直往楼梯口奔去。

魏秀芳也跟着他上了楼。

两人走进舒雨淇的办公室里，舒雨淇、黎英和童平三个男人两个蜷缩在沙发上，一个趴在办公桌上，只有李慧没睡，正在整理资料。

李慧见到洪局长，吃了一惊，还以为又有什么案件，叫了声：“洪局长。”

洪局长“嘘”了一声，示意她别吵醒三个正在睡梦中的大男人，可他们三人还是醒了。职业的打磨，使得他们平时睡眠就浅浅的如同浮萍，更何况这里本来就不是能睡个安稳觉的地方。蜷缩在沙发上的舒雨淇和童平跳将了起来，伏在办公桌上的黎英也猛然抬起头，不约而同地叫了一声：“洪局长。”

“吵醒你们了，不好意思。”

寒暄了之后，黎英问洪局长：“有事吗？”

洪局长说：“我就想听听这案子是怎么破的。”

大家看到洪局长如此急不可耐，睡意也全蒸发了。各自找了个位子坐下来后，黎英显然也跟洪局长一样急，说：“舒队，你向洪局长汇报汇报，我也有几个想不明白的问题要问你。”

舒雨淇却说：“案子已经破了，人赃俱获，你们带回去审讯就是了，还有什么好谈的？”他不是谦虚，也不是傲慢，这是他的性格使然。他的思维始终活跃在“可能会怎么样”，而对“已经是怎么样”向来淡然处之。

洪局长显得十分执拗，黎英和童平心里也着急，案子是破了，可破案过程不能像一团迷雾一般地搁在心底。

黎英说：“有几个问题，我很费解，请教一下。”说着丢给舒雨淇一支烟。

“那你说吧，什么事想不通？”舒雨淇问。

“第一，你是什么时候把魏秀芳派去当卧底的？”

“六月二十四号。”魏秀芳抢着回答。

“二十四号，发案的第三天？发案的第三天你就已经知道鸡血石是单于立调包的？你还真行啊，一直把我们蒙在鼓里。”

“不，不，不，不是这样。”舒雨淇解释说，“我是觉得，以吕梦胃和于嫒茹的能力，他俩是无法仿制一块如此逼真的假鸡血石的。那天我和童平找过单于立后，我就猜想，他对鸡血石研究得十分透彻，只有他有这个能力。”

李慧难掩脸上得意洋洋的神情，补充道：“那天我找到那个把闵如玉载到动车车站的出租车女司机，她骗我说闵如玉是在牛崎头下的车。舒队的心比我细，看监控录像时发现吕梦胃在密码箱上搁了一张卡片，很像是一张动车车票，便让我去看车站的监控录像，果然不出舒队所料，从而我就发觉被那个姓阎的女司机骗了。事后我去查，才知道那个姓阎的女司机是单于立的姘妇。舒队和我都认为，这肯定是单于立刻意安排的，否则她没必要撒谎。所以舒队就认为鸡血石失窃背后的藏镜人就是单于立和魏阿凹。因此就把魏秀芳从书梅镇派出所借调出来，去魏阿凹家当保姆。”

“那舒队你怎么知道单于立就是魏阿凹的丈夫？又怎么知道魏阿凹四十年前的那么多事？”童平伸直脖子问道。

“这个问题还是我来回答。”李慧已经按捺不住了，这起案件的破获使她余兴未尽，只是碍于舒队不愿多说所以才一直忍着不敢多说，这下有了置喙之机，她怎能轻易放过，于是接着说，“舒队介入这个案子后，一直苦于平时对鸡血石研究太少，就问我有什么人可以讨教。我通过我高中的一个同学，联系了她的一个老师。我那个同学大学是学历史的，她有个老师就是研究鸡血石的，曾在一本叫《玉石鉴赏》的杂志社当了十来年的主编。那个老师很乐意帮忙，给我们寄来了大量的资料和一大捆过去的杂志，舒队讲的那些事，就是从杂志上看到的。”

在场的人同时“噢”了一声，异口同声地说：“原来是这样。”

黎英突然又问：“那你断定于嫒茹是在与吕梦胃交欢时死亡的，有证据吗？”

“当然有，”李慧接口说，“舒队分析了于嫒茹的死因。她体内有吕梦胃的精液，加上储物间的现场情况，于是便认定了于嫒茹是性交猝死。但为了慎重起见，他叫我去交易中心食堂了解了十八日那天晚上吃夜宵的情况。我本想要些餐具或者剩菜剩饭拿回来化验，可时间太久了，剩菜剩饭该倒掉的都倒掉了，该洗的餐具也都已经洗过了。正在我心灰意冷时，食堂的阿姨告诉了我一个十分重要的情况，说那天晚上吃过了夜宵后，单于立拿走了于嫒茹喝剩下的橙汁。不仅仅是阿姨，食堂里几乎所有员工都看到了，他们当时就觉得很奇怪，单于副总不是那么小气的人，更何况他平时也不爱喝橙汁，为什么会拿走只剩下一半的橙汁呢？我把这事告诉舒队，舒队便断定那瓶橙汁一定有问题，结合前面所分析出的情况，所以舒队就得出了单于立在橙汁内掺入了幻情水的结论，尽管我们没找到实物证据，可我也觉得，这样的推理是可以成立的。”

“没错，就是这样，”舒雨淇接过李慧的话茬，面对着黎英和童平说，“现在两个人都死了，死无对证，但也不是毫无办法。我建议你们马上去搜查单于立的住所，说不定会有他没用完的春药。估计这东西是从网上买的，如果搜查不到，可以打开他的电脑，肯定会有记录，这样一来，即使他不承认，也能形成完整的证据链。我想，他应该是会承认的，价值一千多万元的鸡血石被人查获，他杀害吕梦胃的事实清楚，他隐瞒这件事也没多大的意义。”

洪局长十分激动，站了起来，展开双臂想要拥抱舒雨淇，一直在沉思中的黎英却突然抬起头来，说：“还有一个问题，舒队你是怎么知道单于立曾要吕梦胃跟踪于嫒茹？”

“这是你告诉我的。”舒雨淇悠闲自在地点燃了黎英刚才丢过来的一支烟。

“没有啊，我什么时候告诉你了？”黎英惊讶地问。

“有，你是不是忘了？你去龙岩参加吕梦胃车祸事件的调查，回来后不是给我打过电话？你说吕梦胃出事的那台车里面有台微型摄像机。后来我叫童平去取摄像机上的指纹，果然如我所愿，随机的《使用说明书》里留下了好几枚单于立的指纹。”舒雨淇转身面对童平，“是不是这样？”童平点了点头。

“原来是这样。”黎英不由自主地伸出右手，竖起大拇指在舒雨淇面前晃了晃，“佩服，佩服。”

这时，天已大亮，洪局长像小孩子似的，兴高采烈地搂住了舒雨淇的肩，说：“走，大家一起去吃早饭，我请客。”

同室操戈

1

星期一早上。

偌大的会议室已经陆陆续续有人进场，早早到来的民政局局长侯德冰急得像热锅上的蚂蚁。他不停地看表，不停地打手机，不停地走来走去……

今天要召开村级组织换届选举动员大会，与会的有县直机关和镇、村干部八百多人，县里的几个主要领导都会莅临大会指导。会上安排了分管民政工作的副县长作重要讲话。侯德冰周五下班前就交代了局里的老秘书盛米多撰写讲话稿，并说好今天会议召开之前送来，可直到现在，他还没联系上盛米多，手机无人接听，叫局里的秘书股长邹荣伦去找，也迟迟没有回音。侯德冰本想亲自回局里一趟，可领导们马上就要来了，会议是由他民政局主办的，要是领导们来了没能见到他这个主办单位的局长，他肯定要受到斥责，说不准还得吃不了兜着走。他不敢离开会场，又拿不到副县长的讲话稿，哪能不急？简直心急如焚！

正当侯德冰急得火烧眉毛时，他的手机响了，掏出来一看，是邹荣伦打来的。侯德冰一阵欣喜，以为邹荣伦已经拿到了讲话稿，没想到一接听，得到的消息却犹如晴天霹雳。

邹荣伦告诉他，盛米多死了，死在了他自己的办公室里。

侯德冰缓过神后，心想：死了也好，有了这个意外事件，我就可以对领导有个交代了。于是他给几位县领导打电话汇报了情况后，心情轻松地回到了局里。

2

这是六楼楼梯后面的一间小屋，屋内一门一窗两面白墙，摆着一桌、一椅、一橱和一张简易的单人床。局里用房紧张，除了局长侯德冰有单独的办公室，其他人都是一个大房间五六个人一起办公。盛米多特殊些，他也是单间，因为他是“煮字”的（他经常这样调侃自己），怕吵，需要安静。前一任局长对此很理解，对他特殊照顾，从新楼建起来的那刻起，就给了他这间单人的办公室。虽然房间小点儿，不到十平方米，但盛米多没有家，以此为家，倍感惬意。

房间里到处是书，各种各样的书籍，有文学的、法律的、美学的、心理学的，更多的是民政业务方面的，在桌上、床上、橱柜上到处堆放。桌面上还有台老掉牙的486电脑，没有关机，处在屏幕保护状态。盛米多躺在床上，盖着一床白色的棉被，眼睛睁开，眼珠突出，嘴巴和鼻孔里有血水流出，整个面孔都是红黑色的血荫。尸检时还发现，他肛门突出，有少许大小便流在裤子里。法医说：“死亡的原因是被枕头之类的东西压住呼吸道致使窒息身亡，时间应该在周五晚上十点以后到周六凌晨三点以前。”

奇怪的是，写字台下面有一枚发夹。发夹做工精致，镂花白银，中间还嵌着一块长条形的红色玛瑙，样式却显得有些土气，在目前的市场上很少见到，看样子像是富贵人家祖上的遗物。

“周五晚上一直到今天上班前，局里不会有多少人进出，我们去看看局里的监控录像，一定能发现可疑的对象。”邹荣伦提议说。他一米八几的个头，方形的馒头脸，皮肤白皙，额头宽阔，鼻梁高挺，嘴巴稍有点儿宽，嘴唇不薄不厚，绝对是一个帅气的小伙子。站在人前，他挺胸收腹，肩平腰直，腿长身正，会让人自然而然地想到那些受过长时间训练的仪仗队战士。唯一叫人不那么有好感的是他的那双眼睛，一双不大规矩的小眼睛，眼神总是飘忽不定，神经兮兮地左右乜斜，似乎已经丧失了正眼瞧人的功能。

负责此案的重案中队中队长舒雨淇觉得这个提议不错，既然有监控录像，那是一定要看的。于是，他同助手李慧跟随邹荣伦去了秘书股，打开电脑，开始观看监控录像资料。

整个监控系统只有三只电子眼，门口一只，覆盖着大门内半个庭院和门外的半条街；车库上头有一只，能看到三间车库的车子进出情况；主楼正中楼顶有一只，正对着楼梯口，能观察到六层楼的来往人员上下情况。三个摄像头并没有三个相应的监控屏幕，拍摄下来的资料都储存在秘书股的电脑里，平时无人问津，只等有需要时再从电脑里调取，而这种需要从未有过，今天是第一次。监控系统也没有专人看管，不能起到全天候实时监控的作用，但事后调取监控资料还是有用的。

邹荣伦解释说：“机关单位安装监控录像是县综治委下达文件统一要求的，局里行政经费非常有限，人员也不够，不可能安排专人负责，但不装又不行。既要贯彻落实红头文件又想省些钱，只能用了现在这样简陋的一套系统。”

“秘书股的这台电脑可以上网，是吧?”舒雨淇问。

邹荣伦轻轻地点了点头。

“也就是说，你们的监控系统与互联网是可以连接的?”舒雨淇又重复问了一遍。

邹荣伦愣了一下，有些尴尬，很无奈地又轻轻地点了点头。

舒雨淇坐到电脑前，手握鼠标，粗略地快速浏览了三个摄像头拍摄下来的影像资料。

从影像资料上看，周五下午下班以后到周一上午上班之前，有整整六十个小时。这六十个小时中，进出民政局大院的除了盛米多，还有三个人。一个是局长侯德冰，另一个是救灾股的女干部丁妮，还有一个是管大门的水伯。盛米多于周五傍晚进入大院，上楼以后就再也没有出来。丁妮是当晚十点二十一分进去的，上了楼，两个小时以后离开。侯德冰与管大门的水伯都没有上楼。侯德冰是周六上午九点多进入大院，开走了那辆他自己专用的黑色奥迪，第二天周日下午四点多把奥迪车开回来，存进车库后离开。而水伯只是在院子里走来走去，绝大部分的时间是在门岗内，也没上楼。由此看来，只有丁妮最值得怀疑，因为她进入大院后上了楼，极有可能直接进入了盛米多的房间，只是监控镜头没能覆盖到，看不到屋内的情况，但那个时间段正好与盛米多的死亡时间重合。

舒雨淇要李慧把这六十个小时的监控录像资料拷贝到光盘上，然后问邹荣伦："丁妮来上班了吗？"

"她请假了，"邹荣伦回答，"早上她有来，听说盛米多死了，大概是太伤心了，说身体不适，又回去了。"

舒雨淇决定马上去找丁妮，叫李慧给丁妮打手机，可丁妮却说她不舒服，不想见人。

这时，局长侯德冰急匆匆地赶来，把舒雨淇和李慧请到了他自己的办公室。

3

"老盛是个好人，口碑载道。他老家在石门岩村，那地方既偏僻又穷困，因为家里穷他初中差一年没能毕业就辍学了。"侯德冰边泡茶边介绍说，"在老盛他们那个年代，有初中文化就是村子里的书生贤人了。老盛勤奋好学，书读得不多却能写一手锦绣文章。上初一时，教数学的班主任老师要在全县的万人大会上发言，发言稿就是叫他写的。辍学后他回家务农，白天下田种地，晚上挑灯‘煮字’，不停地写，在当时的报纸杂志上发表了不少‘豆腐块儿’。后来他小有名气了，被当时的民政局局长发现，借用到局里来写材料，再后来他通过考试成为正式干部，一直干到现在。性格决定命运哪，老盛的人生印证了那句老话：三岁看大七岁看老，他生来就是一个当秘书的料。”侯德冰滔滔不绝地说着，李慧颇有些不耐烦，她心里只想着赶快去见丁妮，显得心猿意马。而舒雨淇却出奇地冷静，他心无旁骛、专心致志、目不转睛地紧盯着侯德冰，有时还会微微地点头。李慧见舒队如此聚精会神，也不敢说什么，只好心不在焉地听着侯德冰继续往下讲。

“公务员就求一个职位，求一顶能够尽量漂亮一点儿的‘帽子’。物质丰富了，‘帽子’也多了起来。现在的公务员干上两三年就能弄个副股长，当上了副股长就想后面加个括弧，享受正股级待遇，再过几年就当上股长，然后再弄个括弧，享受副科级待遇，就这样一个台阶一个台阶地往上爬。‘帽子’虽然越来越廉价，但谁都乐此不疲，没有谁会对此冷漠无视，得不到的人会有酸葡萄心理，得到的人却永远不会满足，还想要有更大的新‘帽子’。而老盛，唉……”

侯德冰又矮又胖，看上一眼便会叫人联想到马戏团里穿着西装的大猩猩。他上长下短的身子在办公室里走来走去，仿佛一个没有既定轨道的球在滚动。那“寸草不生”、光秃秃的脑门儿，在阳光的照耀下闪闪发亮。他的圆脸原本就红润，这下子更是大放异彩。

“老盛对这一方面不感兴趣，直到今天还只是秘书股的一般干事，他也曾几次主持过秘书股的工作，却连个副股长都没干上。”侯德冰继续往下说，“我曾经半认真半开玩笑地对他说：‘老盛啊，你这辈子真的很失败，三十几年如一日，好事全没你的份，只是一头吃草挤奶的老黄牛。’他听了淡淡一笑，笑容里略带一丝得意的羞涩，像俏媳妇听到公婆夸她漂亮似的。老盛以前有个家，后来老婆嫌他不会赚钱，不会做官，跑了。他现在写文章是用电脑直接打的，还会上网发电子邮件。这点儿小技巧对年轻人来说不值一提，小儿科，可对老盛这么一大把年纪的人来说，实在是不容易。几年前为了学会王码五笔，老盛特地买了台小霸王学习机，有空就摆弄，哪怕只有三五分钟也行。一个气球一个字根，键盘敲两三下，啪的一声，气球破了，老盛兴奋地说像小孩子过年放鞭炮似的。之前老盛写文章用圆珠笔，拿来方格纸，七张叠在一起，放在桌面的玻璃板上，中间垫上复写纸，想好一句话就写一句话，还得使劲儿，一个小时能写八张稿纸，拿出来就是七份。自从学会了王码五笔，他便直接在电脑上打字，局里要一份千把字的请示报告，我的意图还没讲清楚，他啪啪啪几下稿子就出来了。打字员小姐开他的玩笑：‘老盛啊，都像你这样，我们就得下岗失业了。’他在民政局干了三十多年，戴着一副深度的近视眼镜，瘦巴巴的一个人，几乎就是每天写文章，写完一篇又是一篇，今天重复昨天，明天重复今天。这样一个与世无争的人，怎么会有仇人呢，而且是仇到了非要他的命不可？唉……”

侯德冰眼角上挤出了几滴泪珠。

4

民政局共有三十几个人，其中正式的国家干部不到一半，其余的都是临时工和聘用人员。大家对盛米多的评价众口一词，与侯德冰说得差不多，都说他是好人，忠厚、诚恳、乐于助人、与世无争、写一手锦绣文章无人企及，等等。在社会上他也没同谁有着比较密切的交往，不存在经济纠纷、感情纠葛之类的事。谁都认为盛米多不会有仇人，更是不敢相信老盛是被人杀害的。如果一定要怀疑的话，只有一人有可能，那就是丁妮。

丁妮的父亲是县里赫赫有名的老中医，母亲也是远近闻名的儿科医生。小时候她的家境十分优越，家里有五个哥哥，就她这么一个女孩，几乎是饭来张口衣来伸手，在家里什么事也用不着做，比如今的那些独生子女还要受宠爱。据她自己说，结婚前她连洗碗拖地板之类的事都没干过。养尊处优自然细皮嫩肉，而造物主对她又特别的青睐，给了她一副十分美丽的五官：高高的鼻梁又直又挺，深深的眼窝里嵌着一对明亮的大眼睛，宽阔的额头明朗得像万里无云的晴空，性感的双唇恰似两坛醇香的红酒，淡淡的眉毛仿佛是找不到自身位置才很知趣地把自己隐藏起来，使得那张婉丽妩媚的脸盘又增添了几分朦胧与神秘之美。她比盛米多小十二岁，据说曾有一段时间对盛米多很有意思，但后来有一段时间两人又形同陌路，谁也不知他俩之间到底发生了什么事。那样的一种关系，天知地知，你知我知，没有人能说得清楚。

丁妮初中毕业那一年，听说民政局要招收一名打字员，就缠着她的父亲找关系将她安排了进去。当时的民政局局长姓单，是她父亲的病人。她的父亲对单局长一说，单局长便同意了。到民政局报到时，丁妮见到的第一个人就是盛米多。盛米多第一眼见到丁妮时眼睛一亮，嘴巴一张，发出了一声惊叹，尽管声音很小，但丁妮还是听到了。她知道他是因为自己美丽的容貌而感到惊讶，大概是他盛米多从没见过像她这样漂亮的女孩子吧。丁妮对这样的目光和惊叹声并不感到意外，却不知为什么，那惊诧的目光和轻轻的惊叹声，虽然只是很短暂的一闪而过，却像烙铁似的烙在了她的心坎上，以至过了好些年丁妮自己还常常向别人说起这事。当时民政局只有四个人，加上她丁妮也才五个人。那时盛米多写文章，丁妮打字，两人在一起的时间比谁都多，加班时又总是三更半夜独处一室，难免擦出点儿火花。但盛米多这人很自卑，两人相处了好几年他也没敢追求她，要是他当时大胆追求她，说不定现在他就是她的丈夫而她就是他的妻子了。后来，盛米多先结婚了，娶的是一个乡下女人，丁妮哭了，哭了好几天。三年后，丁妮也结婚了。她的丈夫很帅气，同她站在一起无疑就是一对金童玉女，这让丁妮的虚荣心得到了极大的满足。然而好景不长，两人都很不幸。盛米多的妻子嫌他没钱没势与他离婚了。而丁妮的丈夫整天喝得醉醺醺的，浑浑噩噩什么正经事也不干。两人经常吵架，吵得不可开交。她丈夫还赌博，欠了别人一大屁股的债，常常有债主上门讨债。丁妮后悔嫁错了人，一气之下，把丈夫赶出了家门。从此她丈夫就不见了踪影，而丁妮又重新回到了父母的身边，日子过得倒也平静。其实谁都可以看得出来，她对盛米多还有那么一点儿意思，却不知道为什么，两人始终没能成为眷属。

调查中得来的众多信息表明，丁妮与盛米多有着许许多多的故事，兴许她因爱生恨，兴许是情感纠葛，兴许是经济上的矛盾，兴许……反正她不仅有杀人动机，而且有作案时间，她是盛米多被害的那天晚上唯一一个来过局里并且有可能进入盛米多房间的人。不仅如此，更重要的证据是，在盛米多被害现场发现的那枚玛瑙发夹，有人许多年前见过，就是丁妮的。

5

舒雨淇要李慧赶紧约个时间同丁妮见面。李慧给丁妮打手机，可接连打了三次，手机一直没人接。李慧很气愤地说：“我们去开张拘传证，把她传到警队来。”舒雨淇摇了摇头，用一种十分轻松的口气说：“我来打。”随之便拿起自己的手机，打了过去。这次，丁妮接了，直接说：“我心情不好，别烦我。”甚至连“你是谁”都没问，仅此一句又硬又臭的回话，而后便将手机关了。李慧气得咬牙切齿地说：“这个女人，不给她点儿颜色看看她就不会乖乖就范。”可舒雨淇却还是微笑着摇了摇头，若无其事地把手机装进口袋里，说：“回去吧。”

两个多小时后，丁妮突然主动给舒雨淇打电话，说有话要与他俩谈谈，请他们到她家去。

丁妮家是一座独门独户的小院，一座七层高的单梯大楼，底层是车库，她的父母住二楼，往上是丁妮和她的五个哥哥一人一层，丁妮住在第六层。

李慧按了门铃，电控门“咔嚓”一声开了，两人推门而入，越过花园，直接上了楼。房门没关，丁妮正坐在客厅里等候。

“你们二位请坐。”丁妮见到他俩进屋后站起来迎接。

只见她神情忧郁，脸色憔悴，似乎还沉浸在悲痛中无法自拔。

“听到老盛被害的消息后，我痛苦万分，我想我也一定会成为你们最大的怀疑对象。”说着她便眼睛发红，泪水盈眶。

如此的坦率，还真叫李慧颇有点儿始料不及。她原本一直认为丁妮有杀人嫌疑，脑海中有许多诸如为何要杀人、怎样作案之类的问号，像萤火虫似的飞来飞去，可突然间那些萤火虫全都飞走了。

“我和老盛一样，我们的婚姻都很不幸。”丁妮接着说，“结婚后我发觉我的丈夫很没责任感，老是喝得醉醺醺的，什么正经事也不做，比我更懒。孩子上了幼儿园后，全是我在接送。别人的孩子很小的时候就会背唐诗宋词、会画画数数，可我的孩子什么也不会。我自己小时候书没读好，但我的父母都是知识分子，我的五个哥哥也都很有本事，受他们的熏陶，虽然我自己没有多少知识但对知识却有着强烈的追求和渴望，我希望我的儿子不要像我一样，希望他能上大学，能成大器。没想到我会有这样的一个丈夫，我觉得我的孩子完了，成不了大器了。我后悔嫁了一个不该嫁的男人，后悔当时太看重男人的外表，后悔自己的虚荣心太强，后悔当初没有主动去追老盛。我越想越觉得老盛更适合我。他为人忠厚老实、勤奋好学，肚子里的墨水多，如果当初我嫁给他，子女的教育问题一定不用我操心。丈夫离家出走后，我回到被父母宠爱的岁月，心情逐渐平静下来，对老盛的那份痴情却像热带植物似的在我的心中飞快生长。那一年，我报考了国家公务员，老盛也考，我们就一起补习功课。老盛知识丰富，语文、政治、历史、地理，什么都懂。我每天晚上到他的办公室，请他给我讲解课文，辅导我做作业，天天泡到后半夜将近两点多才回家。我去的时候，总会叫妈妈帮我准备鸡汤或者是莲子排骨汤，用保温瓶提着，等到做完功课后我们一人吃一碗。就这样坚持了整整两个月，我的知识突飞猛进，一日千里。临考之前，老盛还为我写了三篇作文，他对我说：'你把这三篇文章读熟，看到作文考题，认为哪篇合适，依样画葫芦就可以了。'我将那三篇文章背了下来，考试时默写了其中的一篇，没想到还得了个满分。公务员考试录用通知书下来后，我俩同时被录用，我乐坏了，心想要不是老盛在我的身上花了那么多的心血，不可能如此顺利，对老盛是打心底里万分感激。当时我想，他一定也喜欢我。我这么年轻，这么漂亮，比他还小十二岁，哪有猫儿不吃腥的？我在附近的菜馆里叫了几盘菜，还特地买了一瓶五粮液，打电话叫他到我家来喝酒，说是要感谢他帮我考上了公务员。他进门的那一刻，我控制不住自己，扑上去搂住他的脖子，发狂似的吻他。他先是愣了一下，紧接着双手抱着我的头，可突然又推开了我的身子，喃喃地说：'不行，不行。'但我并没有放弃，再一次扑上去紧紧地搂抱住他，对他说：'我有什么不好？难道你嫌弃我？'他回答说：'不，你这么年轻、这么漂亮，我们不合适。'说完便转身开门离去，菜没吃，酒也没喝……我一宿无眠，躲在被窝里哭泣，那么多的男人都对我垂涎欲滴，为什么就他盛米多不能接受我？我恨不得拿把刀子杀了他……"

丁妮在他俩的茶杯里加了水，继续说："我恨死了他，有很长的一段时间与他形同陌路。后来，由于我的丈夫离开我超过了八年时间，法院同意我们公告离婚，我又重新燃起了想要与老盛结合的欲望。一天夜里，我睡不着觉，从床上爬起来后不顾一切地冲到了他的办公室去。他正在加班写材料，我强压着内心的冲动，拉了张凳子坐到他的身边，抓住他的手对他说：‘老盛，我们结婚吧。’我以为他会很激动，会抱我、吻我，兴奋地对我说：‘好吧，我们结婚。’可他没有，没有这样做。他将自己的手从我的手心里抽了出去，盯着我的脸问我：‘你这么漂亮，这么年轻，我们合适吗？’他太让我失望了，简直就不是个男人。那以后我就再也没理过他，我们有五六年的时间没有说过一句话。”

丁妮吐露完了自己的心声，心情舒畅了许多，端起茶杯自个儿一杯紧接着一杯地喝了起来。

“把话说出来，我心情好多了，”她接连喝了三四杯茶，“不说出来，我的心里就像压着一块大石头，憋得慌。”

李慧这才从提包里拿出在凶杀现场发现的那枚发夹，递给丁妮问：“这发夹你知道是谁的吗？”

“是我的，”丁妮回答得很干脆，“它是我姥姥留给我妈，我妈又给我的，怎么会在你们手上？”

“我们就是想知道，你的这枚发夹送给谁了？”李慧说。

“我没有送给谁，我把它弄丢了，”丁妮说，“三年前就丢了。当时我扎麻花辫儿，用过这枚发夹，后来不知道丢哪儿去了，一直也找不到。”

“那你能想想，”李慧说，“发夹是怎么丢的，在哪儿丢的？”

“我真的想不起来，我已经想过很多次了，怎么也想不起来。”

“星期五那天晚上，你去过盛米多的办公室？”李慧接着问。

“是的，我夜里十点多去找的他，零点过后才离开。”

“你找他做什么？”

“是这样的，”丁妮说，“我的儿子虽然没能考上我所希望的好大学，但还是考上了省民政专科学校。快要毕业了，他需要写一篇毕业论文，可他不会写。我便想请老盛替我儿子写篇论文。可老盛不肯，他说：‘指导他写可以，替他写不行，孩子正在成长中，什么事都由大人代劳，那是在害他不是爱他。’我当时对他的话不怎么理解，回来后就对儿子说：‘人家不愿帮你。’我儿子后来又自己去找了他，也不知老盛是怎么对我儿子说的，我儿子竟在他的辅导下自己写了一篇毕业论文，并在老盛的建议下进行了多次修改。那天是周末，儿子打电话告诉我，说他的论文通过了，还得了三等奖。儿子很高兴，要我替他感谢老盛的帮助。所以我就去了。”

“去了后，你们做了些什么？”李慧问道。

“没做什么，就是与他聊天，聊着聊着，我确实有些舍不得离开，就一直坐了两个多钟头。后来看到他一直打哈欠，我就离开了。”丁妮的眼眶再次发红，哽咽着又补充了一句，“没想到这会是我见他的最后一面。”说完便泣不成声了。

告别丁妮后，舒雨淇和李慧从楼上下来，李慧对丁妮的怀疑此时已经灰飞烟灭。她感触颇深地说：“这个丁妮，长得这么漂亮，又那么多情，却碰上了个脑筋不拐弯的老牛筋。唉，红颜命苦啊！”

“那你觉得，就动机而论，还有谁有可能？”舒雨淇问。

李慧摇着头说：“不知道。”

两人正交谈着，舒雨淇的手机响了，是丁妮从楼上打来的。她说：“舒队长，我突然想起了一件事，你俩等等。”

“好的，我们还在你家门口，你下来吧。”

丁妮气喘吁吁地从楼上冲了出来，说：“舒队长、李慧，我想起来了，我的那枚发夹……”

6

“那枚发夹是我三年前在邹荣伦的办公室里丢的。”丁妮迫不及待地告诉他俩，“我曾经想了很久，可一直没能想起来是在哪儿丢的，现在突然想了起来。”

她显得非常兴奋，李慧也被她的情绪感染，同样兴奋地说："那我们得再进去好好谈谈。"

"那好，上楼吧。"丁妮邀请他俩重新上楼。

"不上楼了，就在这里谈。"舒雨淇走进庭院，看到花园里有张方形的石桌和四只圆形的石凳，便在那里坐了下来。李慧与丁妮也一起坐了下来。

丁妮说："邹荣伦是六年前大学毕业后考上公务员进入民政局的，在局里他学历最高，被安排在秘书股协助盛米多写材料。他写的文章比盛米多更有新意，出手也更快，侯局长很赏识他，局里的其他人也都对他赞不绝口。如今文山会海，那么多的文字材料也没多少人看，拿到手一般都是看个标题便随手一丢了事。有道是外行看热闹，内行看门道，偏偏盛米多爱看门道，他老挑邹荣伦文章里的毛病，说他的文章空洞无物，脱离实际，没有多大的意义。邹荣伦写文章出手快得简直就像吃豆腐，连老盛也咋舌，一篇四千来字的文章半个小时就完成了，大家都称赞他说'还是大学生有本事'。唯有盛米多不服气，他偷偷地观察，这才发现原来邹荣伦写的文章都是从网上下载的。只要打开电脑，在'百度'里输入关键词，按一下回车键，一大堆所需要的文章便在电脑屏幕上跳了出来，再选择其中的一篇，改个题目，稍作整理，完了，当然用不着半个小时。盛米多发现他的这个秘密后觉得很反感，对他说：'年轻人不要老想着走捷径，没有耕耘的收获不是收获，你看那些靠赌博赚大钱的人，最后还不都是倾家荡产？'老盛玄之又玄的大道理说服不了高学历的邹荣伦，他不服气，反唇相讥：'我说老盛啊，你人好，什么都好，就是迂腐、老牛筋，天下文章一半抄，有谁写文章不抄点儿别人的？我的大学毕业论文都是抄的。我们写这些没人爱看的文章还值得你一个字一个字去推敲？'两人常常为这事你来我往闹得很不愉快。有一次，邹荣伦在一份内部杂志上发表了一篇论文，什么论文我也说不上来，反正文章发表后，引起了上头的高度重视，省厅的一位领导带着秘书下来召开座谈会，要对他的论文进行专题研讨。不料盛米多却在研讨会上甩出了一颗炸弹，说这篇文章是从网上下载的，只是换了个题目稍做了修改而已，还当场出示了他的证据，弄得与会的所有人都面面相觑，场面十分尴尬。邹荣伦更是无地自容，羞得只想找条地缝往里钻，为此他恨死了盛米多。那时我与老盛正闹别扭，很同情邹荣伦，便时常与他在一起议论老盛。有一天，我正与邹荣伦谈得开心，突然感到头痒痒的，就把发夹拿下来，放在沙发上，用手抓痒。这时我办公室的电话响了，我就跑到隔壁去接电话，接完电话后就忙着做其他事去了。当时，那枚发夹我也没天天用，有时放在家里好几天也不用，所以就把发夹的事给忘了。好像是过了大半个月，我突然想要用发夹，却不知道在哪儿丢了，怎么找也找不到了。刚才你俩又问起发夹的事，我也不知为什么，突然想起来了。"

夜已深，四周静悄悄的。天上繁星密布，都奇妙地映在院子正中的一个小池塘里，乍明乍暗，闪烁着。舒雨淇站起身，李慧也跟着站了起来，两人同丁妮握手告别，离开了丁妮家。

7

次日一早，舒雨淇就给邹荣伦打电话，说有些事要找他谈谈，但邹荣伦没有答应。他说在县里那个村级换届选举动员大会上，副县长的讲话稿因为盛米多出事没写出来，副县长也没在大会上讲话，现在需要他马上补写一份，赶紧印发下去，而且动员大会后还有许多事务性的工作需要落实，他实在忙得很。舒雨淇也不强求，又约他中午或者晚上一起吃饭，想利用吃饭的时间谈点儿事。

邹荣伦说："中午恐怕不行，那就晚上吧。"

舒雨淇说："那好，大餐我请不起，去酸菜鱼餐馆吧。"

傍晚时分，舒雨淇、李慧和邹荣伦先后来到酸菜鱼餐馆，叫了一大盆酸菜鱼头汤、一盘炒空心菜、一碟子猪头肉，三个人一人盛了一碗白米饭，便吃了起来。

邹荣伦扒了几口饭，喝了口汤，突然停下筷子，问："舒队长，你要问我什么事？说吧。"

"你这个人还挺干脆的。"舒雨淇夸了他一句。

"不，我实在太忙，没多少时间。"邹荣伦回答。

舒雨淇笑了："第一，我想问你，见过案发现场的那枚玛瑙发夹吗？"

"没见过，从没见过，不知道是谁的，应该不会是盛米多的吧？"邹荣伦回答了舒雨淇的问题，然后又问，"那第二个问题呢？"

"第二个问题是关于盛米多与丁妮的关系，你能为我提供多少情况？"

"他俩的关系啊？我说不清，就两个字，暧昧，其他的我不好说什么。有第三个问题吗？"

"第三个问题，我只是随便问问。听说你写了篇论文在内部杂志上发表，盛米多揭了你的短？"

邹荣伦一听，顿时满脸涨红、两眼冒火、青筋暴突，眼看就要来一场愤怒的狮吼，没想到他深深地吸了一口气，又缓缓地吐了出来，再接连舀了两勺子酸菜汤送进嘴里，便平静地说："这件事已经过去三年多了，我早就不放在心上了。是侯德冰告诉你们的吧？"

"你怎么会怀疑侯局长？"李慧插了一句。

"姓侯的他不是什么好东西，依我看，盛米多被害，他就有很大的嫌疑。他与盛米多的矛盾很深。"

"噢？说来听听。"舒雨淇一下子来了兴趣。

"侯德冰与盛米多的关系很复杂的，他俩共事二十来年，论资历盛米多比侯德冰老，论职位侯德冰比盛米多高，两人常常为一些芝麻大的小事吵得不可开交。我还听说过，十年前盛米多要当秘书股股长，组织部都派人下来考察了，是侯德冰跑官买官，把股长的职位抢了过去。上周三下午，也就是盛米多被害的前两天，他俩又大吵了一架。”

“为的是什么事?”李慧问。

“为的是侯德冰要盛米多写一份辛小冉学雷锋典型事迹材料的事。”邹荣伦紧接着说，“辛小冉是上岭镇民政所的聘用人员，与侯德冰的关系很不一般。这小女孩观念前卫，爆炸头染得五颜六色，经过整形医生加工过的大乳房总要有大半个露在外面吊异性的胃口。既传统又保守的盛米多对她本来就没有好感。有一次，盛米多到上岭镇送材料，三十几捆书籍，一捆三十多斤，盛米多同民政所的老吕搬了一个多小时，而辛小冉则两手叉腰，站在旁边观看两个年过半百的老人一来一往累得满头是汗，就是不肯出手相帮。其实也不能说叫‘出手相帮’，这本来就是她的分内事。连分内事都袖手旁观的人又怎么能‘学雷锋’呢?在盛米多这条‘老牛筋’看来，这样的‘学雷锋积极分子’是不可接受的。其实并不只盛米多对辛小冉印象不佳，局里的其他人对她的评价同样也很负面。那个辛小冉经常到县局里来，每一次来都是一上楼就钻进局长的办公室，还关门拉窗帘，大半天不肯出来，搞得大家有事要找局长也不敢进去，流言蜚语就像是下水道里冒上来的阴沟水，层出不穷。那天，侯德冰要盛米多写事迹材料上报市团委，将辛小冉树为全市学雷锋积极分子，盛米多当然不会认可，就顶撞他说‘巧妇难为无米之炊’，气得侯德冰七窍生烟，大声吼叫：‘什么无米之炊?汶川地震时，小冉一次就捐了八百元，我们一般干部才捐四百，这不是事迹是什么?天下文章一半抄，你找几篇同类文章参考参考，再动动脑子，事迹不就有了?’其实要是盛米多说他忙，随便找点儿借口推托，侯德冰也不会如此生气，可他却说是‘无米之炊’，这意思再明显不过，就是说辛小冉够不上学雷锋的典型，没有事迹，这份材料没法写，这才惹得侯德冰怒火冲天。面对火冒三丈的侯德冰，盛米多并没有针尖对麦芒地与他你嚷我吼。他默然端坐，等到侯德冰子弹发射得差不多了，突然又冒出一句：‘你是要我造假，是吧？’侯德冰两眼闪着绿色的、愤怒的、猫眼儿一样的光芒说：‘谁要你造假了？’他铜钟般的嗓音像是打雷似的，更是气得紫涨了面皮，龇牙咧嘴，半晌说不出话来，随后突然把桌子一拍，站起身来，说：‘你到底写还是不写？’盛米多不回答他的问题，脸朝窗外，四处张望，跷着二郎腿，悠闲地抽着烟，摆出一副不屑一顾的脸面，根本不把他这个局长放在眼里，而后突然又像一个哲学家发现了真理似的，冷不防说了一句：‘行政事务中说假话做假文章，经济生活中就自然没有诚信，怪不得市场上会有那么多的假冒伪劣商品。’侯德冰气得全身颤抖，话都说不出来了。他实在无法忍受这种挑战，刷地一下从椅子上站起来，冲了过去，挥舞着拳头要揍盛米多，还好被众人给拉扯开来。侯德冰这人小肚鸡肠，说不准就是为了这事，把盛米多给杀了。”

“你有证据？”舒雨淇和李慧异口同声地问。

“我没有证据，我只是说出我的想法供你们参考，至少可以肯定，侯德冰是有动机的。”邹荣伦说完，又匆忙扒了几口饭，然后站起身说，“我还有事，我先走了。”

邹荣伦走了，李慧颇有些茫然，她停下手中的筷子问：“舒队，丁妮说发夹是在邹荣伦的办公室里丢的，邹荣伦却说他没见过那个发夹，你觉得他是不是在说谎？现在又冒出一个侯德冰有杀人动机，你说……”

“现在还不好下结论，”舒雨淇说，“第一，时间过去了三年多丁妮才突然想起发夹的事，她的回忆并不可靠；第二，就算丁妮说的是事实，她真的是把发夹忘在邹荣伦办公室的沙发上，那么小小的一枚发夹放在沙发上是不容易被人看到的，而邹荣伦的办公室什么人都可以进出，说不定是被别人拿走了也有可能；第三就是你说的，邹荣伦在撒谎。”

“那我们下一步怎么办？”

“既然邹荣伦谈到侯德冰也有动机，那我们就得再去找他谈谈。虽然大家众口一词，都说盛米多是好人，可我觉得，一个人在一个单位里一待就是三十几年，不可能与人没有矛盾。人的优点与缺点是并存的，恪守道德拘泥于原则的人，往往会成为一般人眼中的异类，更容易得罪人。看来这起案子复杂得很。”

8

舒雨淇和李慧再次去找侯德冰时，侯德冰显得异常的从容。舒雨淇问起他辛小冉学雷锋事迹材料的事，他没有回避，而是详详细细地述说了整个过程，与邹荣伦说得基本一致，但他反复强调：“我与老盛没有不可调和的矛盾，我打心底里敬佩老盛的为人，我们俩只是观念上的不合，我绝不会恨他到非杀他不可的地步。”

“你是局长，从你平时掌握的人际关系上看，谁有可能？”舒雨淇问。

“有些事我真的是不好说，”侯德冰说，“胡乱猜疑，是对别人的不负责任。可为了帮助你们赶紧破案，我也不得不说了。说老实话，这案子不破，你们有压力，我的压力也很大。”

紧接着，他谈起了邹荣伦，说起的那些事正是舒雨淇和李慧已经听丁妮说过了的，但为了不让他起疑心，他俩并没打断他，而是任凭他把话说完。说完了邹荣伦，他又谈了一件事，说的是盛米多与副局长倪思琉的事。

“去年秋天，”侯德冰说，“盛米多的老家石门岩村发生泥石流，倒了二十几间房。政府到村里发放了十几万元救济款，有几户人家为表达感激之情，给了倪思琉红包，他收了。虽然数额不大，总共才三千多元，但性质特别恶劣。有村民向盛米多说了这事，盛米多义愤填膺，跑到上头去反映，倪思琉因此被‘双规’，已‘进去’两个多月了。但他现在还在县委党校招待所被看管着，应该不可能出来杀了盛米多。”最后，侯德冰十分谨慎地补充说，“这事我也只是说说而已，给你们提供一个参考，就是希望赶紧破案，没有别的意思。”

9

舒雨淇却对侯德冰提供的这一线索十分感兴趣，他执意要马上去党校招待所了解倪思琉的情况。李慧尽管觉得有点儿不那么靠谱，可舒队是那么迫不及待，那么坚决，她也不好意思说什么，就跟他去了。

倪思琉的案子由县纪委一位姓刘的副书记负责，他俩首先去找了刘副书记。刘副书记说：“案子已经基本查清，目前正等着上级领导最后拍板，作出处理决定，等处理结果一出来，谈谈话，这案子就算结了。”

“那就是说，你们对倪思琉的看管并不是很严？”舒雨淇问，“我是不是可以这样认为？”

“确实是这样，这一周来，我们对他的看管是有所放松，以前查案情的时候倒是看得很严。”刘副书记回答。

“夜间让他回家吗？”

“那倒不是。”刘副书记回答，“夜间由老石和小石两人同他一起睡一个房间，暂时还不让回家。”

“那最近这些天，有人来找过他吗？”

“没有。噢，好像……对，对，对，有。四天前，他们单位的邹股长来过一次，给他送了四包烟，也没说什么，待了十来分钟就走了。这是老石向我汇报的，我没亲眼看到。”

“我想同老石和小石谈几句话，可以吗？”

舒雨淇得到了刘副书记的同意，把老石和小石叫了过来，询问他俩周五晚上的情况。

小石说没啥异常，但老石回忆了一下，还是说了些细节：

“那天晚上，我们三人一起聊天，小石的手机响了……”

“对，对，对，是连续三次。”小石赶紧补充说，“我的手机突然响了，我刚要拿起来接听，电话就断了，我没理它。过了两分钟，手机又响了，我拿起来刚要按接听键，线又断了，我看那电话号码，很陌生，就没理它，刚要把手机收起来，铃声又响了，我又要接听，线却又断了。我就把电话打了过去，却没有人接，感觉有些奇怪。”

“后来呢?”

“后来倪思琉说他要大便，我们就让他去了。他大便完回屋，我们三人就睡了，没再发生什么事。”小石说。

“倪思琉去厕所大概去了多长时间?”

“大概二十多分钟吧，当时没看表，只是觉得他大便的时间长了点儿，回来后我问他怎么这么久，他说好几天没拉了，憋得难受；拉了很长时间才拉出来。”老石说。

“他去厕所，你们俩没跟随?”舒雨淇问。

“没有。”老石和小石异口同声答道。老石又说：“一来是案子已经基本审查完了，我们的看管也没有前些日子那么严了；二来卫生间就在隔壁，进出都得从我们的房间门口经过，我们想，反正他不会跑，也跑不了，所以就没跟随。怎么了，有事吗?”老石显然是对舒雨淇太过于注重细节感到有些莫名其妙。

“没事，只是随便问问。”舒雨淇赶紧解释，然后问，“我们能单独与倪思琉谈谈吗?”

“当然，没问题。”

老石和小石把他俩带到倪思琉的房间，便退了出去。

倪思琉本来正自己一个人坐在床上摆弄扑克牌，见到舒雨淇和李慧，赶紧把扑克牌收拾了，从床上跳了下来。舒雨淇给了他一支烟，自己也抽了一支，然后说：“你们局里的盛米多出了点儿事，我们想同你聊聊。”

“出什么事了?”倪思琉浅浅地干咳了一下，急着问。

“这事你暂时别管，”舒雨淇说，“我们只是想知道你对盛米多这个人的看法。”

倪思琉又是浅浅地干咳了一声，说：“老盛这人是个好人，我一向很尊重他。这次他告了我，起先我还恨他，后来我也想通了，他是在挽救我。三千两百块，事情查清了，我最多是被降职，副局长不当了，还能保住公务员的职位，工资照领。要不是他告了我，我执迷不悟，一条道上走到黑，说不定以后我会坐牢，会被判刑。真的，我现在很感激他。”说完，他又干咳了一声。

舒雨淇要李慧把现场发现的那枚玛瑙发夹给倪思琉看，问他有没有见过这枚发夹，知道不知道发夹是谁的。

倪思琉摇着头说：“没见过，这东西我从没见过，也不知道是谁的。”

聊了大半个时辰，要告辞了，舒雨淇朝李慧使了个眼色，还做了个捏手指的动作，然后站到倪思琉的面前，挡住了他的视线。

李慧与舒雨淇长期合作，颇有默契，对舒雨淇的暗示心领神会。尽管她的内心迷雾重重，觉得倪思琉从这里跑出去杀人这事不靠谱，但还是迅速地把倪思琉刚刚抽完的烟蒂装进一个物证袋里。而后，两人便与倪思琉告辞，走出了房间。舒雨淇突然说他要去一下卫生间，也不知是干什么，磨蹭了好一阵子，这才与李慧一起离开党校招待所。

10

从党校出来时，太阳早已落山，空气清爽，月光澄澈，嫩草像绿宝石般发出悦目的光彩。

舒雨淇决定马上去民政局。

“这么晚了，民政局已经没人了，我们去那儿干什么？”李慧颇有些不解，她不知道舒队对这个案件是怎么看的，但她了解他，他这个人没有八成以上的把握是不会把心里的想法说出来的，见他没有回答，也就没再说什么。

民政局的大院一片寂静，好像什么事也没发生过。

舒雨淇直奔门岗值班室，递给水伯一根大中华香烟。水伯颇有点儿受宠若惊，他七十多岁了，还没抽过这么好的烟，说了声："哇，这么好的烟。"随即把烟叼在嘴上，打着了原本就一直握在手上的打火机。

李慧也有点儿诧异，舒队从不抽这么高档的烟，他平时抽的是一包九块钱的云烟，不知什么时候包里竟藏着一包大中华烟。"他是不是有求于水伯？"李慧心里想着，默然不语。

"水伯，我想问问你，上周五晚上，除了丁妮，你是不是看见还有人到局里来过？"舒雨淇自己也点燃了一根大中华，问道。

"没有啊，我没见到谁来过。"水伯狠狠地接连吸了两口烟后才说。

"你再想想，真的没人来过？"

水伯低下头，若有所思："好像，不过……我没见到。"

"你没见到，是不是听到了什么声音，比如打嗝、浅浅的干咳声？"

水伯猛然抬起头，用一种极度惊讶的目光盯着舒雨淇。那天晚上，他确实听到了两声浅浅的干咳声。局里的人谁都知道，副局长倪思琉有轻度支气管炎，平时走路、说话，不管做什么事，都会伴随着浅浅的干咳声。那天晚上，水伯送走丁妮后，关了大门，就上床躺着，不久后就听到了浅浅的干咳声。他心里是有所怀疑，但转念又想，倪副局长还在党校招待所被关着，应该不是他，这两声浅浅的干咳声也许是大门外的过路人在打嗝也不一定，所以就把这事给忘了。这个舒队长，太神了，他怎么连这么一丁点儿小事也知道？水伯并不是想隐瞒，而是他当时就没把这当回事，过后又忘得一干二净。现在抽了人家给的好烟，自己没说出来，却让对方主动点破，仿佛被抓住了小辫子，有些不好意思，赶紧频频点头，把事情的经过说了。

“那么说，水伯您没出来开门？”李慧也来了兴趣，问道。

“没有。”水伯摇了摇头。

“那局里谁有大门的钥匙？”舒雨淇问。

“侯局长、倪副局长、邹股长和盛米多一人有一把，其他人都没有。”水伯回答。

舒雨淇又给了水伯一支中华烟，交代了一句：“我今天问你的事，你不用对任何人说。”见水伯又是频频点头，便起身告辞了。

走出门岗，舒雨淇把那包大中华香烟装进挎包，又掏出一包云烟，点燃了一支。

11

接连几天，舒雨淇没叫李慧再做什么事。李慧很纳闷，每天一上班就去舒雨淇的办公室问：“舒队，我们今天干什么？”

“爱干什么就干什么，没事就休息。”

“休息，休息，”李慧很不高兴，终于忍不住了，又气又急，眼泪差点儿冲出眼眶，“现在是什么时候？刚发案时你我没日没夜地连轴转，中午也不休息，连吃饭时也要工作，现在却突然叫我休息，你葫芦里到底卖的是什么药？”

“别急，”舒雨淇看她急得这个样子，忍不住笑了，心里在说，这个小女孩，还没成熟，走过去拍了下她肩膀，“坐吧，现在让我来告诉你。”

“说吧，我等着。”李慧在木沙发上坐了下来，嘟着嘴，两眼死盯着舒雨淇的脸。

“据我的判断，”舒雨淇也坐了下来，“盛米多是被邹荣伦与倪思琉合谋杀害的。手法其实很简单，用枕头捂住被害人的嘴和鼻子，直到被害人窒息死亡，有三到五分钟时间就够了。但凶手知道被害人平时睡觉很少关门，他瞄准了被害人上床睡觉时才得于实施，这说明是内部人作案。问题是要找到一个准确的时间点很难，而且这个时间点又必须是在丁妮刚刚离开的时候，这样才能把我们的侦查视线引到丁妮的身上，这就更难了。凶手显然是费尽心机，绞尽了脑汁。”

“那你快说，”李慧心里的气早消了，迫不及待地问，“你怎么会怀疑是邹荣伦和倪思琉合谋？你有证据吗？”

“倪思琉有支气管炎，时不时地会干咳，这点我们在党校招待所同他接触时就被我发现了，而水伯在那天晚上送走丁妮后听到了两次干咳声，说明倪思琉在丁妮离开后去过民政局。目前我们的证据就这么一丁点儿，还不足以说明任何问题，不过你别急，证据马上就会有的，我们只能等，所以才叫你休息。”

“等什么？等他们来投案自首？”李慧又生气了。

“当然不是。”舒雨淇说，“我们不是在现场发现了一枚玛瑙发夹吗？在那枚发夹的银框与玛瑙的夹缝里我找到了几根毳毛，那是人手指上的细毛，我相信如果不是邹荣伦的，就一定是倪思琉的。不是叫你提取了倪思琉抽过的烟头吗？我倒希望那烟蒂上的唾液与毳毛的DNA是同一个人的，那我们就可以直接拘留倪思琉了。至于邹荣伦，我有办法制服他。”

“倪思琉？邹荣伦？”李慧的头摇得像拨浪鼓似的，“我想不明白，他俩是怎么合伙杀了盛米多的？舒队，怎么你越说我越糊涂。”

“是这样的，”舒雨淇说，“倪思琉在党校招待所接受审查，一般人都会认为他不会有作案时间，他们恰好利用了这一点。当然，他们俩都有杀害盛米多的动机，而且是在倪思琉进去之前就合谋过，只是没有一个具体的实施方案，需要寻找机会。邹荣伦先是去看望倪思琉，送给他四包烟，并把具体的实施方案写在纸上，塞在烟盒里，告诉了倪思琉。他看望了倪思琉后假装去洗手间，把事先准备好的一条呢绒绳藏在马桶的水箱里。一直等到星期五晚上，知道丁妮从盛米多的房间出来，这是一个最佳的时间点，他马上跑到楼下的公共电话亭给看管倪思琉的小石打手机，连打三次，一打通就掐断线，这是暗号，是在告诉倪思琉，可以行动了。于是，倪思琉马上说要去大便，并拉了二十多分钟。其实，他没大便，而是去卫生间把呢绒绳拴在水管上，拉着绳子从二楼的窗口溜了下去。从党校招待所到民政局，加上作案时间，二十几分钟足够了。我察看了招待所的卫生间，窗台上还有呢绒绳的压痕。"

"那倪思琉又是怎样回到党校招待所的？"

"原路返回，拉着呢绒绳爬上窗，以他不到四十岁的年纪，他能办得到，然后从卫生间若无其事地回到他与老石、小石睡的房间。"

"那呢绒绳呢？"

"他进了卫生间后，将呢绒绳从水管上解下来，从窗口丢出去，然后被邹荣伦捡走了。"

"那玛瑙发夹又是怎样到了倪思琉的手上？丁妮说了，那枚发夹是三年前在一次与邹荣伦聊天时丢的……"

"没错，邹荣伦收藏那枚发夹三年多，说明他早就有报复杀人的打算，只是一直没机会下手。他把那枚发夹放在窗台下面倪思琉落地时可以看得到的地方，那个地方是块荒地，平时很少有人经过，要不是事先提醒，搁着十天八天也不会有人发现。倪思琉从窗台上溜下去后，拿到发夹，杀了人后丢在盛米多的房间里，想以此转移我们的视线。"

"原来是这样。"李慧若有所思，突然又问，"那邹荣伦是怎样找到机会的？作案的时间点怎么会那么准确……"

这时，法医突然走了进来，对舒雨淇说："你们送检的 DNA 检材，结果出来了。发夹上的毳毛和烟蒂上的唾液，可以认定为同一。"

“太好了，”舒雨淇兴奋地站了起来，拉着李慧的手说，“走，我们马上去拘留倪思琉。”

12

倪思琉被拘留后，没有抵抗，很快就交代了犯罪事实，所说的作案过程与舒雨淇之前的推理完全一致。

审讯结束时已经是下午四点半，舒雨淇和李慧随之去了邹荣伦家。

邹荣伦还没下班，只有他的妻子和儿子在家。舒雨淇亮了警官证，征得邹妻同意后，开始摆弄起邹荣伦家的电脑。

大半个时辰后，邹荣伦下班回家，看到舒雨淇和李慧，心头像是被虎头蜂给蜇了一下，全身的末梢神经顿时聚到一起，木然地站在门口。

“你回来了？进来吧。”舒雨淇请邹荣伦进了屋。

邹荣伦慢慢地缓过神来，看到舒雨淇在摆弄他的电脑，立马意识到自己完了，转身对他的妻子说：“你先带孩子出去一下，我与舒队长他们有话要说。”

邹荣伦的妻子带着孩子出去了。舒雨淇正色道：“怎么样？是你自己交代还是我来替你说。”

“我什么也没做，你要我说什么？”邹荣伦口气很硬，硬得像块生铁。

“那就由我来说吧。”舒雨淇点了支烟，“你因为剽窃网上的文章得到重视，想以此作为敲门砖使得自己步步高升，不料却被盛米多给揭露出来，所以你对盛米多恨之入骨。三年来，你心头上的恨一直没有消除，一直在筹谋酝酿杀害盛米多的计划。你知道丁妮与盛米多的关系暧昧，就想把杀害盛米多的罪名嫁祸给丁妮。丁妮心地善良、思想单纯，谁与她交谈她都是无话不说，曾有段时间她常到你的办公室与你一起谈论盛米多。有一天，丁妮的发夹无意中掉落在你的办公室里，你便偷偷地捡起来，收藏了。”

“舒队长，你还真会编故事。”邹荣伦露出一脸奸笑，揶揄了一句，“我看你去写推理小说可能会比现在更有成就。”

舒雨淇心里也在笑，蛤蟆剥了皮临死也要跳三跳，他是不会立地成佛的。“你听我把话说完，”他继续说，“那天案发后，我们勘察完现场，你就迫不及待地叫我去秘书股看监控录像，你是想把我们的侦查视线引向丁妮。表面上看，丁妮是那天晚上唯一找过盛米多的人，但在盛米多办公桌上的电脑里我发现，盛米多写文章一直写到十点三十三分，也就是说，盛米多是在丁妮进去后他才停下来的。十点三十三分与监控录像中丁妮上楼的时间是吻合的，可是，盛米多是在床上睡觉时被人用枕头之类的东西压住鼻子和嘴，最后窒息而死的，以丁妮的体力，她不可能把坐在电脑前的盛米多抱上床，再行凶，而且现场也没有搏斗的痕迹。因此，盛米多被杀，凶手另有其人，是在丁妮离开后，盛米多自己上床睡觉以后，凶手才得以行凶的。”

“不是丁妮，那就一定是我？舒队长，你说话可要有证据。”邹荣伦依然是煮熟了的鸭子嘴巴硬，显然他还不知道倪思琉已经被抓。

“别急，听舒队把话说完。”李慧插了一句。

“你看到丁妮离开后，在家里等了二十几分钟，估计盛米多已经上床了，就悄悄地……”

“我悄悄地去了盛米多的房间，把他杀了？”邹荣伦打断了舒雨淇的话，咆哮起来，“我的家距离局里要走半个小时，骑自行车需要二十分钟，骑摩托车也得十分钟。我在家里，在家里又怎么能知道丁妮去了盛米多的房间？在家里又怎么能看到丁妮什么时候离开了盛米多的房间？”邹荣伦声音很大，震得天花板上的吊灯都摇摇晃晃。

“你不要激动。”李慧将他按倒在沙发上，不让他发飙。

“这就是今天我选择到你家来拘留你的原因。”舒雨淇不为所动，继续说，“那天我们在调取秘书股的录像资料时就发现，你们局里的监控录像在当天夜里有过一个中断，后来我又详细看了几遍录像资料，这个中断是在十二点二十八分以后，也就是在丁妮离开盛米多的房间后发生的。在整整六十个小时的监控录像资料中，是很难发现这个中断的，但我发现了，电子眼是最诚实的，这个中断使得画面不再连贯，办公大楼的月影移动了一米来长。当天晚上我就观察了月亮投影的移动情况，这个中断大约有三十分钟的时间，显然是有人做了手脚，而这个做手脚的人，非你莫属，因为只有你才有这个条件。三十分钟，足够你的同伙行凶杀人和清理现场。我再说一遍，能够准确捕捉到这个时机的只有你一人，除了你，别人谁也做不到，所以，当时我就怀疑到你了。”

“舒队长，你没有证据可不能血口喷人。”邹荣伦又从沙发上站了起来。

“别急，还有三十秒。”舒雨淇盯了一眼电脑屏幕，掏出一包烟，点燃一支后说，“好了，现在你来看吧。你家的这台电脑原本安装了一种叫 TeamViewerV5. 0. 7904 的远程控制软件，你在民政局秘书股的电脑里设置了共享，所以你家的这台电脑便可以通过互联网随时调取秘书股那台电脑里的所有资料，还可以远程操控那台电脑。虽然这个远程控制软件已经被你删除，但现在我用硬盘恢复软件又将它重新修复了。你自己看吧，看你还有什么话说。”

“就算你说的全是真的……”

邹荣伦还想作最后的挣扎，却被舒雨义正词严地打断了：“不是我说的，事实本来就是如此。你不用狡辩，我现在可以告诉你，你的同伙已经落网，你作为暗号接连给专案组的小石打的三次电话，我也查过了，就是在你家楼下隔条街的电话亭里打的，那边也有只电子眼，诚实地记录了你打电话的时间点和全过程。”

邹荣伦一听随即瘫了下去，口中喃喃地说：“我交代，我交代，我和倪副……”他说不下去了，泪眼汪汪泣不成声。

夜半吵架声

1

我应该是第四个被叫去问话的人。在我的前面，卢霏、管兴宇和白显达都已经被问过话了。这种问话形式有个特殊的名字叫“询问”。因为我是目击者，或者说只是“证人”，所以才称之为“询问”，他们前面三个，我就不知道了，也许不是“询问”而是“讯问”。

叫我去问话的是两个警官，一男一女，男的三十七八岁，是荆县公安局刑警重案中队中队长舒雨淇。我听说过这个人，因为他太出名了，是全省赫赫有名的神探，上大学时我就读过他的不少破案故事。而那个女的，三十岁左右，不用说，肯定就是舒雨淇的搭档李慧了。

我们的谈话地点在一座圆形的大土楼内。这座楼共有四层，宛如一座高耸的圆形体育馆。露天的石埕是天井，像体育馆的操场，被一尺来高的走廊围绕着，石砌的走廊一米多宽，仿佛是体育馆地面观众的站位空间。底层是厨房，当地人称之为“灶口”，二楼、三楼和四楼才住人。一栋栋紧密连接的房间，被竖木柱按单元隔开，排列有序。房间门口就是回廊，像体育馆的看台。楼内有四道楼梯，像体育馆里的通道。据说以前这楼的第二层是堆放杂物的，被称之为仓库，也叫谷仓，自从成了世界文化遗产后，第二层就不再作谷仓了，而与第三层一起腾出来改作客房，当地村民则全都住到了四楼上去。因此，这座楼也就成了土楼旅馆。

房间里的摆设与我们昨晚住的那间一模一样，其中三面墙是用黄土夯成的，而面向走廊的这面墙却是用杉木板拼成的，有一个窗，但很小。脚下的地板也是杉木板拼成的，走动时起起伏伏摇摇晃晃，仿佛踩在泡沫上，而且吱嘎吱嘎的，声音特别响。房间里面摆着一对藤沙发、两张单人床和一张写字桌。写字桌上原本搁着一台十四寸的彩色电视机，不知什么时候被搬走了，写字桌也被挪到了床前。那个叫李慧的女警就坐在床上，面对着那对藤沙发，两只胳膊像一双筷子似的，僵硬平直地放在桌面上，中间搁着一沓白纸，白纸上压着一支水笔和一支椭圆形的录音笔——她要录我的口供。

我是见习律师，我录别人的口供时也是像她这样正襟危坐。

在走进房间的那一刻，我不由得萌发了一种紧张的情绪，这种紧张连我自己都感到莫名其妙。我只是一个证人，我紧张什么？

李慧的两只胳膊若有似无地轻轻动了一下，面朝藤沙发抬了下她的下巴，显然是在示意我：那边坐。

我扭头一瞄，舒雨淇正坐在另一只藤沙发上悠闲自在地喝茶，空着的那只沙发显然是留给我的。我又瞄了他一眼，他却在那一瞬间突然转过脸来看我，我不由自主地赶紧躲开他的目光，拖着僵硬的步子在藤沙发上坐了下来。

“别紧张，喝杯茶吧。”他顺手将茶盘上的一杯茶水推到我的面前。

他的这一举动，多少消减了我的紧张情绪。

我与他中间隔着一只茶几。茶几也是藤编的，上面搁着一块茶色玻璃。我端起那杯茶，又想睃他一眼，可还没等我把脸侧过去，他又迅速地转过头来面对着我。

这人真讨厌，就是不想让人好好地见识一下他的尊容。我又一次下意识地躲避了他的目光。我实在是很想仔仔细细地瞧一瞧他的脸。他在我的心目中是个神奇的大侦探。我是他的粉丝，对他仰慕已久。可我过去对他的了解全都停留在文字上，还从没见过他的庐山真面目。我就是想看清楚他到底是个浓眉大眼的英俊男子汉还是细眉小眼的文弱书生，想看看他的颧骨是高凸的还是平扁的，想知道他的下巴是圆厚的还是尖瘦的。他在我心目中有一幅画像——有着鹰钩鼻子和锐利的目光，我就是想证实一下，我心中的这幅画像是不是可靠。在我看来，只有有着鹰钩鼻子和锐利的目光才是“福尔摩斯”，也只有鹰钩鼻子和锐利的目光才能显示男人的机警与果断，而他无疑就是一个机警和果断的警察，否则名气不会那么响。然而，在我又欲瞄他一眼时，他立马又将头迅速扭过来，目光直视着我，逼得我心慌意乱。我总是在这一瞬间慌忙地逃避，迅速躲开他的目光。几次落败之后，我终于壮起胆，迎着他的目光与他四目相对……我胜利了，我们俩相互对视了很长一段时间后，他败下阵来，躲避开我的目光。我得意洋洋地盯着他看，看了许久，突然感到很失望。他和其他的男人相比并没什么特别的地方：瘦长的脸，尖尖的下巴，脸上有不少细密的皱纹，并没有鹰钩鼻子，目光也不锐利。他看上去比实际年龄要老许多，根本谈不上英俊，至少比我的男友还差十万八千里，除了那双炯炯有神的眼睛外，想夸赞他几句恐怕也很难找到“下锅的米”。

“你叫易蓉，是吧？”

就在我专心致志地研究舒雨淇的脸部五官时，李慧问了我一句。我猛然转过头，像机器人似的频点了几下头：“是的，我叫易蓉，海门市莹莹律师事务所的见习律师。”

“说吧，把你这几天的所见所闻详细告诉我们。”李慧面对着我说，“你是律师，你知道我们想了解什么，不用我们告诉你什么该说什么不该说，是吧？”

2

我开始述说这次旅行途中的所见所闻。我想要说的在我走进这间房子之前就打好了腹稿，我说——

从一开始，我就觉得那对夫妻很奇怪——我说的是卢霏和单乙舞，而那个管兴宇更是神经兮兮的叫人捉摸不透。

出来旅游，谁都是想花钱买个好心情，是吧？可他们夫妻俩却老是自己给自己制造坏心情。都四五天了，我从没见过他们夫妻俩走在一起，也不见他们在同一张桌子上吃饭。他俩碰面就吵，走不到一块儿，夜里却能同住一间房，真不可思议。现在都什么年代了，合得来就在一起，合不来就分手呗，既然一起出来旅游，干吗又要形同陌路？简直就是在折磨自己。

来到景区的第一天傍晚，我和我男朋友欧共本坐在小溪里的一块磐石上议论这一对奇怪的夫妻，突然听到有人问我：“你俩知道那男的是谁吗？”我和我的男友不约而同地转身一瞅，才发现有一个男人正坐在上游离我俩不远的一块石头上。他就是管兴宇，我们在来的路上就认识了。我和我的男友都摇了摇头，表示我们并不认识那对夫妻。管兴宇告诉我们说：“他是达达旺的总经理，叫卢霏。”

我说：“总经理又怎么了？总经理也是人，总经理同样要有亲情、友情和爱情。”

我的男友不屑地看了我一眼，反驳道：“人与人是不一样的，可谓一色米吃百号人，亲情、友情、爱情放在不同人的身上都会有孰轻孰重的不同指向。”

我没理会我的男友，充满好奇地问管兴宇：“那女的呢，她叫什么名字？”

管兴宇正要开口回答我的问题，导游小姐在岸上大声呼叫：“吃晚饭了，大家快一点儿，迟了就找不到座位了。”

我们就一起去吃晚饭了。吃完饭我和我的男友就进入了客房。

说到这里，那个舒雨淇给我斟了一杯茶，我端起来一饮而尽，接着说——

山村的夜来得慢但来得急，夜幕刚刚降临，眨眼间便是黑沉沉、静悄悄的。没有喧嚣，没有车水马龙，没有街灯、彩灯、霓虹灯。山村的夜是真金白银的夜，是如假包换的夜，风声、水声、蛙鸣、鸟叫，声声袭耳。那天我们住的农家旅馆没有这座楼大，也不是圆的，而是一座三层的五个房间一字排列的普通土楼。据说那座楼十几年前就不住人了，申遗成功后，那座废弃多年的土屋才华丽转身，变成了农家旅馆。我和欧共本玩了一整天，中午也没打个盹儿，都有些累了，可我却睡不着觉，精神依然亢奋。我要欧共本去把管兴宇叫过来坐坐，想同他聊聊那个卢霏总经理的事。欧共本不敢违命，上楼去找管兴宇，片刻之后却回来告诉我说：“管兴宇吃过晚饭就走了，连房门都没进，行李还是与他同室的白显达帮他提进去的。”

我觉得不可理喻。这个地方没有商店，没有歌厅、舞厅，没有街灯、彩灯、霓虹灯，出门漆黑一片，连那些秀美的山村景色——小桥、流水、古榕、土楼、石板路……还有弯弯的小溪，此时也全都被黑幕给罩着，有什么地方可去？找人聊天吧，都是远道而来，人生地不熟的，又哪会有什么熟人？

山村空气新鲜，但屋里还是有点儿闷。我便对我男友说：“我们也去外面走走吧。”

我男友说：“行，你先在屋里待会儿，我去溪对面那边买两只手电筒来。”

我说：“不，自己一个人在这里我害怕。”

“那也好，一起去，过河时你可要小心。”

“有月光，没事的。”

于是，我俩就出门了。河很宽，水很浅，桥很高，但很窄。我俩来到桥头，我胆怯了，不敢过桥，就说：“你自己去吧，我在这里等你。”

欧共本便自个儿过桥去了。桥是木板桥。三块四米来长的木板拼在一起，固定在一根方形的横木上，横木下面两头各有一根立柱，直插河床，形成了“门”字形的桥墩。桥面与河床相距接近两米高，没有围栏扶手，上了桥，走一步摇三摇，十分惊险。欧共本小心翼翼地过了桥，朝对面那爿灯火忽明忽暗的小店铺走去。我自己一个人有点儿害怕，就躲在河边的一块大石头后面，突然就看到那个总经理卢霏拉着一个女人的手从小路上走下来。台阶的拐弯处正好有一盏灯，在灯光的照耀下，我看到他拉的那个女人并不是他的妻子。在好奇心的驱使下，我想看看那个女人到底是谁。可我认真地瞧了一眼，那个女人我没见过。

我屏气凝神地盯着他俩沿着溪边的鹅卵石路渐渐远去。这时，我看到台阶上又下来一个人。那人鬼鬼祟祟的，躲在大树后面，见卢霏和那个女人走远了，才快步走下台阶，仄身躲在拐角的石头后面，伸长脖子观看。片刻之后，那个黑影转过身，朝小路的上头挥了下手，从台阶上又下来一个人，是个女的。两人一起走上溪边的鹅卵石小路，这下子我看清楚了，来的人正是管兴宇和卢霏的妻子。这下我就更好奇了。管兴宇干吗跟踪卢霏？他和卢霏的妻子到底是什么关系？卢霏和那个我没见过的女人沿着溪边的小径往前走，而管兴宇与卢霏的妻子则在距离他们十来米远的路上紧随着盯他们的梢。我想也跟上去，看看他们到底要去哪里，去干什么。可正要从石头后面走出来时，我又看到了一个男人，那男人手上握着一个小小的相机，看得出来，他是在跟踪管兴宇和卢霏的妻子。真可谓是螳螂捕蝉，黄雀在后。这么有意思的一出戏，我不把它看完心里是会不舒服的。所以，我就把男友去买手电筒的事给忘了，跟随着那个带相机的男人，来到一棵大榕树下。

这里曾经是拍摄电影《云水谣》的外景地，没想到会如此的热闹，拉二胡的、吹笛子的、弹琵琶的、唱芗剧的、演布袋戏的，全都有，要是有兴趣，还能在这里泡一壶铁观音，听听纯朴的南音。前面的几个人早已被淹没在人海中。我四处寻找，才找到卢霏和那个我素未谋面的女人。我当然不敢惊动他们。就在这个时候，我的男友打来了电话。

大榕树长在山坡上，上面是鳞次栉比的一座座土楼，下面有一块鹅卵石铺就的平地，足足有两个篮球场那么大，坐满了人，连古榕树上也有不少小伙子和大姑娘。再往下就是荆江溪。溪流潺潺，哗啦啦地流淌。岸边搭建了一个舞台，正在演布袋戏，还真有点儿像是山寨版的“印象刘三姐”。风声、水声、蛙鸣和鸟叫……那些来自自然界的纯朴的声音此时已经被喧天的锣鼓给淹没了。欧共本找到我时，我正站在古榕树的背后，见到他，一把将他拉了过来，小声地对他说：“你看，前面的那两个人是谁?”

顺着我手指的方向望去，人堆里一男一女正紧紧地搂在一起，亲密得就像被强力胶给粘住了似的。他俩头贴着头，手握着手，正专心致志地观看布袋戏。欧共本将买来的手电筒给了我一把，摘下眼镜，用衣角擦了擦镜片，又重新戴上，仔细瞧了片刻，才说：“那男的好像就是那个达达旺的总经理卢霏，可那女的……好像不是他的妻子。发式有点儿像，可身材比他的妻子更有曲线。”

“当然不会是他的妻子，”我说，“他要是能同他的妻子这么亲密，也不会一天到晚总是吵吵闹闹。”

“可她会是谁呢?”

“当然是相好的，地下情人呗。”我酸溜溜地揶揄了一句。

“那女的好像不是我们这个旅行团的。”

“不是，肯定不是。我们都一起出来两天了，别的不行，识别人的脸谱我还是可以的。”我很自信地说，“我刚才跑到台前，躲在人群里看了他俩一眼，那女的很漂亮，在我见过的女人中，除了我自己，没有哪个女人有那么漂亮。”

“得了吧，不要自我感觉良好。”欧共本搂住我，问，“你看她年龄有多大?”

“大我两三岁吧。”我回答说。

“那她是从什么地方冒出来的?”

“要么是另外一个团队的，要么就是自驾游的，反正肯定是来寻找浪漫的。”

“那卢霏的妻子呢？她不也一起出来旅游了吗？能让老公在自己的眼皮底下与别人偷情?”

“锁不住心，锁住他这个人也没用。”我用一双狡黠的眼睛瞥了下欧共本，反问道，“刚才你要我在桥头等你，知道我为什么自个儿就跑到这儿来了?”

“不知道，”他盯着我的脸说，“我正要问你呢。”

于是，我把刚才在桥头看到的一幕告诉了他，说：“亲爱的，你说，他们到底是在干什么?”

“这还用说，明摆着。”我的男友颇有些自以为是地说，“卢霏的妻子知道丈夫有外遇，就叫管兴宇做伴，盯梢找证据。就是这么回事。”

“那跟随在管兴宇和卢霏妻子后面的那个男子……”

“大概是卢霏也知道妻子红杏出墙，与管兴宇有一腿，便雇用私人侦探盯管兴宇和妻子的睄，也想找证据。你不是说那个人手里握着微型相机吗？他肯定是个私人侦探。你找我的证据，我以牙还牙也找你的证据，就这样，闹上法庭大家都有得一拼。”

我想想也是，肯定就是这么回事，便也不再说什么了。我的男友盯着我看了一会儿，说：“好了，没咱们的事，我们也不要再无聊了，去泡一壶安溪铁观音吧。”

3

次日一早，也就是前天上午，我们的旅程是去看一座建在沼泽地上的土楼。大清早起床后，吃过了早饭，导游小姐就把大家集中在庭院里，点了名，一个也没少。出门旅游，就是为了图个好心情。昨天发生的那些八卦事，我和我男友谁也没再提起，就好像什么事也没发生过。团队照常出发了，在导游小姐的那把小黄旗下缓缓地移动。多了一门心思的我却发觉今天卢霏的妻子一直与管兴宇走得很近。前两天，卢霏的妻子一直是单独行动，与丈夫没什么互动，除了夜里同住一间房，两人基本是独来独往，各观各的景，各行各的路，各吃各的饭，与管兴宇也没什么特别的亲热举动。而今天她老是跟在管兴宇身边，两人或者一前一后，或者并排同行，坐电瓶车也是并肩坐在一起，虽然没怎么说话，却像影子似的一直相随相伴。

那是一座四方形的土楼，背靠茂密的森林，耸立在灿烂的油菜花田中。楼前有块空地，地上铺着鹅卵石，但丝毫没有给人坚硬的感觉，踏上去，就像站在席梦思上，软软的极具弹性，用力一踩，还能感觉到地面在微微地往下沉。楼主姓简，六十来岁样子，穿一身唐装。他抱着一把钢钎，告诉大家说："这座楼建在沼泽地上，不信你们随便找个缝隙将钢钎往下插，只要有力气，插进去三四米没问题。"于是，不少人便去抢钢钎，抢过来就往地上插。果然不假，男人轻轻松松地就能将三四米长的一根钢钎插入地里，女孩力气不够，但也能将钢钎插入一大半。管兴宇也拿了一根钢钎，递给卢霏的妻子。卢霏妻子将手提包甩给管兴宇，抓过钢钎也往地下插。看来她的力气不小，一下子就把钢钎插入了三分之二。两人都在开心地笑着。

我和我的男友没动手，静静地站在楼门口观看。看了一阵子，我小声地对我男友说："你看，卢霏的妻子今天有多开心，知道为什么吗?”

我男友摇了摇头说:“不知道。”

“我猜想,肯定是她昨天晚上拿到了丈夫出轨的证据。”

“也许吧,”我男友小声地附和着说,“可我有些不解,她把丈夫晾在一边,同那个管兴宇玩儿得那么开心,看上去倒更像是她自己红杏出墙。她就不怕丈夫反咬一口?”

我不这样认为,我说:“我觉得她和那个管兴宇都很矜持的,并没有打情骂俏,也没有卿卿我我过分亲密。这么多双眼睛看着,也许他们心里坦坦荡荡,才不怕别人说三道四,更不怕她的丈夫反咬一口。”

“嗯,”我男友点了点头,“兴许你猜得对。走,我们去同她认识一下。”

我男友拉着我的手,走到卢霏的妻子和管兴宇身边。我男友将他俩刚才插进地里的那把钢钎抽了出来,说:“我也来试试。”说完便走到靠近楼体的地方,找了个缝隙,重新把钢钎插入地里,兴奋地说,“这楼果然是建在沼泽地上,奇迹,真是奇迹。”

我见我男友玩儿得高兴,就没怎么理他,自个儿去找卢霏的妻子搭讪。她一听说我是律师事务所的见习律师,显得特别有兴趣,我俩便有一搭没一搭地聊了起来,聊得很开心,不像是萍水相逢,倒更像是他乡遇故知似的。

下一个行程是去看一座东倒西歪的四角楼。那座土楼里的每一根柱子都是歪的,每一根梁都是斜的,门与窗也都歪歪扭扭,站在天井里抬头望去,整座楼摇摇欲坠,十分恐怖。这样的楼能够屹立百年而不倒,实在是个奇迹。可我没心思观赏,我的心思都放在了卢霏的妻子身上。我已经知道了,她叫章乙舞,她的父亲是万吉市赫赫有名的饼干大王章金木。她告诉我,她和卢霏是被父亲硬扯在一起的,并不幸福。她说:“我从来就没喜欢过卢霏,卢霏其实也没有喜欢过我,他同我结婚是为了我父亲的财产。如愿以偿后,他就更不把我放在眼里了。”

既然她肯对我说出她的隐私，我也就不想隐瞒什么了，我问她："昨晚与你丈夫在一起的那个女子是谁?"

她说："那个女人是省话剧团的演员，叫贾梅梅，是卢霏的地下情人。他俩很公开的，一点儿都不避讳。他说贾梅梅是他的表妹，我可不相信，表兄妹哪会有这样的关系?"

我问她说："这么说，管兴宇是在帮你寻找你丈夫出轨的证据？你是不是准备与卢霏离婚?"

"是的，"她很坚定地回答我说，"昨晚卢霏和贾梅梅你也都看到了，我和管兴宇也拍了些照片，我要起诉他。你是律师，这正好，我请你来当我的律师，你不会拒绝吧?"

"我只是见习律师，还没有执业执照，但我可以叫我们的主任当你的律师。不过，"我说，"为什么一定要闹到法庭，两个人坐下来谈谈不好吗?"

她说："谈不拢，都谈过好几次了，卢霏要我父亲一半的财产，我怎么能给呢？我当然不能给，一个子儿也不会给他的。"

吃过晚饭后，章乙舞约我去了一片梅树林。我俩在梅花树下坐下来后，我看到她原本清澈的眼睛里蓄满了泪花。她从小坤包里掏出一沓照片递在我的手上，说："易蓉姐，我被人跟踪了。这些照片都是这几天被人偷拍的。"

我接过那些照片，一张一张地看，全都是她与管兴宇在一起的照片。照片的背景就三个地方：一个是那天晚上看布袋戏的现场，一个是看完戏回来的路上，还有一个就是那座建在沼泽地上的土楼前。我很惊讶："这些照片你是怎么得到的?"

"进入饭馆之前，一个陌生的小男孩将它塞进我的包里就跑了。"她很沮丧地回答。

"偷拍照片的人，他想干什么?"

"肯定是卢霏叫人干的。"她悲伤地说，"他就是想威胁我，说我与管兴宇关系不正常，其实我和管兴宇没什么，我们很清白的。"委屈的泪水从她的眼眶里刷刷地掉下来。

“你们之间到底发生了什么事？”我越听越糊涂，一头雾水，终于说出了我这几天来一直想知道的问题。

“是这样的，”她告诉我说，“我爸是饼干大王，有数十亿的财产。卢霏上大学时念的是财务管理，毕业后在我父亲的饼干厂工作，原本是我爸手下的供销科科长。我爸赏识他，要我嫁给他，并由他来继承我们的家业。我对他本来也不怎么了解，反正听我爸的，大学一毕业就嫁了。成家后，我才发现卢霏心术不正，其实他并不爱我，娶我只是为了图我爸的财产。我爸在我结婚后便退休了，任命卢霏为总经理，把公司交给他，自己则带着我妈到巴厘岛买了房子安度晚年。卢霏这下子更是变本加厉、有恃无恐、肆无忌惮，竟然公开把那个戏子叫到我们家里来过夜。蓉姐，你说这样的事我能容忍吗？”

“噢？”我还有些不理解，便问，“那管兴宇呢，他是怎么回事？”

“管兴宇也是我爸极其赏识的人，他是公司里的技术总监、开发部主任。”她回答说，“十年前，管兴宇的妻子得了白血病，要换骨髓，可他没钱。我爸知道后，就给了他三十万，救了他妻子一命。管兴宇为了报答我爸，觉得有责任帮我揭穿卢霏的真面目，所以就一直在帮我寻找卢霏对我不忠的证据。我本来想，等找到了证据后，就去向我爸挑明，然后就与卢霏离婚。”

“原来是这样，”我若有所悟，“螳螂捕蝉，黄雀在后。你的丈夫一定是知道了这件事，他想反咬一口，说你和管兴宇关系不正常。”

“对，他就是这个目的。易蓉姐，你是律师，要是我俩闹上了法庭，他说我红杏出墙，说我对他不忠在前，你说，我还能打赢官司吗？”

“是有些麻烦，可这些照片并不能说明什么。”我说着，抽出了其中一张，“只有这一张。”

“我最害怕的也就是这一张，”她说，“昨天晚上卢霏和那个戏子的亲密劲头被管兴宇拍到了，我和管兴宇一时兴奋，就头贴着头一起看相机，不知道后面有人在偷拍。其实，我与管兴宇真的没什么。他大我十多岁，又有一个幸福的家庭，我怎么可能与他在一起呢?”

“拍这张照片时我在场，我和我男友都看到了，我可以为你作证，证实你和管兴宇没什么。”

“这就好，可我还有一个担心，我担心他们要是把这些照片寄给管兴宇的妻子，一定会引起误会。”她的眼窝里又盈满了泪花。

“误会总是暂时的，”我安慰她说，“只要在法庭上把事实弄清楚了，误会就会消除，你不用担心。”

她用感激的目光看着我。我发觉这个年纪与我相仿的漂亮女子，真的是很善良、很纯洁。我决定帮她，便说：“我回去后一定马上对我们主任说，请他当你的代理律师。”

“那太好了。”说着，她站了起来，抓住我的肩膀摇晃了几下，显得异常激动……

入夜后，我怎么也睡不着觉。欧共本看我这样，就提议说：“我去把管兴宇叫来，听听他是怎么说的?”

我说：“不，我们俩一起去他的房间找他问问。”

管兴宇住8号房，就在我们的对面，中间隔着天井。我和我男友踩着那很不踏实的楼板，拖着一连串嘎吱嘎吱的声音来到了管兴宇住的房间。可与管兴宇同住一间房的白显达却告诉我们说：“兴宇出去了，进了屋，把行李放下后就出去了。”

“他自己一个人出去的吗?”我问。

“好像是同章小姐一起出去的，我不大清楚。”

“章小姐？是卢老板的妻子章乙舞吧?”

“对，对，就是她。”白显达连声说是。他留我们坐下泡茶聊天，我们便也没客气。萍水相逢，多交些朋友只有益处没有坏处。

“白先生好像也是达达旺公司的，是吧?”我男友问道。

“是啊，”白显达一边沏茶一边说，“在我们这个旅行团中，有十一个人是我们达达旺公司的。这次我们公司的‘奇人’饼干上了知名品牌榜，卢老板很高兴，就带着我们几个中层领导出来走走，说是要犒劳犒劳大家，庆贺庆贺。”

“这么说，章乙舞也是你们公司的人了?她是什么职务?”我佯装什么都不知道，好奇地问。

“不，不，她不是。她才二十三岁，大学刚刚毕业，在我们公司没有职务。不过，”白显达沉吟了片刻后说，“她是董事长的女儿，现在她的丈夫又是公司的总经理。在我们这个社会，本来就没有公私之分，当官的公车私用、公款吃喝、公费旅游，民营企业就更不用说了。你要说她是公司里的人也没错，只是她没有职位。”

“那您在公司里……”我男友也起了好奇心。

“我是管人事的，人力资源部主任。”

“出来这几天，我看章乙舞和她丈夫好像合不来，您说她才二十三岁，应该才结婚不久吧?”我明知故问道。

“是的，结婚才半年多点儿。”白显达回答说，“卢老板很能干，他原来是搞供销的，对公司贡献很大，董事长十分器重他。董事长早些年就有退下来的想法，一直在找接班人，本来是想让研发部主任管兴宇接任总经理，后来发现了卢霏，觉得卢霏搞管理比管兴宇在行。而且他年轻，长得也帅，又很喜欢他的女儿。而章乙舞虽然没答应，可也没有拒绝的意思，董事长便觉得这样更合适，就让卢霏做了自己的女婿，接了他的班，自己便带着妻子出国享清福去了。”

“那个话剧团的女演员是怎么回事?”

“噢，你是说那个贾梅梅?”白显达回答说，“她是卢霏的表妹，是卢霏舅舅的女儿。”

我并不是喜欢打探别人隐私的人，可我实在很想解开心中的谜团，我需要证实一下章乙舞对我说的到底是不是实话，于是就问：“那管兴宇呢？我看章乙舞好像与管兴宇也很能谈得来。他俩是怎么回事？”

“这我就说不清楚了。”白显达说，“管兴宇比章乙舞大十几岁，且早有妻室，儿子都六七岁了，我不觉得他俩会有事。管兴宇是搞技术的，对公司贡献也很大，为人也很正派，董事长又有恩于他，他与章家的关系本来就很密切。这些日子，也不知发生了什么事，他和董事长的女儿确实走得很近，有点儿过分亲密，听说连他的妻子都嗅出了味道，要与他闹离婚，可我不相信章小姐会与他有什么不正常。”

“他妻子为什么要与他闹离婚？”我的好奇心一时就像这几年来的房价一样噌噌噌地直往上蹿。

“听说是为了几张照片，”白显达说，“也不知道是谁作的孽，瞄准他与章乙舞在一起的时候偷偷地拍了几张照片，寄给了他的妻子。其中有一张照片是章乙舞拿着一张银行卡给管兴宇的时候拍的。管兴宇的妻子看了，火冒三丈，与丈夫吵了一架。当时管兴宇就给我打了电话，因为我是人事部部长，还兼工会主席，他要我去帮他解围，我当然无法拒绝。我看过那几张照片，其实也说明不了什么问题，可具体是怎么回事，他们不说，我也不便过问。董事长的女儿热情奔放，长得又漂亮，管兴宇为人老实，知恩图报，可他是搞技术的，性格内敛、木讷寡言，他的灵魂深处住着一个小小的上官金童（《丰乳肥臀》里的人物），他与章小姐的代沟深着呢，他俩怎么可能呢？我真的是看不懂他们之间到底发生了什么事。唉……”白显达深深地叹了一口气，突然像个哲学家似的说，“看不懂。人世间就是有许多让人看不懂的事。就像我们那天在四角楼里见到的那两口井，相隔不到六米，一清一浊。那个楼长介绍说是三百年前有个姓董的姑娘跳下去后，从此井水就变浑浊了。我就不信，一个女孩子的尸体，怎么可能让井里的水浑浊三百年？根本就没有科学依据。哎，成谜就是一景。”

胡说八道，满嘴放炮。这是什么奇谈怪论？我对白显达的观点不敢苟同，我觉得他的这个比方打得不靠谱。自然界里的许多谜，是因为人类对它还缺乏认识，还没找到它存在的原因。人与人之间的事可不能这样混混沌沌，社会不应该回避清澈与浑浊，不能回避善良与肮脏，要是黑白不分，是非不辨，事事成谜，那道德和法律不就成了摆设？可我并不想与他争执，萍水相逢，尚未深交，大可不必。然而，他的那些话还是提醒了我，我觉得我确实应该好好想一想。章乙舞、卢霏、管兴宇，他们到底搞的是啥名堂？是白显达道听途说不可信，还是章乙舞没有向我说实话？就贾梅梅是卢霏的表妹这件事，章乙舞和白显达说的就完全不一样，到底是谁骗了我？我陷入深深的沉思中，不再说话。

我男友见我缄默不语，大概是觉得没什么可以再谈论的话题了，便站起来与白显达告辞，然后对我说：“走吧，我们去外面溜达溜达。”

新鲜的空气、秀美的山村、朦胧的夜色，真叫我流连忘返。我俩在小径上走着，突然听到背后有人喊我的名字：“易蓉。”声音很响，在我的身后炸开，震耳欲聋，让人感到不寒而栗。我猛转过身，竟是卢霏。

他独自一人，气势汹汹，好像是来找我算账的。我停下脚步，转过身问他：“你有什么事?”

“我警告你，不要掺和我们的家事，我和贾梅梅是表兄妹。”他的口气又臭又硬。本来我是应该和他好好谈谈，问清楚到底是怎么回事，以求解开我心中的疑团，可他的态度让我讨厌，我扭头就走。我的男友紧跟着我快步离开。他没追过来，而是返身从原路走回去。

我俩慢慢地走着，我的心一直打鼓：表兄妹，真的是表兄妹吗？我自己在对自己说，他应该是不会骗我的，白显达也是这样说的，编造这样的谎言是轻而易举就会被戳破的，他应该不至于笨到会编造出这样低级的谎言来。如果他和贾梅梅真的是表兄妹，那就是说，是章乙舞骗了我。我的心绪乱成一锅粥，喃喃地自言自语："算了，不掺和了，家家都有一本难念的经。"

"就是嘛，"我的男友搂住我的腰，"我就叫你不要掺和，拿别人的事来折磨自己，自讨苦吃。"

"可我是律师。"我不高兴地白了男友一眼。

"律师，律师，我的大律师，不谈这事了，咱们到溪中央坐坐。"

我顺从我男友的意见，在溪流中央找了块大石头坐下来。我脱下鞋和袜，把脚伸进清澈的溪流里。溪流很急，迎面而来，绕石而去，我对着流水猛踩了两下，急流被我给惹怒，飞溅起一大片浪花，扑在我的身上，我感到十分地凉快，心情好了许多，也不再去想章乙舞的事了。我和男友开始有一搭没一搭地聊了些不着边际的话题。聊了大半个时辰，我男友突然对我说："你听，什么地方好像有人在说话。"

我拉长耳朵细听，果然是有人的说话声，可又听不清说话的声音从何处而来。

"在下游，下面有人在说话。"我男友提醒我说。

我全神贯注，集中精力，努力寻找声源，听了好长一段时间，这才听出来，下游不远处确实有两个人在说话，一男一女，他们的说话声伴着水流声，断断续续，好像是在吵架。

"我们去看看，说不定就是章乙舞和管兴宇。"我说着便溜下石头，提着鞋袜，涉水往下走。欧共本也只好跟着我脱了鞋往下走。

借着朦胧的月色，踩着河床上的鹅卵石，淌着没过脚踝的溪流，我俩走了一段，终于清楚地听到了说话声，也看到了人的身影。确实是章乙舞和管兴宇。他俩一人坐在一块石头上，正在吵架，看到有人来就不再说话了。等我和欧共本靠近时，他俩还没能看清楚我们是谁。直到我走到他们坐的石头前，章乙舞这才惊叫起来："怎么会是你们?"

"我们在上游的石头上聊天，听到这里有人说话，就过来看看。"我男友回答说。

"你们是不是在为什么事争执?"我这人是直肠子，有话藏不住，一边往章乙舞坐的那块石头上爬，一边问。

"没有啊，我们没吵，只是一起出来坐坐。"身旁另一块石头上的管兴宇抢先回答。他显然是要隐瞒刚才两人争执的事。

"我们是吵了几句，被你们听到了?"章乙舞的回答却让管兴宇瞠目结舌，朦胧的月光下，我看到他狠狠地瞪了她一眼。

"易蓉姐是自己人，我已经委托她当我的律师了。"章乙舞对管兴宇说。

管兴宇这下才恍然大悟地"哦"了一声，没再说什么。

"到底是为什么事?"我刨根究底地又问了一次。

"这事就不谈了，没什么大事。"章乙舞回答说。

我心中的谜团开始弥漫开来，变成一片雾霾，可既然人家不愿意说出来，我也没好意思再问了。

这时，大地顷刻间暗了下来，抬头一看，天上的月亮被乌云给遮蔽了，星眸稀稀疏疏的，溪流上面闪烁着黯淡的白点，眼前却是伸手不见五指的漆黑，紧接着便是接连几声闷雷响起，我男友大叫了一声："我们赶快回去，要下大雨了。"于是，我们四个人匆匆忙忙地赶紧溜下巨石，提着鞋袜涉水上岸。一颗斗大的流星划破夜空，拖着长长的尾巴，窸窣有声，闪烁着极为美丽的蓝色火花，给大地带来了短暂的辉煌。借着流星的光，我们穿上鞋，然后头也不回地跑回各自的住所。

回到土楼旅馆，这才发现，根本没有下雨，那几声虚张声势的闷雷让我十分懊恼，如果不是，我还能同章乙舞继续谈下去，至少我应该知道，她和管兴宇到底为何吵架，贾梅梅真的是卢霏的表妹吗?"等正式接了案再问吧。"我只能自己安慰自己，躺到床上，窗外传来的风声、水声、蛙鸣、鸟叫声，声声咬耳。我折腾了很久，才慢慢地进入梦乡。

4

睡到半夜，我突然被一阵吵架声给惊醒。从床头柜上抓过来手机一看，才两点四十三分。在这夜阑人静的大圆楼里，一男一女争吵对骂的声音震耳欲聋，犹如鞭炮在铁桶里炸响，震得整座楼都在摇晃。我听到章乙舞在说："你这个流氓、无赖，你给我滚。"紧接着是卢霏的声音："我滚，是你要我滚的，我也不想再见到你了。""你给我滚得远远的，别想得到一个子儿，我爸的财产你一分钱也得不到。"又是章乙舞的声音。"你想帮管兴宇抢我总经理的位置，没那么容易，是你先对不起我的，我们明天就离，明天，明天我就去法院起诉，我有权力得到一半财产，你给我听着，一半。"还是卢霏的声音。"你休想。""等着瞧吧，是你先对不起我的。"这最后一句是卢霏说的，紧接着便是"嘭"的一声关门的声音。

走廊上的对骂声戛然而止，大楼内骤然间又寂静了下来，只剩下一个人在走动的脚步声，吱嘎吱嘎地响，环绕了半座楼的围廊。凭那脚步声，我断定是卢霏吵完架后跑到管兴宇和白显达的房里去了。

我真想出去看个究竟，问一问章乙舞为何吵架，想劝劝她，可我男友一条腿死死地压在我的小腹上，说："人家夫妻吵架，你掺和什么?"等我把欧共本的腿挪开，脚步声已经没了，只听到敲门声，紧接着是白显达在说："卢总，是你？进来吧。"之后就什么声音也没有了。

风声、水声、蛙鸣和鸟叫声又渐渐地清晰起来。既然人家已经没事了，还能有我什么事？我放弃了出门去看看的念头，又看了一下手机，两点四十六分。我很想再睡会儿，可怎么也睡不着，躺在床上辗转反侧，只等天亮。

天亮后，我起床，立马听到一阵大呼小叫："死人了，快来人啊！死人了，快来啊！"

听到喊叫声时我正在刷牙，顾不得揩掉嘴边的白色泡沫，我便从浴室里冲了出来，一眼便看到白显达站在章乙舞的房间门口，还在一个劲儿地呼叫："死人了，快来人啊！"

我穿着高跟鞋踩着吱嘎吱嘎的楼板，怀揣着一颗紧张与疑惑的心走到他的身前。房门洞开，我一眼就看清楚章乙舞躺在床上，颈上插着一把匕首，地板、床单、枕头、席梦思……到处是洇湿的鲜血，而管兴宇木桩似的站在床前，浑身是血，瑟瑟地发抖。他背对着我，我无法看到他脸上的表情，但我能够很清楚地作出判断：管兴宇杀人了，他杀了章乙舞。我觉得我的这个判断就像一加一等于二那样不容置疑，绝对正确。我大吼一声："管兴宇，你干什么？"

他转过身，哭丧着脸看了我一眼，用战栗的声音说："死了，死了，她死了。"

"你确定？"我口气软了下来，突然意识到这个时候自己没有任何权力给案件定性，心里在想，也许不是他杀，是自杀。我赶紧又问，"真的死了？"

"死了，已经死了，我看过的，早就没气了。"管兴宇目光呆滞，两眼无神，看得出来他的灵魂早已出窍，说出口的每一个字都像物理学上的自由落体，根本就不是从人的思维里出来的。

"既然已经死了，就别让人进去，保护好现场。"我把他叫出来，随手把门拉紧，掏出手机，打了110。

我说完了，整个过程全是我自己一人在滔滔不绝。那个李慧伏在桌面上刷刷刷地记录我说的每一句话，而那个舒神探自始至终不发一语，他刚开始时一个劲儿地在我喝过的茶杯里加水，后来也不再加水了，目光茫然地听着我说话，再后来就忍不住抽起烟来。

我说完了，心情格外轻松，转头问那舒雨淇："我是不是可以走了？"

他好像没听到，手指上夹着一支烟，正陷入深深的沉思之中，那个李慧朝我点了点头，说："好了，你过来看一下笔录，没错就签名，签完字就可以走了。"

我走到办公桌前，看也没看，就在那厚厚的一大沓纸上，在每一页都签下我自己的名字，然后转身走出房间。我心里在想，这案子还用得着神探舒雨淇吗？再明白不过了，章乙舞肯定是管兴宇杀的，如果不是，那就是自杀，那个表面上看起来清澈单纯的章乙舞，她一定向我隐瞒了不少事，她与管兴宇肯定有许许多多见不得人的事。走到门口，我突然听到房间里的舒雨淇大声地说了一句："马上拘留卢霏。"

我纳闷了，怎么会是卢霏呢？如果不是自杀而是他杀，也应该是管兴宇杀的。明摆着的事，如同山上的树、河里的水、海边的沙，这么明显，怎么凶手会是卢霏而不是管兴宇呢？卢霏明明是在与受害者吵架后马上离开房间，跑到管兴宇和白显达的房间去的，他哪来的作案时间？舒雨淇是凭什么怀疑他？舒神探可是在听了我的滔滔不绝后决定的拘留卢霏的，可我并没说卢霏是凶手啊，我一点儿都没怀疑到他，舒队长凭什么认为卢霏是凶手？我真想返回房间去问个究竟，却被一直在走廊上等候我的男友一把抓住了手臂："警察在破案，你就别掺和了。"把我给拉走了。

我被欧共本拉回自己的房间，站在门口，看到舒雨淇和李慧押着卢霏走进刚才问我话的那个房间。随后不久，导游小姐就跑来一个房间一个房间地告诉我们："警察已经解除了'不准离开'的禁令，除了卢霏，我们可以走了。还剩下两个景点，一个是去看树海瀑布，看完瀑布去咖啡观景园喝咖啡，喝完咖啡回县城吃晚饭，吃完饭，我们这个旅游团队也就解散了。"

发生了这么大的事，谁也没有继续旅行的兴趣，最后统一了意见："没心情了，直接回去吧。"

回到海门市后的第三天，我在《万吉日报》上看到了一则简短的消息："四月三日凌晨发生在土楼某农家旅馆的凶杀案已告破，嫌疑人卢霏和贾梅梅昨日经检察院批准逮捕。"我实在是按捺不住了，没告诉我的男友，放下报纸就直接跑到荆县县城，找到舒雨淇。

"凶手为什么不是管兴宇？他与章乙舞的关系不清不楚，人家有照片为证，你们是凭什么怀疑卢霏的？"我这人直来直去，本来不应该用这样的口气责问人家，话说出口才觉得自己有些过分，怕他不理我，或者对我怒目而视，还好，他念我对他提供了那么多详细的情况，很热情地接待了我。

"你说哪张照片？"他反问道。

"章乙舞给管兴宇银行卡的照片，她为什么要给他钱？我怀疑他俩有情感上的纠纷。"

"你是说那张照片啊。"他闲闲地回答我说，"管兴宇曾得到章乙舞父亲三十万元的资助，他积攒了点儿钱，拿五万块要还给章乙舞，章乙舞不收，说那是她父亲的事。事实不是章乙舞给管兴宇钱，相反，是管兴宇要还给章乙舞钱。两人正在推来扯去，被卢霏雇用的私人侦探给拍了下来，然后将照片寄给了管兴宇的妻子。"

"原来是这样，"我恍然大悟，可还是有些不完全明白，"那他俩为什么吵架？出事前的那天夜里，我和我男友可是亲耳听到他俩在溪流上吵架。"

"章乙舞不是给了你几张她与管兴宇在一起亲密样子的照片吗？"舒雨淇反问我。我点了点头，他接着说，"管兴宇也看到了那些照片，又想到妻子对此有误会，正与他闹离婚，就想退出这场八卦游戏，于是约章乙舞到小溪边谈这件事。章乙舞听到他说不想帮她了，便不高兴了，两人就吵了起来。就这么回事。"

"那卢霏又是怎样杀害章乙舞的？他可有不在现场的证明啊。"

“他不在现场的证明是蓄意制造的，假的。”舒雨淇笑着对我说，“其实，从一开始我就怀疑他，只是还没掌握他的杀人动机，你提供的那些情况对我们有很大的帮助，我们得感谢你。”

“可卢霏明明是在与受害人吵架之后便去了管兴宇和白显达的房里睡觉，我们楼里的所有人都听到了他的脚步声，山村的夜是那么的寂静，楼板吱嘎吱嘎的，管兴宇和白显达应该也能证明……”

“不对，”舒雨淇打断我的话，“他是在杀死妻子后才闹出吵架声的。眼见为实，耳听为虚，你知道那个与他吵架的女人是谁吗?”他停顿了片刻，接着说，“那人是贾梅梅，省话剧团的口技演员。”

“贾梅梅?”我惊得目瞪口呆，“人家是表兄妹。”我脱口而出。

“是表兄妹，但没有血缘关系。卢霏的舅舅是贾梅梅母亲的第二任丈夫，贾母怀上贾梅梅后丈夫突然暴病身亡，三个月后带着身孕嫁给卢霏的舅舅。卢霏和贾梅梅从小就在一起，两人青梅竹马，感情深得很，本来是要结婚的，但因为卢霏看上了章乙舞父亲的财产，使尽浑身解数追到了章乙舞，继承了饼干大王的家业，只好与贾梅梅做露水夫妻。贾梅梅是口技演员，能模仿各种各样的声音，锣鼓声、鞭炮声、狼嚎狗叫鸡啼鸟鸣，什么样的声音她都能模仿，模仿章乙舞的声音对她来说更是小菜一碟。”

“原来是这样。”我如梦方醒，心中的疑惑消弭了一大半，可还是有些不解，又问，“那血衣呢? 管兴宇浑身是血，卢霏身上可是干干净净，难道他有杀人不见血的本事?”

“他的身上是看不到有血迹，也没有血衣，可他百密一疏，还是让我们在他的指甲缝里找到了受害者的血迹。”舒雨淇点了支烟，紧接着说，“卢霏趁章乙舞熟睡时，自己脱光衣服，赤裸着身子拿一把匕首直插章乙舞的颈动脉，等章乙舞死了，他就到浴室里冲水洗澡，洗净了身上的全部血迹后，这才穿上衣服，再与贾梅梅表演了那场吵架的戏。卢霏知道管兴宇夜里睡觉时有关手机的习惯，他杀了章乙舞后，就用章乙舞的手机给管兴宇发短信，称：‘我想死，你可能见不到我了。’当时是后半夜两点多。管兴宇天亮后起床打开手机才看到短信，而后就直接奔到章乙舞的房间。一见到章乙舞浑身是血，他慌了，又不知道章乙舞是不是已经死了，他想救她，便不顾一切地将血淋淋的章乙舞抱到怀里，摸她的鼻息和脉搏，折腾十几分钟后，确认她已经死了，这才重新把章乙舞放回床上。就在这个时候，白显达来了，是卢霏叫他到房间里来拿牙刷和面巾的。白显达当然不解卢霏的用意，其实卢霏是要白显达来证明管兴宇的杀人嫌疑的。白显达见了房内的情形后大呼小叫，就把楼里的人全都惊醒了，当然也包括你。”

“那贾梅梅呢？证据在哪儿？单凭口供可是定不了案的。”我有点儿替他担心。

“我们在章乙舞被杀的那个房间里发现了丝袜的线条。你也知道，那土楼旅馆除了卫生间里铺的是瓷砖，其他地方铺的全是杉木板，楼梯、走廊也都一样，走起路来声音特别响亮。贾梅梅为了不让人听到她的脚步声，就把鞋脱了，丢在楼梯口，穿着袜子上楼进入房间。本来她计划好离开时再穿鞋，没想到她的鞋被楼内的狗叼走了一只，她的袜子也被楼板上的铁钉挑出了几条线。我们不仅在章乙舞的房间里找到了她的那双丝袜被铁钉挑出来的线条，还在另外的一个楼梯口发现了她的一只鞋。还有，在圆楼大门的门闩上我们也发现了她的指纹。贾梅梅是自驾游，她与你们不是一个团队，不住在那座大圆楼里，楼内不应该留下她的痕迹。她三更半夜到大圆楼来，只是为了演那场戏。尽管她很小心，但还是留下了破绽。”

我没什么话好说了。神探就是神探，他的思维模式与我们一般人是不一样的。